COMPRENDRE LE BOUDDHISME

DENNIS GIRA

Comprendre le bouddhisme

BAYARD ÉDITIONS/CENTURION

ISBN : 978-2-253-14366-6 - 1re publication - LGF

À mes filles
Emmanuelle et Véronique

Qu'il me soit permis d'exprimer ma reconnaissance à l'équipe de recherche URA D 1069 (Études japonaises) du CNRS qui a facilité pour moi la recherche fondamentale sans laquelle ce livre n'aurait pas pu être écrit ; à l'Institut des sciences et de théologie des religions (Institut catholique de Paris) où j'ai pu enseigner le bouddhisme pendant ces dernières années – expérience qui m'a permis de rendre accessibles au grand public les résultats de mes études ; au Département de la recherche de l'Institut catholique de Paris qui m'a assisté dans la préparation de la conclusion sur la présence bouddhiste en France ; et à tous ceux et toutes celles qui m'ont aidé dans la préparation du manuscrit.

Enfin, et surtout, je voudrais remercier ma femme qui m'a aidé à chacune des étapes qui ont mené à la publication de ce livre.

AVERTISSEMENT

Dans ce livre les formes sanscrites des termes techniques (sauf indication contraire) seront employées. Le pluriel des termes les plus communs est indiqué par un « s » *(arhats, sūtras,* etc.).

Au lieu d'un index le lecteur trouvera une table des matières très détaillée. Ainsi il pourra situer les notions les plus importantes dans un contexte qui les rendra plus faciles à assimiler.

INTRODUCTION

Étudier l'histoire du bouddhisme amène à se familiariser avec les différents stades de son développement et à noter très vite leurs remarquables similitudes dans tous les pays où il s'est implanté au long des siècles qui ont suivi la disparition du Bouddha, il y a 2500 ans. Ce processus, à travers lequel une présence initiale relativement faible, et le plus souvent très fragile, se transforme en une présence importante et qui exerce une forte influence sur la pensée du pays d'accueil, a été, dans le passé, un processus très lent s'étendant parfois sur plusieurs siècles, voire sur un millénaire. Les premiers stades de ce processus sont presque toujours marqués par l'établissement de monastères, de centres de pratique et d'études où les textes bouddhiques sont traduits et le message du Bouddha vécu et transmis. Peu à peu, des maîtres spirituels nés dans le pays d'accueil peuvent prendre le relais de ceux qui y ont introduit la tradition bouddhique, ce qui crée une situation beaucoup plus favorable à une véritable adaptation à la culture du pays concerné. Or cet effort fait pour s'adapter a suscité le plus souvent dans l'histoire une grande ouverture au niveau populaire et la reconnaissance officielle des pouvoirs politiques. Ainsi après un certain temps, variable selon les pays et qu'il serait impossible de déterminer avec précision, le bouddhisme s'intègre-t-il pleinement au paysage culturel et religieux de son nouvel environnement.

Aujourd'hui en France, certains signes semblent indiquer que le bouddhisme, récemment introduit dans le pays, est en train de traverser, à une vitesse qui est celle de la fin du

XXe siècle, les différents stades de ce processus maintes fois répété autrefois dans d'autres pays. Selon l'Union bouddhiste de France qui regroupe près d'une centaine d'associations bouddhistes, il y a environ 150 000 adeptes français, auxquels il faut ajouter une grande partie des immigrés d'origine asiatique – ce qui double facilement ce premier chiffre. Il y a peut-être plus significatif encore, et c'est le grand nombre de centres[1] d'où rayonne le message du Bouddha et l'effort fait pour traduire en français de manière systématique (et très scientifique) les textes fondamentaux du bouddhisme. Il y a enfin la reconnaissance officielle récemment accordée au bouddhisme par le gouvernement. En 1988, par exemple, la communauté monastique de *Karmé Dharma Chakra* (en Dordogne) a été reconnue légalement comme telle et a donc depuis le même statut devant la loi que les monastères catholiques. Au cours de la même année, le ministère des Affaires sociales et de l'Emploi a attribué un siège d'administrateur au culte bouddhiste au conseil d'administration de la Caisse mutuelle d'assurance-maladie des cultes (CAMAC) et un poste d'administrateur titulaire au culte bouddhiste à la Caisse d'assurance-vieillesse des cultes (CAMAVIC).

Si l'on interprète tous ces faits à la lumière de l'histoire du développement de la tradition bouddhique, il est certainement possible de dire dès maintenant que le bouddhisme est

1. Selon le *Guide des Centres bouddhistes tibétains de France* (publié en 1988 par l'association Claire Lumière), il y a une soixantaine de centres attachés à l'une ou l'autre des quatre grandes écoles tibétaines. Il existe d'autre part plus d'une quarantaine de *dojos* (salles de pratique) reconnus par l'Association Zen internationale, et presque autant de groupes zen attachés à la même association et qui se rassemblent régulièrement pour pratiquer le *zazen.* Il y a aussi en France de nombreuses pagodes vietnamiennes, laotiennes et cambodgiennes qui sont essentiellement au service des réfugiés de ces pays mais qui ouvrent également leurs portes à tous ceux qui s'intéressent au bouddhisme. Une autre présence importante est celle du Nichiren Shōshū (la secte orthodoxe de Nichiren) avec ses deux grands centres de Sceaux (dans la région parisienne) et de Trets (Bouches-du-Rhône), et avec ses centaines de petits groupes de prière et de réflexion présents dans presque tous les départements. Dans la conclusion, nous examinerons plus en détail toutes ces « présences bouddhistes ».

définitivement installé en France et qu'en toute probabilité cette nouvelle présence va entraîner une modification importante de la carte religieuse du pays dans les décennies à venir. Face à cette nouvelle présence, chacun doit pouvoir se situer de manière responsable et les chrétiens tout spécialement devraient méditer les mots de la *Déclaration sur les relations de l'Église avec les religions non chrétiennes (Nostra Aetate),* qui font d'eux des gens appelés à « promouvoir l'unité et la charité entre les hommes, et même entre les peuples » et à examiner « ce que les hommes ont en commun et qui les pousse à vivre ensemble leur destinée[2] ». Il s'agit donc de faire l'effort considérable de « rencontrer », dans le sens plein de ce terme, la tradition bouddhique, de l'accueillir dans un authentique esprit d'ouverture et dans l'espérance qu'une telle rencontre nous aidera tous, chrétiens ou bouddhistes, à approfondir notre vie spirituelle. Une telle ouverture ne met nullement en cause la valeur de la révélation chrétienne ; elle nous remet simplement dans la conscience humble et lucide des limites inhérentes à la condition humaine et nous laisse ouverts à l'œuvre de l'Esprit Saint qui souffle toujours là où Il veut.

Dans ce livre, deux positions, aussi préjudiciables l'une que l'autre à une véritable recherche spirituelle, seront systématiquement écartées. La première est celle qui présuppose la faillite spirituelle de l'Occident (sous-entendu de la tradition chrétienne) et la supériorité d'une spiritualité orientale considérée comme beaucoup plus riche et, pour des raisons mal définies, comme moins prisonnière des limites inhérentes à la condition humaine. La seconde, fort heureusement moins répandue depuis Vatican II, consiste à n'attendre rien d'autre d'une étude des traditions orientales que l'occasion de mieux les réfuter afin d'affirmer de nouveau la supériorité de la pensée chrétienne. Il n'est pas difficile de voir comment ces deux positions éliminent *a priori* toute possibilité d'une véritable rencontre entre christianisme et bouddhisme. Dans une rencontre authentique, en effet, l'identité

2. *Nostra Aetate, 1* (*Concile œcuménique Vatican II : Constitutions, Décrets, Déclarations,* Le Centurion, 1967, p. 694).

et la valeur, aussi bien que les limites de chacun des partenaires doivent être reconnues pour ce qu'elles sont. C'est uniquement à ces conditions que peut s'instaurer un dialogue fructueux qui aidera chacun à avancer sur son chemin vers la vérité.

Le but du présent ouvrage

La rencontre spirituelle du christianisme et du bouddhisme ne peut guère être très simple, et pour réussir elle doit se dérouler à plusieurs niveaux. Il y faut l'appui des responsables religieux des diverses traditions impliquées[3]. Il y faut également la recherche exigeante des théologiens et des philosophes aussi bien que le partage de maîtres spirituels expérimentés qui vivent pleinement la vérité de chaque tradition[4]. Il y faut enfin la compréhension des fidèles qui sont trop souvent laissés de côté. Or, bien peu de gens, qu'ils soient théologiens renommés, moines engagés sur une voie spirituelle bien précise, ou laïcs soucieux de l'avenir de l'Église dans laquelle ils veulent élever leurs enfants, ont la possibilité de faire les recherches qui seraient nécessaires pour se forger une image du bouddhisme qui soit fidèle, autant que faire se peut, à la réalité. C'est essentiellement pour aider ceux qui le voudraient à surmonter cette difficulté que ce livre a été écrit.

Le présent ouvrage s'adresse donc d'abord à tous ceux qui veulent s'informer sur le bouddhisme pour mieux le connaître, car il est le partenaire potentiel d'un dialogue qui,

---

3. Les bonnes relations qui existent entre les diverses associations bouddhistes et surtout l'Union bouddhiste de France d'une part, et le Secrétariat romain pour les non-chrétiens d'autre part, témoignent du fait qu'au plus haut niveau ce travail de dialogue est déjà en chantier.

4. Un bon exemple de l'effort que les communautés religieuses bouddhistes et chrétiennes font pour faire avancer le dialogue à leur niveau est leur engagement dans le programme d'échange entre moines et moniales zen et moines chrétiens européens. Benoît Billot, bénédictin, parle de ces échanges dans son livre *Voyage dans les monastères zen* (Desclée de Brouwer, 1985).

du moins peut-on l'espérer, mettra en lumière la dimension spirituelle de toute l'humanité. Il s'adresse ensuite aux chrétiens qui, à travers une meilleure connaissance du bouddhisme, souhaitent approfondir leur propre vie spirituelle. Il peut enfin être utile aux non-chrétiens qui, pour une raison ou pour une autre, s'intéressent au bouddhisme et veulent savoir si cette tradition millénaire pourrait constituer pour eux une voie sur laquelle il leur serait possible de cheminer vers une conscience plus profonde du sens de la vie. En bref, c'est un livre qui veut présenter, honnêtement et de manière compréhensible, la tradition bouddhique aux gens qui ne l'ont jamais sérieusement approchée auparavant. Il a été écrit dans la conviction que la connaissance de la démarche spirituelle d'autrui ne peut que jeter une lumière nouvelle sur la sienne propre. Puisse l'expérience de chaque lecteur vérifier cette conviction !

De quel bouddhisme faut-il parler ?

Pour celui qui veut commencer à étudier le bouddhisme, chercher un livre d'introduction dans une librairie risque d'être une expérience éprouvante. La première chose qui le frappera est la diversité des courants de pensée et de mouvements religieux qui se considèrent comme authentiquement bouddhiques. Il trouvera une quantité assez importante de livres sur le zen, sur le bouddhisme tibétain, d'autres sur l'amidisme, sur le Sūtra du Lotus, etc. Tous ces livres, et bien d'autres, mettent l'accent sur l'une ou l'autre tradition qui constituent le bouddhisme du Mahāyāna – c'est-à-dire celui du Grand Véhicule – qui, quelques siècles après la disparition du Bouddha, a ouvert les portes du salut au plus grand nombre. Ce Grand Véhicule est né de l'opposition qui s'est fait jour à l'ancienne forme du bouddhisme, laquelle était devenue, selon les nouveaux penseurs d'alors, trop difficilement accessible à l'homme du commun. C'est ainsi que le courant de pensée bouddhique, considéré par beaucoup à cause de son ancienneté, comme le plus proche de l'enseignement authentique du Bouddha, a reçu le nom quelque peu péjoratif de Hīnayāna, c'est-à-dire de Petit Véhicule. Les livres qui traitent de cette tradition sont, bien sûr, eux aussi, nombreux et disponibles en librairie.

Cette diversité au sein même de la tradition bouddhique se comprend aisément quand on découvre le canon bouddhique – c'est-à-dire l'ensemble des écritures. En face de cette masse de plus de trois mille œuvres (selon le *Répertoire du Canon bouddhique sino-japonais*[5]), on n'a aucune difficulté à imaginer que l'enseignement du Bouddha ait pu se développer sous les formes les plus diverses. On est alors tenté d'interpréter littéralement les textes bouddhiques qui parlent des « 84 000 enseignements du Bouddha ».

À ceux qui s'intéressent au bouddhisme, la taille du canon bouddhique, la multiplicité des doctrines et la diversité des traditions dites bouddhiques posent donc une question sérieuse. Où, en effet, se trouve exactement l'unité de doctrine qui peut nous permettre de parler de bouddhisme tout court ? C'est une question extrêmement importante dont la réponse deviendra plus claire au fur et à mesure que le lecteur avancera. Car l'une des tâches principales de ce livre est d'établir, ou plutôt de découvrir, l'unité sous-jacente à tous les développements de l'histoire du bouddhisme. Il s'agit également d'examiner les éléments qui ont poussé les grands maîtres à donner des formes toujours nouvelles à l'enseignement de base du Bouddha. C'est ainsi que le lecteur pourra rencontrer le bouddhisme tel qu'il est, dans toute sa profondeur et dans toute sa diversité.

Le grand arbre du bouddhisme

Au long des pages suivantes, le lecteur va donc découvrir le grand arbre du bouddhisme, si l'on nous permet cette métaphore. Or, relativement peu d'Occidentaux le voient

---

5. *Répertoire du Canon bouddhique sino-japonais,* fascicule annexe du *Hōbōgirin* (Dictionnaire encyclopédique du bouddhisme d'après les Sources chinoises et japonaises, 1978). Publié par l'académie des Inscriptions et Belles-Lettres, institut de France.

dans sa totalité. Quelques-uns ont apprécié la beauté d'une fleur ou d'une feuille (tels le zen ou l'amidisme). D'autres ont vu le tronc massif et noueux ou l'une des énormes branches. D'autres encore n'ont vu que le jeune arbre à l'écorce lisse et au feuillage plus léger. Enfin, quelques-uns n'ont vu que la graine d'où l'arbre est sorti. Malheureusement ceux qui n'ont vu que la fleur ne pourront imaginer la majesté de l'arbre. Ceux qui n'ont vu que le tronc ou une branche ne sauront pas la beauté du fruit. Ceux qui n'ont vu que le jeune arbrisseau ne le reconnaîtront jamais dans sa maturité, et ceux qui n'ont vu que la graine seront incapables de distinguer l'arbre.

Après avoir lu ce livre, le lecteur sera prêt à se lancer, s'il le souhaite, dans l'étude de l'un ou l'autre aspect du bouddhisme qui l'intéressera plus spécialement, mais nous espérons qu'il ne perdra jamais de vue la totalité de l'arbre, de celui-là même qui a commencé à pousser dans le sol indien il y a à peu près 2 500 ans. Car seul cet arbre, dans toute sa majesté, peut donner une idée de la puissance de l'enseignement de l'un des plus grands maîtres spirituels de tous les temps – celui qu'on appelle le Bouddha.

À cette fin-là, dès le début de ce « premier regard sur le bouddhisme », le lecteur découvrira ce qu'on appelle « les trois joyaux du bouddhisme » – c'est-à-dire le Bouddha (chapitre I), le *Dharma* ou Loi qui est l'enseignement du Maître (chapitres II et III), et le *Saṃgha* ou communauté bouddhique (chapitres IV et V). C'est dans ces trois joyaux que, depuis le début et jusqu'à aujourd'hui, les bouddhistes, toutes tendances confondues, prennent refuge en prononçant la formule :

> « Je vais au Bouddha comme refuge
> Je vais au *Dharma* comme refuge
> Je vais au *Saṃgha* comme refuge. »

Dans un deuxième temps, notre regard se portera sur les développements qui se sont produits au sein de la tradition pendant les siècles qui ont suivi la mort du Maître (chapitre VI). Ensuite sera traitée la grande division entre la tradition ancienne et le nouveau mouvement du Mahāyāna ou Grand Véhicule (chapitres VII et VIII) et enfin nous étudierons les diverses formes que le bouddhisme a prises en Extrême-Orient (chapitre IX). Nous conclurons avec quelques réflexions sur la présence bouddhique en France aujourd'hui.

I

LE BOUDDHA

Un des grands principes qui gouvernent la recherche de ceux qui s'intéressent aux phénomènes religieux, est qu'aucune tradition ne naît du néant. Chaque nouveau mouvement est lié d'une façon ou d'une autre à tous les courants de pensée qui l'ont précédé et qui l'entouraient au moment où il est apparu. Tout élan créateur vient en effet, soit d'un rejet des traditions dominantes, ressenties comme des abus ou des carcans, soit de l'ajustement de l'une ou l'autre tradition à de nouveaux besoins spirituels du peuple. Ce peut être aussi le retour aux sources d'une tradition qui s'est complètement desséchée au long des siècles et dont il ne reste plus qu'une scolastique aride.

Ce principe s'applique évidemment aussi à une étude du bouddhisme. Si l'on veut vraiment connaître cette tradition et que l'on reprenne l'image de l'arbre, il est bon de considérer d'abord la composition du sol dont la graine s'est nourrie et d'où le jeune arbre est sorti, c'est-à-dire de se familiariser avec la situation religieuse de l'Inde du Nord au temps du Bouddha. Il sera plus aisé alors de comprendre le sens de son enseignement et de sa vie.

LE MILIEU RELIGIEUX DE L'INDE DU NORD AU VIe SIÈCLE AVANT J.-C.

Il est impossible d'intégrer à un livre d'introduction au bouddhisme tous les éléments constitutifs du monde religieux dans lequel a vécu le Bouddha. Seules quelques notions clés caractéristiques de la pensée de l'époque et qui ont eu une influence considérable sur l'enseignement du Bouddha lui-même, seront donc brièvement traitées[1]. Ces notions sont celles du *saṃsāra,* du *karma,* du rôle des sacrifices dans la vie spirituelle, du désir de la délivrance et des moyens principaux de l'obtenir.

LE *SAṂSĀRA*

La première notion clé essentielle à une bonne compréhension de l'enseignement du Bouddha est celle du *saṃsāra* – qui veut dire littéralement « écoulement circulaire ». Selon cette idée, tous les êtres vivants, y compris les dieux, sont engagés dans un cycle incessant de naissances et de morts. Dans cet enchaînement sans commencement ni fin, l'être vivant, selon la qualité des actes posés pendant une vie donnée, renaît dans une situation plus ou moins heureuse au cours de ses vies ultérieures. Il peut renaître comme dieu, comme homme, comme animal, comme esprit malfaisant ou encore dans des enfers terrifiants. Mais la longueur de la vie dans tous ces états, même si elle varie beaucoup, est toujours limitée et, tôt ou tard, chaque être meurt pour renaître à nouveau, dans d'autres circonstances.

LE *KARMA*

La deuxième notion clé avec laquelle il faut se familiariser est celle du *karma.* Le lecteur a peut-être déjà entendu ce mot qui est d'origine sanscrite mais qui est tellement entré dans

1. Pour en savoir plus sur le milieu religieux indien dans lequel le Bouddha naquit, *cf. L'Inde classique : manuel des études indiennes,* de Louis Renou et Jean Filiozat, Librairie d'Amérique et d'Orient, Adrien Maisonneuve.

la langue française qu'il se trouve dans le *Petit Robert,* dans le *Petit Larousse* et autres dictionnaires. Exprimé brièvement, le *karma* est l'acte avec ses conséquences, ce qui signifie que toute bonne action portera du bon fruit dans cette vie ou dans une vie ultérieure, et que toute mauvaise action portera du mauvais fruit. Les actes et leurs fruits sont si étroitement liés qu'on parle de « loi karmique ». Mais il faut toujours garder à l'esprit que cette loi n'a rien à voir avec le jugement d'un dieu quelconque qui surveillerait le comportement moral de l'homme. Il n'y a ni jugement ni pardon, il n'y a que le *karma* et personne ne peut être dispensé de la rigueur de sa loi. Si quelqu'un souffre aujourd'hui, c'est donc le résultat des actions mauvaises d'une vie antérieure. Si, au contraire, quelqu'un est mis en contact avec un maître spirituel capable de l'aider à avancer dans la vie intérieure, c'est le résultat de bons actes. Il faut cependant ajouter que l'homme, dans sa vie présente, est libre, du moins dans une certaine mesure, de poser des actes qui peuvent aussi radicalement modifier son destin.

LES SACRIFICES DE LA RELIGION VÉDIQUE

À l'intérieur de ce monde du *saṃsāra* (ou de la transmigration), où tout être vivant est véritablement prisonnier de la loi karmique, l'homme risque de chercher désespérément un sens à sa vie. À l'époque du Bouddha, beaucoup acceptaient cette vision des choses telle quelle, et essayaient, dans la mesure où cela leur était possible, de s'assurer une série de vies heureuses. Pour les aider tout au long de ce chemin sans véritable fin, ils se tournaient vers les prêtres de l'ancienne religion védique, les brahmanes. Notons que le nom de védisme vient de celui de l'ensemble des textes religieux rédigés en sanscrit entre le milieu du IIe millénaire et le VIe siècle avant notre ère et qu'on appelle les Veda. Ce mot a le sens de « savoir » ou de « science », et le savoir dont il s'agit est essentiellement un savoir théologique et liturgique. Selon cette tradition, le fait de célébrer des rites sacrificiels pouvait, car c'était la bonne action par excellence, assurer au fidèle une renaissance heureuse. Or, l'efficacité de ces sacrifices dépendait de l'utilisation de formules sacrées connues exclusivement des brahmanes[2]. Ces prêtres avaient donc une sorte de monopole contre lequel beaucoup de maîtres spirituels, le Bouddha y compris, allaient s'élever avec vigueur.

LA DÉLIVRANCE

La quatrième notion clé est celle de la délivrance. Si beaucoup de gens acceptaient l'idée que l'homme ne puisse rien espérer de plus que l'assurance d'une série de vies heureuses, d'autres pensaient que le seul but spirituel digne de l'homme était celui d'une libération définitive du cycle des morts et des naissances. Pour eux, la vie n'était que vanité. Ils ne voyaient pas en effet l'intérêt de rechercher une renaissance heureuse puisque, de toute façon, elle se terminerait dans la souffrance de la mort et s'ouvrirait sur une nouvelle existence qui serait inévitablement source d'autres souffrances encore. Ils cherchaient donc la délivrance définitive du monde du *saṃsāra.*

LE MOYEN D'OBTENIR LA DÉLIVRANCE

Il y avait deux manières principales d'aborder ce problème. La première était plutôt gnostique, pourrait-on dire,

---

2. Les brahmanes constituaient la première des quatre grandes castes de la société indienne, les autres étant les *kṣatriya* (guerriers et princes), les *vaiśya* (agriculteurs et commerçants) et les *śūdra* (serviteurs). Puisque plusieurs autres termes sont très proches de celui de brahmane, il serait peut-être utile d'en rappeler l'étymologie. Brahmane vient de la racine sanscrite BRH qui a le sens fondamental de « grandir » ou « amplifier ». Ce mot a tout d'abord une forme neutre : *brahman,* qui a le sens de « parole sacrée » – laquelle est la formule sacrificielle qui donne leur efficacité aux sacrifices et qui les amplifie. Ensuite nous trouvons le terme *brahmana* – qui désigne les textes concernant le *brahman,* commentaires sur la parole sacrée qui se sont constitués vers le xe siècle avant notre ère. Les brahmanes enfin sont les gardiens du Veda et des paroles sacrées. Tous ces termes viennent de la racine BRH. Un quatrième terme est celui de *brahman* qui désigne, dans la spéculation plus tardive, l'absolu sous-jacent à toute existence. Pour finir, il y a le dieu Brahma (ou Brahman) qui est la personnification de cet absolu et qui a donc pris la première place dans la hiérarchie des dieux.

et la seconde, ascétique. Vers le VIe ou VIIe siècle avant notre ère, en effet, un courant de pensée très mystique s'est développé en Inde. Les maîtres de cette école affirmaient qu'au fond de chaque homme existe une réalité intérieure qui le fait exister comme être vivant. Cette réalité qui continue à vivre après la mort s'appelle *l'ātman.* En même temps, les mêmes maîtres parlaient d'un absolu situé au fond de toute existence, de l'incréé qui enveloppe toutes choses visibles et invisibles, de quoi tout procède et à quoi tout retourne. Cet absolu, c'est le *brahman* [3].

La délivrance définitive peut s'atteindre, selon cette tradition, une fois que le fidèle, grâce à des pratiques méditatives, a réalisé pleinement que *l'ātman* est en fait identique au *brahman,* c'est-à-dire au mystère dont tout être est imprégné. Une fois, en effet, que l'homme prend conscience que la réalité qui est au fond de son être (l'*ātman*) est une avec ce qui est au fond du cosmos même, il dépasse les limites du monde phénoménal du *saṃsāra.* Cette idée de l'unité de toutes choses dans l'absolu impersonnel représente certainement la doctrine la plus importante de la pensée mystique de l'époque qui nous concerne. Sa connaissance, toutefois, était rendue en grande partie inaccessible au plus grand nombre à cause de la spéculation souvent aride qui l'entourait. Ainsi, en dehors de la caste brahmanique, peu de gens avaient-ils l'éducation nécessaire pour pénétrer ces profondeurs. L'homme qui cherchait la vérité se trouvait donc de nouveau dépendant des brahmanes.

À côté de ce chemin, qu'on peut qualifier de gnostique, un chemin ascétique était offert pour arriver au même but et il se fondait sur la dynamique du *karma.* Selon la logique des maîtres de cette tendance, si toute existence ultérieure dépend des actes posés dans cette vie et dans des vies antérieures, la seule manière de sortir du cycle des transmigrations est d'éviter toute action capable de produire un fruit bon ou mauvais. Ainsi, en quelques vies, le fruit du *karma* venant des vies antérieures peut s'épuiser, tandis qu'aucun fruit nouveau ne peut être créé. En éliminant par l'ascèse tout

3. *Cf.* la note n° 2 ci-contre.

karma, ces ascètes espéraient déjouer, pour ainsi dire, l'entraînement fatal et échapper à la prison du *saṃsāra,* ce monde des naissances et des morts sans fin.

LE BOUDDHA DANS LE MILIEU RELIGIEUX DU VIe SIÈCLE AVANT J.-C.

Cette présentation, même très brève, aura permis au lecteur de saisir un peu ce qu'était le milieu religieux de l'époque. Or c'est dans ce monde qu'est né l'homme qui allait devenir le Bouddha, l'Éveillé, celui qui allait faire éclater tout ce que nous venons de voir. En effet, il allait refuser la nécessité des sacrifices, rejeter catégoriquement l'autorité des brahmanes, nier avec une détermination féroce toute idée qu'en l'homme puisse exister un *ātman* ou un soi permanent et substantiel ; il allait également lutter contre le gaspillage spirituel que représente une ascèse exagérée. Par ailleurs, pourtant, il allait faire siennes les idées du *saṃsāra* et du *karma* (tout en en tirant des conséquences différentes en ce qui concerne la pratique religieuse de l'homme) et partager le désir de délivrance totale qui animait tant de maîtres spirituels de son époque

Le Bouddha affirme en effet que c'est précisément l'illusion insensée qu'existe un *ātman* au fond de l'homme, qui emprisonne celui-ci dans le *saṃsāra.* Tout effort fait pour se libérer en cherchant à saisir l'unité de cet *ātman* illusoire avec le *brahman,* est pour lui folie pure car cela ne peut que perpétuer le cycle des morts et des naissances pour des raisons que nous examinerons plus loin. D'autre part, tout effort fait pour se libérer par une vie d'ascèse excessive lui semble aussi sans aucun intérêt car cet effort même n'exprime, pour lui, qu'une sorte d'attachement au soi et donc au monde du *saṃsāra.* Seule la connaissance des quatre vérités découvertes lors de son expérience d'Éveil lui a semblé capable de libérer l'homme. Dans les deuxième et troisième chapitres, ces vérités seront analysées en détail mais, avant cela, il nous faut maintenant faire connaissance avec cet homme que, partout, on appelle le Bouddha.

LE BOUDDHA

Parler de l'homme qui doit à une expérience spirituelle extraordinaire d'avoir reçu le titre de « Bouddha » ou d'« Éveillé » n'est pas tâche facile, surtout pour un Occidental très attaché à des méthodes de recherche dites « historiques », et cela pour deux raisons principales. D'abord, il est presque impossible de déterminer ce qui, dans la vaste littérature bouddhique, est véritablement lié à l'existence historique du Bouddha. Ce problème vient du fait que les narrateurs des récits qui apparaissent dans les ouvrages canoniques n'étaient tout simplement pas des historiens. Leur but était de conserver ce qui était considéré par leurs propres maîtres comme l'enseignement authentique du Bouddha. Ils n'ont pas trop hésité à ajouter des éléments historiquement peu fondés afin de rendre son message, spirituel et essentiellement a-historique, plus compréhensible et plus acceptable par leurs contemporains qui, il faut le reconnaître, n'étaient pas spécialement pointilleux sur l'historicité des choses. La deuxième raison pour laquelle nous avons du mal à parler « intelligiblement » de cet homme, est que la vie du Bouddha qui pourrait être l'objet d'une recherche historique ne serait de toute façon, dans la vision bouddhique du monde, que la pointe visible d'un iceberg gigantesque dont la plus grande partie resterait cachée à nos yeux dans l'océan du *saṃsāra*. Car, si le Bouddha s'est éveillé, c'est grâce à des pratiques spirituelles et à des actes méritoires accomplis pendant toute une série de vies vécues à travers une période de temps incalculable. Voilà donc où nous en sommes avec nos pauvres critères historiques !

LA VIE DU BOUDDHA SELON L'HISTORIEN

En ce qui concerne la dernière vie qu'ait vécue le Bouddha, c'est-à-dire celle pendant laquelle il s'est éveillé, les faits suivants peuvent être plus ou moins acceptés par un historien. Le Bouddha est né vers le milieu du VIe siècle avant notre ère (la date approximative est celle de 563 avant J.-C.), dans une famille aristocratique appartenant à la caste des guerriers et des princes[4], caste située juste en dessous de celle des brahmanes. La famille du Bouddha s'était installée près du village de Kapilavastu au royaume de Kosala qui se trouve au pied de l'Himalaya, à la frontière sud de ce qui s'appelle aujourd'hui le Népal. Sa famille jouissait d'une position importante dans le clan des Śākya – d'où l'un des noms les plus connus du Bouddha, à savoir Śākyamuni ou l'ascète du clan Śākya. Le nom patronymique du Bouddha était Gautama et son nom personnel, Siddhārtha.

Siddhārtha a, semble-t-il, vécu pendant des années une vie relativement aisée, jouissant d'un certain luxe princier, sans doute exagéré d'ailleurs par la tradition, car la vie à cette époque et à cet endroit, fût-ce celle d'un prince, devait malgré tout être assez rude. Il s'est marié et a eu un enfant. Très sensible, il a été marqué par l'atmosphère intellectuelle et spirituelle de son temps, ce qui a fait naître en lui une grande insatisfaction. Le monde des plaisirs qui l'entourait, ne le comblait en aucune façon et il a fini par tout abandonner pour se consacrer à la quête de la seule vérité qui vaille, celle qui pourrait, de manière définitive, libérer l'homme du monde du *saṃsāra*. Après des années de recherche spirituelle, il a trouvé et est ainsi devenu « l'Éveillé », le Bouddha.

Après son expérience d'Éveil, le Bouddha est entré dans une période de prédication qui a duré plus de quarante ans. Pendant cette période, un certain nombre de disciples se sont rassemblés autour de lui et ont ainsi formé la première communauté bouddhique. À l'âge de quatre-vingts ans (483 av. J.-C.), au grand désespoir de ses fidèles, le Bouddha est mort et c'est ainsi que s'est achevé le premier stade du développement du bouddhisme.

LES VIES DU BOUDDHA

Tout ce que nous venons de voir est raconté dans les *sūtras*[5] qui constituent une partie de l'écriture sainte du

4. *Cf.* la note n° 2, p. 20.

5. Les *sūtras* (littéralement « fil ») dans le bouddhisme sont les textes qui contiennent, selon la tradition, l'enseignement du Bouddha exprimé dans

bouddhisme. Il n'y a rien dans cette histoire qui soit très spectaculaire ; il pourrait même s'agir d'une vie plutôt banale, étant donné l'atmosphère générale de l'époque. Siddhārtha Gautama n'est pas le seul homme du milieu aristocratique qui ait choisi de quitter sa maison pour partir à la poursuite de la vérité. Il n'est pas non plus le seul autour de qui se soient rassemblés des disciples[6]. Mais sa vie, ainsi réduite à des choses plus ou moins historiquement vérifiables, si elle est plus acceptable pour un esprit critique, ne serait guère édifiante pour un bouddhiste. Car évidemment, accepter le bouddhisme implique aussi d'accepter la vision bouddhique du monde et donc les notions de *saṃsāra* et de *karma.* Le croyant, surtout celui à qui ont été adressés les enseignements pendant les siècles qui ont suivi la mort du Bouddha, ne s'occupe pas vraiment de l'histoire dans le sens scientifique du terme. Ce qui l'intéresse, c'est la vérité vécue par le Bouddha depuis le commencement de son aventure spirituelle, dans un passé lointain, jusqu'au moment de sa libération totale. Et c'est afin d'exprimer cette réalité dans toute sa profondeur, que les *sūtras* appelés *Jātaka,* c'est-à-dire « les naissances », ont été rédigés.

Dans ces *sūtras*, le Bouddha, conscient depuis son Éveil, de tout ce qui s'était passé depuis toujours, raconte à ses disciples l'histoire de ses vies antérieures. Les récits des *Jākata* sont bien sûr légendaires, dans le sens qu'ils ne sont pas vérifiables historiquement, mais, pour des bouddhistes pieux, ils n'en sont pas pour autant moins réels, car ces histoires sont révélatrices de ce qui est le plus profond dans l'enseignement du Bouddha. On peut d'ailleurs dire la même chose de l'embellissement littéraire des récits de la dernière vie du Bouddha, c'est-à-dire de celle qu'il a vécue dans notre monde, il y a vingt-cinq siècles. Ainsi donc, dans les *sūtras,*

---

ses propres mots. On reviendra sur le sens de ce terme dans le Ve chapitre, lorsque nous traiterons de la formation du canon bouddhique.

6. Un bon exemple d'un autre prince ayant choisi la voie spirituelle est celui de Mahāvīra – fondateur du jaïnisme. L'enseignement de Mahāvīra, même s'il n'a pas connu un succès comparable à celui du Bouddha, a exercé une très grande influence sur la pensée indienne. Cette tradition existe toujours en Inde aujourd'hui.

l'enseignement de base du Bouddha est-il inséparable des légendes qui concernent sa vie et qui sont souvent contées, d'ailleurs, dans un très beau langage poétique. C'est pourquoi maintenant, après avoir vu de la vie du Bouddha ce qui en est acceptable ou du moins reconnu comme possible par les historiens les plus sceptiques, nous allons nous ouvrir à l'histoire, dans le sens le plus vaste du terme, de toute l'aventure spirituelle du Bouddha.

Quelques remarques sur la cosmologie bouddhique

Avant d'aborder notre réflexion sur les vies antérieures du Bouddha, peut-être serait-il bon de donner quelques éclaircissements sur la cosmologie bouddhique. Cela aidera le lecteur à mieux saisir comment les bouddhistes imaginent ce monde où chaque être (y compris le Bouddha avant son Éveil) est soumis au cycle des morts et des naissances, y faisant l'expérience d'états très variés, déterminés par le jeu de la loi karmique.

Selon la cosmologie bouddhique traditionnelle, il existe, dans un univers sans limites, d'innombrables mondes dont chacun a en son centre une montagne axiale (le mont Sumeru dans notre monde). Autour de cette montagne tournent le soleil, la lune et d'autres astres, toujours dans le sens des aiguilles d'une montre. Le tout a la forme d'une sorte de cylindre ou, vu d'en haut, d'un disque. À la périphérie de ce disque, il y a une chaîne de montagnes, circulaire, et qui limite les eaux d'un vaste océan. Et entre ces montagnes extérieures et le mont Sumeru, se trouvent sept autres chaînes de montagnes séparées les unes des autres par des mers. Le tout est divisé de haut en bas en trois plans : celui qu'on appelle « sans forme » où la matière cède la place à la pensée pure, celui des formes, caractérisé par la subtilité de la matière, et celui du désir, qui est le nôtre.

Ce triple monde est peuplé, selon la tradition, de six catégories d'êtres. Les *deva*, ou divinités, habitent le plan « sans forme » et celui des formes (qui sont situés tous les deux au-dessus de la montagne axiale) ainsi que les niveaux supérieurs du plan du désir, lesquels sont situés, eux, dans les

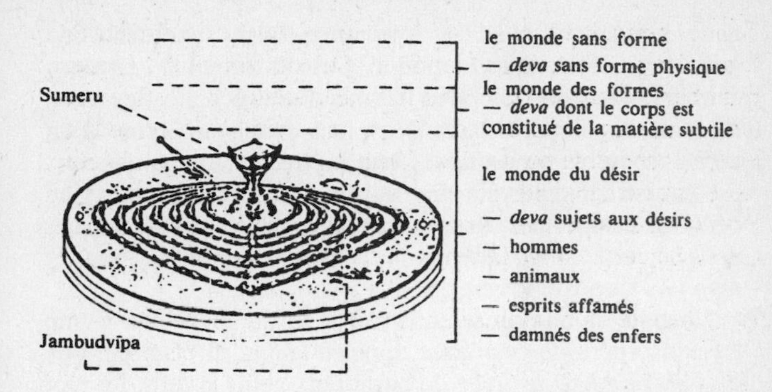

hauteurs de la même montagne. Les *deva* du plan « sans forme » sont des êtres spirituels qui jouissent d'une durée de vie extrêmement longue et qui sont absorbés dans des états d'extase extraordinaires. Ceux du plan des formes ont un corps constitué de matière subtile et sont libres de tout désir. Les *deva* inférieurs du plan du désir sont marqués par des besoins sexuels et alimentaires mais leur vie est beaucoup plus longue et moins remplie par la souffrance que celle de l'homme. Les hommes qui forment, eux, la seconde catégorie d'êtres, peuplent des îles qui se trouvent dans la grande mer, dont Jambudvīpa en est la plus importante car il est dit que c'est la seule île où puisse naître un Bouddha. Les hommes, à cause de leur ignorance, souffrent énormément, mais le fait qu'ils puissent avoir accès à l'enseignement du Bouddha fait d'eux, paradoxalement, des êtres hautement privilégiés. Une troisième catégorie d'êtres est celle des animaux, qui sont encore plus aveugles que les hommes pour ce qui concerne le véritable sens de la vie. Ensuite, il y a les esprits affamés qui souffrent affreusement d'une faim dévorante. En dernier lieu, il y a les damnés, vivant dans des enfers terrifiants mais qui ne sont pourtant pas éternels. Une sixième catégorie d'êtres, un peu spéciale dans le sens qu'elle n'est pas reconnue dans tous les récits qui exposent la cosmologie bouddhique, est celle des esprits malfaisants. Là où ils sont présentés, ils semblent être du même ordre que les *deva* inférieurs, avec la différence qu'ils exercent une influence néfaste dans le monde. Ces six formes d'existence sont représentées soit sous forme d'une échelle, les *deva* étant en haut et les damnés en bas, soit sous forme d'un cercle divisé en six parties. Chaque être, à tous ces niveaux, est prisonnier du cycle des morts et des naissances et ne cesse de monter et de descendre cette échelle – ou de tourner dans ce cercle – *ad infinitum,* créant et mangeant les bons et mauvais fruits du *karma*.

Chaque monde ainsi construit a la durée de vie d'une immense période cosmique appelée *kalpa,* et cette période est elle-même constituée de nombreux petits *kalpas.* Le mot *kalpa* est un terme technique qu'on laisse le plus souvent en sanscrit car il n'existe pas de concept occidental correspondant. Un *kalpa* est un laps de temps extrêmement long dont la durée est décrite dans différentes paraboles ; il y a celle, par exemple, où un *kalpa* est comparé à la période qu'il faudrait pour enlever tous les grains de pavot présents dans une grande cité si l'on en enlevait un grain une fois tous les trois ans. Il est dit encore qu'un *kalpa* est le temps qu'il faudrait à un homme pour user une énorme montagne si, une fois par siècle, il l'effleurait avec un morceau de tissu fin. Les scolastiques bouddhistes ne sont pas tous d'accord sur le nombre d'années que dure une telle période, mais en fait, pour les bouddhistes, ces chiffres sont sans importance. Ce qui est important, c'est qu'il s'agisse d'une longueur de temps qui échappe à notre pauvre capacité d'analyse.

Pour terminer cette esquisse de la cosmologie bouddhique, il faut noter que tous les innombrables mondes de l'univers sont remplacés, après leur destruction, par d'autres mondes et que ces nouveaux mondes sont à leur tour suivis par d'autres encore, dans une succession sans commencement ni fin.

L'AVENTURE SPIRITUELLE DU BOUDDHA

L'histoire de toute l'aventure spirituelle du Bouddha commence dans un passé lointain, au temps de Dīpaṃkara, l'un des Bouddhas qui, selon les plus anciens textes, ont précédé Śākyamuni dans ce monde[7].

Un jour, le Bouddha Dīpaṃkara a remarqué un homme qui s'était allongé par terre dans la boue, devant lui, pour lui permettre de marcher sur son corps et ainsi lui éviter de se souiller les pieds. Étonné par ce geste, Dīpaṃkara a vite pris conscience que cet homme, qui s'appelait Sumedha, n'avait depuis longtemps déjà qu'un seul but : atteindre l'Éveil. Grâce au pouvoir de vision du futur qui était son privilège puisqu'il était Bouddha, il a vu que Sumedha deviendrait un jour, lui aussi, un Bouddha portant le nom de Gautama. Quand il a prophétisé cela publiquement, Sumedha en a été rempli de joie et s'est lancé avec enthousiasme sur la voie du bodhisattva – c'est-à-dire la voie des êtres *(sattva)* voués à la recherche de l'Éveil *(bodhi)*. Dans chacune de ses vies, tout au long de cette voie très exigeante, ce bodhisattva s'est ainsi continuellement consacré aux pratiques nécessaires pour que les perfections caractéristiques d'un bouddha mûrissent en lui. Ce sont ces vies antérieures qui sont racontées dans les *Jākatas* mentionnés plus haut. C'est là où l'on trouve, par exemple, la scène touchante où le bodhisattva, plein de compassion, donne son corps à des lionceaux qui sont en train de mourir de faim. Il y a également l'histoire célèbre de l'éléphant Chaddanta[8] que raconte le Bouddha Śākyamuni à ceux de ses disciples qui l'ont vu accueillir avec un sourire compatissant une femme venue, en larmes, l'écouter prêcher. Le Bouddha explique que dans une vie antérieure cette femme avait été l'une des deux épouses principales du roi des éléphants, Chaddanta, et qu'elle brûlait alors de jalousie car le roi, pensait-elle, préférait l'autre épouse. Cette jalousie avait pris peu à peu une dimension terrifiante et elle en était venue à souhaiter mourir afin de pouvoir renaître comme

7. Il est important de garder à l'esprit cette notion d'une série de bouddhas, dont chacun a fait l'expérience du même Éveil transcendant toute idée d'individualité. Cela allait, plus tard, ouvrir les portes à des spéculations vertigineuses sur la nature du Bouddha, lesquelles ont donné naissance au bouddhisme du Mahāyāna (*cf.* chapitres VI et VII).

8. Cette histoire se trouve dans l'œuvre d'André Bareau, *En suivant le Bouddha* (Philippe Lebaud, 1985), pp. 174-187.

reine et convaincre alors son roi d'envoyer tuer Chaddanta. Elle avait donc arrêté de se nourrir et elle était morte.

Tous ses souhaits avaient ensuite été réalisés car le roi, pour soulager sa reine qui feignait la maladie, avait envoyé le chasseur le plus renommé et le plus féroce du royaume tuer l'éléphant Chaddanta et rapporter au palais ses énormes défenses. Le chasseur avait réussi à transpercer l'éléphant d'une flèche empoisonnée, mais il n'avait pas été capable d'en couper les défenses. C'est Chaddanta lui-même qui, avec le peu de force qui lui restait, avait coupé ses propres défenses et les avait remises au chasseur. Son ancienne épouse en les recevant de la main du chasseur était morte, le cœur brisé de remords.

Après avoir raconté cette histoire, le Bouddha explique que Chaddanta n'était autre que lui-même dans l'une de ses vies antérieures et que les larmes de la femme qui se tient devant lui témoignent de son repentir de l'avoir fait tuer. Il ajoute que le chasseur qui l'avait tué était le moine Devadatta. Or, celui-ci était un cousin de Śākyamuni qui, selon la tradition, aurait essayé de tuer le Bouddha afin de prendre lui-même la tête de la communauté bouddhique. On peut voir dans cette histoire, et dans des centaines d'autres du même genre, comment, pour les bouddhistes, les rapports entre les individus aujourd'hui sont, d'une façon ou d'une autre, liés à des rapports ayant existé dans un passé lointain.

Dans l'avant-dernière de ses vies, celui qui allait devenir le Bouddha Śākyamuni fut un prince doué d'une générosité surnaturelle. Après sa mort, il atteignit l'un des paradis célestes du vaste univers bouddhique où il attendit de revenir sur la terre. Là, il détermina le temps, l'endroit et toutes les circonstances favorables à sa dernière renaissance. C'est à ce point précis que les légendes concernant toute l'aventure spirituelle du bodhisattva, commencent à se confondre avec les éléments historiques mentionnés plus haut.

La dernière naissance de celui qui était destiné à la bouddhéité

Le bodhisattva avait choisi, comme nous l'avons déjà vu, de renaître comme prince dans le clan des Śākya, dans le nord de l'Inde. Dans un rêve, sa mère Māyā vit le bodhisattva sous la forme d'un éléphant blanc qui portait dans sa trompe un lotus, également blanc. Il s'approcha d'elle et sembla toucher son côté droit et entrer dans ses entrailles. Le lendemain, quand Māyā raconta son rêve aux maîtres brahmanes, ils l'interprétèrent et affirmèrent qu'elle avait conçu un enfant mâle qui deviendrait ou un grand roi universel ou un bouddha.

Les circonstances de la naissance de cet enfant à Lumbinī confirmèrent l'interprétation des brahmanes, car il avait effectivement été doté des trente-deux marques du Grand Homme indien[9]. L'un des sages présents à la naissance exprima, en voyant l'enfant, sa certitude qu'il allait choisir la vie religieuse et devenir un bouddha. Alors le roi, qui voulait que son fils devienne son successeur, demanda au sage de lui dire ce qui allait influencer son fils dans sa décision. Il répondit que le prince verrait quatre signes – un vieillard, un malade, un cadavre et un mendiant – et qu'à la suite de ces rencontres, il choisirait la vie religieuse. Le roi, entendant cela, mit donc en œuvre un plan destiné à préserver son fils de tout contact avec ces quatre signes.

LES QUATRE RENCONTRES

Alors que Siddhārtha avait seize ans, le roi, dans l'espoir de l'attacher à la vie du monde, lui chercha une femme. À la grande joie de son père, le prince accepta le mariage. Mais le jour approchait où le bodhisattva, malgré toutes les pré-

9. Ces marques témoignent de l'accomplissement dans d'innombrables vies antérieures de diverses pratiques méritoires. Parmi ces marques qui apparaissent très souvent dans l'iconographie bouddhique, se trouvent la protubérance crânienne, la touffe de poils blancs entre les sourcils, les bras qui descendent jusqu'aux genoux, etc. La liste de ces marques et de leur sens se trouve dans *Le Traité de la Grande Vertu de Sagesse* de Nāgārjuna.

cautions du roi, allait voir les quatre signes qui le conduiraient à quitter définitivement sa maison.

En effet, un jour Siddhārtha exprima le désir de visiter les jardins royaux. En cours de route, il vit, depuis son char, la silhouette d'un vieil homme décrépit. Cela l'étonna et il demanda à son conducteur de char de quelle sorte d'homme il s'agissait. Le cocher lui répondit, bien sûr, qu'il s'agissait d'un homme courbé sous le poids de l'âge. Le prince, perplexe, demanda si c'était une condition particulière à cet homme-là. Le cocher dut donc lui révéler que la jeunesse pour chacun cède immanquablement à la vieillesse, et cette réponse bouleversa profondément le jeune prince qui retourna à son palais tout triste et dégoûté de la vie.

Un autre jour, le prince vit un malade, faible et fiévreux. Le cocher, contre son gré, dut lui parler de la maladie, ce qui plongea le prince dans l'angoisse car il prit alors conscience du caractère éphémère de la santé et donc de tout plaisir.

Pendant une troisième sortie, Siddhārtha rencontra un cortège funèbre. Il fut très impressionné par le spectacle de ces gens qui versaient des torrents de larmes autour d'un homme allongé. Il demanda donc une explication à son cocher. Quand il eut saisi que le père, la mère, les enfants et la femme de cet homme ne le reverraient jamais, il décida de trouver, coûte que coûte, une voie de libération de ce monde où la jeunesse est détruite par la vieillesse, la santé par la maladie et la vie par la mort. Mais où chercher cette voie ? La réponse à cette question arriva sous la forme d'une quatrième rencontre, cette fois avec un mendiant qui était, malgré sa pauvreté, serein, digne et en pleine possession de lui-même. C'est à ce moment-là que le bodhisattva décida de suivre cet exemple.

LE GRAND RENONCEMENT

Le roi, choqué par la nouvelle de cette décision, redoubla la garde et commanda aux femmes les plus séduisantes du palais de faire tout pour distraire le jeune prince. Mais Siddhārtha ne fléchit pas. Il parla de son projet à son père qui lui promit alors de faire tout ce qu'il voudrait à condition qu'il reste dans le palais. En voyant son père dans un tel état de désespoir, Siddhārtha lui dit alors ceci :

« Seigneur, je désire que vous m'accordiez quatre choses : la première – de rester pour toujours en possession des fraîches couleurs de la jeunesse ; la deuxième – que la maladie ne me touche jamais ; la troisième – que ma vie ne se termine pas ; et la quatrième – que mon corps ne se décompose pas. »

Le roi, qui était bien incapable d'accorder aucune de ces quatre choses à son fils, se retrouva plongé dans un désespoir plus profond encore. Alors Siddhārtha ajouta :

« Si je ne peux éviter ni la vieillesse, ni la maladie, ni la mort, ni la décomposition de mon corps, faites en sorte qu'au moins après la mort je ne renaisse plus jamais. »

Le roi, impuissant, ne trouva rien à répondre à son fils et décida de le laisser partir.

Après avoir déjoué les plans de son père qui était malgré tout revenu sur sa décision de le laisser libre, le bodhisattva quitta sa maison pour commencer sa longue quête de la vérité, celle qu'il était destiné à trouver grâce à tous les mérites qu'il avait accumulés dans ses vies antérieures. Ce fut alors le Grand Renoncement qui marqua le commencement du dernier stade de son aventure spirituelle.

LA RECHERCHE DE LA VÉRITÉ

Au début de sa quête spirituelle, Siddhārtha se rendit d'abord chez les grands maîtres brahmanes de l'époque, mais ils ne lui apportèrent aucune solution. À Magadha, un grand roi très sensible à ce que faisait Siddhārtha lui offrit la moitié de son royaume pour le soutenir dans sa recherche. Mais le bodhisattva avait déjà réalisé que la richesse ne servait à rien dans un tel projet. Alors il quitta le pays du Magadha, mais avec la promesse de revenir une fois qu'il aurait trouvé la réponse à ses questions.

Ensuite, Siddhārtha pratiqua la méditation sous la direction des maîtres du yoga. Une nouvelle fois déçu par le résultat de ses efforts, il les quitta eux aussi et, avec cinq compagnons, commença une vie d'ascèse très stricte qui dura six ans. Or, Siddhārtha se consacra à cette ascèse avec une telle ferveur que finalement, ses forces ayant terriblement décliné, il se retrouva au bord de la mort – sans avoir trouvé la vérité qu'il cherchait. C'est ainsi qu'il prit finalement conscience de la vanité de ces pratiques extrêmes et qu'il les abandonna. Dès lors, convaincu que la faiblesse physique, non plus que la richesse matérielle, ne servait à quoi que ce soit dans sa recherche, Siddhārtha reprit des forces et commença une vie de mendicité.

L'EXPÉRIENCE DE L'ÉVEIL

Un peu plus tard, comme il sentait que l'Éveil était proche, il s'assit sous l'arbre de bodhi, déterminé à ne plus bouger aussi longtemps qu'il n'aurait pas atteint son but. C'est à ce moment que Māra, le dieu de la mort, apparut devant lui. Māra en effet préside au monde du *saṃsāra* et veille à ce que personne n'échappe au cycle des morts et des naissances. Conscient que cet homme assis sous l'arbre était sur le point de réussir à se libérer, il rassembla toutes les forces de ses démons dans un dernier effort pour le distraire de son but. Siddhārtha fut donc soumis alors, seul, aux assauts incessants des démons. Mais il tint bon. Le dieu de la mort fut vaincu et Siddhārtha arriva à saisir la vérité qui lui permit ensuite de résoudre tous les problèmes qui l'avaient préoccupé si longtemps. Il saisit tout le mystère de la mort et de la renaissance et celui aussi de la suppression de la souffrance dans le monde du *saṃsāra*. Il acquit également la triple science : le souvenir de ses anciennes existences, la connaissance de la mort et de la renaissance des êtres et la certitude d'avoir détruit en lui tous les désirs qui constituent la base même des renaissances successives dans ce monde. Dès lors Siddhārtha fut donc éveillé à la vérité de toutes choses – il était enfin devenu le Bouddha. Et c'est ce Bouddha qui, au cours de sa première prédication à Bénarès, a révélé aux autres êtres vivants cette même vérité libératrice, une vérité qui constitue le cœur du deuxième joyau du bouddhisme, le *Dharma*.

II

L'ENSEIGNEMENT DU BOUDDHA (I)

Les écritures disent que le nouveau Bouddha, après son expérience d'Éveil, fut très perplexe : fallait-il ou non essayer de présenter aux autres la vérité qu'il avait découverte ? Il était conscient que la plus grande partie de l'humanité, de par son ignorance spirituelle foncière, ne comprendrait pas la profondeur de la vérité qu'il n'avait pu pénétrer lui-même qu'après des vies innombrables de discipline intérieure. Il hésita donc à partager la connaissance qu'il avait du sens ultime de la vie et du moyen de se libérer du monde du *saṃsāra.* C'est à ce moment-là que, selon la légende, le dieu Brahma intervint auprès de lui en faveur de tous les êtres vivants du triple monde. (Il faut noter que le Bouddha n'a jamais nié l'existence des dieux indiens tels que Brahma. Il l'a seulement relativisée en disant que même les dieux les plus hauts, comme tous les autres êtres vivants, avaient besoin d'entendre la vérité qui seule pouvait les libérer.)

Accompagné par une foule de *deva,* Brahma supplia donc le Bouddha de proclamer la vérité libératrice qu'il avait comprise. Ému par cette supplication, le Bouddha pensa à ceux qui, même s'ils étaient peu nombreux, étaient déjà proches de la vérité et n'avaient besoin que d'une aide minime pour l'atteindre. Et dans sa compassion, il opta donc finalement pour la mise en mouvement de la roue de la loi – c'est-à-dire pour mettre son enseignement à la disposition de l'homme.

LA ROUE DE LA LOI

Cette image de la roue de la loi *(dharmacakra)* est quelque chose de très fort et il est essentiel d'en découvrir le sens profond. Examinons donc le premier élément du terme *dharmacakra.* Dans la pensée bouddhique, le mot *dharma* exprime tout d'abord l'« ordre » ou la « loi » immanente, éternelle et incréée de l'univers. Ce *dharma,* cette loi universelle qui gouverne absolument tout, existe indépendamment de la présence ou de l'absence d'un Bouddha, lequel ne fait que la constater. Et comme c'est cette loi que le Bouddha a enseignée aux autres êtres vivants afin de leur donner le moyen de se libérer du monde du *saṃsāra,* le terme *dharma* désigne aussi l'enseignement même du Bouddha. Et c'est dans ce sens-là que l'on parle du *dharma* comme du deuxième « joyau » du bouddhisme. Mais ce même terme, qui est décidément très riche, a aussi plusieurs sens techniques. Tout ce qui est vu ou qui peut être objet de connaissance ou source de sensation est *dharma.* Tout phénomène et tout élément constitutif d'un phénomène, toute idée, etc., sont aussi considérés comme *dharma.* Dans un sens plus large, *dharma* peut aussi signifier la loi morale, la vertu, le devoir – ou encore la réalité transcendante, c'est-à-dire ce qui est vrai dans le sens absolu et ultime du terme.

Le second élément du terme *dharmacakra,* c'est-à-dire *cakra* ou roue, était, dans la culture indienne, le symbole du pouvoir extraordinaire qui appartenait au monarque idéal – le *cakravartin* – celui qui fait tourner la roue. Mais de quelle roue s'agit-il ? Selon la tradition, chaque monarque idéal apparaissant dans ce monde possède sept joyaux, parmi lesquels se trouve « le joyau de la roue d'or ». Cette roue d'un diamètre de quarante pieds a, selon les textes, mille rayons brillant de tous leurs feux. (Il s'agit probablement d'un symbole solaire.) Le roi qui possède cette roue peut la mettre en mouvement vers les quatre points cardinaux de l'univers et ainsi étendre son empire. Dans le *Jātaka,* un texte explique comment le roi Mahāsudarçana utilisa cette roue. Après avoir réfléchi à la nature de la roue qui était apparue devant lui, il se dit :

« "À présent, le mieux pour moi est de mettre à l'essai ce joyau de la roue." Alors le roi Mahāsudarçana réunit ses quatre corps d'armée (c'est-à-dire ceux des éléphants, des cavaliers, des chars et des fantassins), se tourna vers le joyau de la roue d'or, découvrit son épaule droite, mit son genou droit à terre et, de la main droite, il toucha la roue d'or en disant : "Va en direction de l'est en tournant conformément à la loi, ne transgresse pas les règles communes." Aussitôt, la roue se mit à tourner en direction de l'est, et le roi, à la tête de ses quatre corps d'armée, la suivit. À l'endroit où la roue s'arrêta, le roi arrêta son attelage. Alors, les rois des petits pays de la région orientale, ayant vu arriver le grand roi, le saluèrent bien bas et lui dirent : "Bienvenue, ô grand roi ! À présent les territoires de la région orientale connaissent l'abondance et le bonheur, et leurs peuples sont prospères, naturellement doués de bonté et de douceur, de bienveillance et de piété filiale, de sincérité et de docilité. Nous souhaitons seulement que le saint roi gouverne cette région. Nous le servirons en obéissant à ses ordres[1]." »

Le texte continue et raconte comment cette même roue roula de la même manière dans les quatre directions – et toujours jusqu'au bord de l'océan. C'est pourquoi le *cakravartin* – celui qui fait tourner la roue – est en fait un monarque universel.

Dans le bouddhisme, la roue n'est plus un symbole du bon gouvernement par lequel le monarque étend son empire et assure la paix et la prospérité de tous. Elle devient plutôt le symbole de l'enseignement ou de la loi *(dharma)* du Bouddha. Mais si ce que symbolise la roue a bien changé, la dynamique de la mise en mouvement de la roue reste identique. La roue de la loi mise en mouvement par le Bouddha tourne sans cesse et porte la vérité de la loi jusqu'aux limites de l'univers, écrasant tout obstacle, et notamment l'ignorance spirituelle de l'homme, sur son chemin. Il est donc clair que, dès le début, le bouddhisme était destiné à devenir une reli-

1. André Bareau, *En suivant le Bouddha,* Philippe Lebaud Éditeur, Paris, 1985, p. 247.

gion universelle. Dans tous les centres bouddhiques installés en France, on trouve toujours en bonne place le symbole de cette roue. Et cela signifie, bien sûr, qu'elle continue à tourner aujourd'hui là où sont les croyants qui essaient de suivre l'enseignement du Bouddha.

Ayant ainsi saisi le sens du terme *dharmacakra,* voyons comment le Bouddha mit en mouvement cette roue de la loi.

LE SERMON DE BÉNARÈS

Une fois que le Bouddha eut décidé de révéler le contenu de son expérience d'Éveil, il réfléchit pour savoir qui seraient les êtres les plus ouverts, les plus capables d'assimiler une vérité d'une telle profondeur. Son premier choix se porta sur les maîtres brahmanes avec qui il avait étudié immédiatement après son grand renoncement. Mais ils étaient déjà décédés. Alors il pensa aux cinq compagnons avec qui il avait mené la vie ascétique. Comme il savait qu'ils résidaient dans le parc des Gazelles près de Bénarès, le Bouddha alla à leur rencontre. Mais les cinq ascètes, en le voyant, n'eurent que mépris pour leur ancien compagnon qui, à leurs yeux, avait abandonné la vie difficile de l'ascèse en faveur de celle, beaucoup moins dure, de la mendicité. Le Bouddha, qui avait pénétré leurs pensées, s'approcha d'eux avec, selon les écritures saintes, un amour tel que leurs cœurs en furent transformés. Ils s'inclinèrent devant lui et, comme ils ne savaient pas qu'il avait atteint l'Éveil, ils lui parlèrent comme à un frère. Le Bouddha, après avoir annoncé la nouvelle de son Éveil, s'assit et commença, devant ce petit groupe de cinq, sa première prédication.

Avant de lire ce qui constitue le cœur de cette prédication, il serait utile de rappeler que ce qui a été préservé dans les écritures ne représente pas de manière certaine les paroles exactes du Bouddha. Il s'agit d'un problème semblable à celui auquel doivent faire face les exégètes chrétiens qui essaient d'arriver à l'enseignement originel du Christ à travers des récits écrits après sa mort. C'est dire que les enseignements qui, dans les textes, sortent de la bouche du Bouddha, reflètent souvent le fruit de la réflexion de ses disciples sur les divers aspects de sa doctrine. Nous pouvons pourtant présumer que ce qui se trouve dans le sermon de Bénarès est très proche de la doctrine originelle parce que l'essence de ce sermon se retrouve dans divers textes préservés par des écoles bouddhiques très différentes les unes des autres. Cela dit, examinons le récit de cette première prédication de l'Éveillé.

Un moine doit éviter deux extrêmes. Desquels s'agit-il ? S'attacher aux plaisirs des sens, ce qui est bas, vulgaire, terrestre, ignoble et qui engendre de mauvaises conséquences, et s'adonner aux mortifications, ce qui est pénible, ignoble et engendre de mauvaises conséquences. Évitant ces deux extrêmes, ô moines, le Bouddha a découvert le chemin du Milieu qui donne la vision, la connaissance et qui conduit à la paix, à la sagesse, à l'Éveil et au *nirvāṇa.*

Et quel est, ô moines, ce chemin du Milieu que le Bouddha a découvert et qui donne la vision et la connaissance, et qui conduit à la paix, à la sagesse, à l'Éveil et au *nirvāṇa* ? C'est le noble chemin octuple, à savoir : la compréhension juste, la pensée juste, la parole juste, l'action juste, le moyen d'existence juste, l'effort juste, l'attention juste et la concentration juste.

Ceci, ô moines, est le chemin du Milieu que le Bouddha a découvert, qui donne la vision et la connaissance et qui conduit à la paix, à la sagesse, à l'Éveil et au *nirvāṇa.*

Voici, ô moines, la noble vérité sur la souffrance. La naissance est souffrance, la vieillesse est souffrance, la maladie est souffrance, la mort est souffrance, être uni à ce que l'on n'aime pas est souffrance, être séparé de ce que l'on aime est souffrance, ne pas avoir ce que l'on désire est souffrance ; en résumé, les cinq agrégats d'attachements sont souffrance.

Voici, ô moines, la noble vérité sur la cause de la souffrance. C'est le désir qui produit la ré-existence et le redevenir, qui est lié à une avidité passionnée et qui trouve une nouvelle jouissance tantôt ici, tantôt là, c'est-à-dire la soif des plaisirs des sens, la soif de l'existence et du devenir et la soif de la non-existence.

Voici, ô moines, la noble vérité sur la cessation de la souffrance. C'est la cessation complète de cette soif, la délaisser, y renoncer, s'en libérer, s'en détacher.

Voici, ô moines, la noble vérité sur le chemin qui conduit à la cessation de la souffrance. C'est le noble chemin octuple, à savoir : la compréhension juste, la pensée juste, la parole juste, l'action juste, le moyen d'existence juste, l'effort juste, l'attention juste et la concentration juste[2].

LE RÉALISME DU BOUDDHA

En lisant ces « paroles » du Bouddha nous pouvons être un peu déroutés, car elles expriment une pensée qui, à première vue, semble très éloignée de la nôtre, en Occident. Son pessimisme apparent heurte nos sensibilités formées au sein d'une tradition qui est au fond extrêmement optimiste, et qui donne à la création un sens positif, valorisant surtout la notion de personne. Mais ne jugeons pas trop vite le Bouddha ni sa doctrine. En étudiant de plus près cette prédication, nous comprendrons qu'elle est révélatrice d'une attitude, devant le phénomène de la souffrance, qui est plus réaliste et pragmatique que pessimiste[3]. Et noter cela est très important car s'il y a une chose qui puisse servir de pont entre les bouddhistes et les chrétiens, entre les bouddhistes et n'importe quel homme, c'est précisément l'expérience, commune à tous, du poids de la souffrance et du mal dans le monde.

Mais il faut aussi garder à l'esprit qu'une chose nous sépare, dans cette expérience commune. C'est l'attitude devant le phénomène universel de la souffrance. Le chrétien est tôt ou tard confronté au problème que pose l'existence même de la souffrance et du mal dans un univers créé par un Dieu tout-puissant qui est aussi un Dieu d'amour. Depuis presque deux mille ans, les théologiens ont fait couler beaucoup d'encre sur le problème du mal mais il reste, et probablement restera toujours, très troublant. Le nombre de per-

---

2. *Cf.* le *Dhamma-Cakkappavattana-sutta, Samyutta-nikāya*, V.

3. Pour quelques réflexions supplémentaires sur ce point *cf.* Walpola Rahula, *L'Enseignement du Bouddha d'après les textes les plus anciens,* Le Seuil, 1961, p. 38, et Edward Conze, *Le Bouddhisme dans son essence et développement,* Payot, Petite Bibliothèque, n° 187, p. 24 *sq.*

sonnes qui aujourd'hui ne peuvent plus croire en Dieu à cause de certaines expériences douloureuses, ou simplement parce qu'elles ne voient que de la misère un peu partout dans le monde, témoigne de la pérennité de ce problème. Pour les bouddhistes, en revanche, le problème du mal ne se pose pas de cette manière car il n'y a ni Dieu créateur, ni créatures. Les bouddhistes, très pragmatiques, se contentent de constater que la souffrance existe et qu'elle les touche à chaque instant. Elle est, dans leur analyse, le trait le plus voyant du monde du *saṃsāra.* Et le problème, pour eux, est uniquement de trouver le moyen de se libérer de l'emprise que cette souffrance universelle a sur l'homme. Or la force du Bouddha est d'avoir trouvé ce moyen.

Le Bouddha ne s'est pas du tout préoccupé des questions métaphysiques que l'on peut se poser sur l'origine du mal. À ceux qui lui demandaient pourquoi la souffrance existait, il donnait l'exemple de la situation dramatique d'un homme grièvement blessé par une flèche empoisonnée. Les médecins, dans ce cas, ne pensent qu'à une chose : tirer d'affaire le blessé aussi vite que possible. Pour ce faire, ils cherchent à savoir la profondeur de la blessure. Et, bien sûr, ils analysent la nature du poison pour mieux lui trouver un antidote efficace. Ils ne perdent pas une seconde à se demander qui a bien pu tirer la flèche, ou quelle sorte d'arc le tireur a employée, etc. Tout cela peut être intéressant, mais ne sert à rien pour sauver la vie de l'homme blessé[4]. C'est ainsi que, pour le Bouddha, toute spéculation qui n'aide pas l'homme à se libérer du *saṃsāra* ne sert qu'à renforcer les liens qui l'y enferment.

LES QUATRE NOBLES VÉRITÉS DU CHEMIN DU MILIEU

La première chose que le Bouddha explique à ses anciens compagnons, est que ni la vie aisée, telle qu'il l'avait vécue comme prince, ni la vie d'ascèse extrême, telle qu'il avait essayé de la vivre avec ses cinq auditeurs, ne servent de rien

4. Cette histoire se trouve dans le *Cūla Māluṅkyasutta, Majjhimanikāya*, I.

dans la quête spirituelle de l'homme. Cela peut nous sembler évident aujourd'hui, mais à l'époque, dans un milieu religieux favorisant le développement de mouvements extrêmes, c'était une affirmation très importante. Pour saisir un peu l'atmosphère de l'époque, il suffit de se rappeler la réaction des compagnons de Śākyamuni quand il a décidé d'abandonner les pratiques austères qui l'avaient tellement affaibli. Ils ont tout simplement abandonné leur ami, le considérant comme un lâche, indigne de cheminer avec eux sur ce qu'ils considéraient comme la seule voie menant à la libération définitive du *saṃsāra,* à savoir celle de l'ascétisme.

Ce choix délibéré du Bouddha d'écarter ces deux extrêmes est au cœur de son sermon de Bénarès lequel est une présentation des quatre nobles vérités du chemin du Milieu menant à l'Éveil. Ces vérités, dont le Bouddha a sondé la profondeur dans son expérience d'Éveil, sont révélées à tous ceux qui veulent les entendre. Et puisque le terme « révélation » se retrouve souvent dans des œuvres sur le bouddhisme, il serait utile d'en dire un mot afin d'éviter, dès le début, d'éventuels malentendus. Il ne faut surtout pas le confondre avec la notion de révélation telle qu'elle est comprise dans la tradition chrétienne. Car la vérité, ou le mystère si l'on préfère, que le Bouddha a pénétrée par sa propre force, est accessible en principe à l'intelligence humaine. Il serait donc faux d'imaginer que la vérité a été révélée au Bouddha par une divinité quelconque au moment de son expérience d'Éveil. Ce qui est vrai, c'est que le Bouddha qui a découvert la vérité nous la révèle. Mais comme cette vérité ne dépasse pas les capacités de l'intellect humain, la révélation ainsi donnée doit toujours faire place finalement, et pour chaque fidèle, à une connaissance personnelle. La voie bouddhique, qui est celle du noble chemin octuple, ce chemin du Milieu qui sera analysé en détail plus loin, doit être comprise dans cette optique, c'est-à-dire comme le chemin que le fidèle suit tout au long de sa vie afin de vivre dans son propre corps et de comprendre avec sa propre intelligence ces vérités fondamentales révélées par le Bouddha. Dans un premier temps, la foi est nécessaire – mais ce n'est pas une foi qui accepte ce qui pour l'homme est incompréhensible, au sens philosophique du terme. C'est la confiance que l'on a d'abord dans l'authenticité de l'expérience de l'Éveil faite par Śākyamuni, ensuite dans son désir de partager le « contenu » de cette expérience et enfin la connaissance qu'il a de la voie nécessaire à l'Éveil du fidèle lui-même.

Quelles sont donc ces quatre nobles vérités ? On peut les résumer ainsi :

1) La vie est souffrance.

2) Il y a une cause à cette souffrance et cette cause est le désir.

3) Il y a un moyen de supprimer ce désir et donc la souffrance.

4) Ce moyen est le noble chemin octuple.

Il faut tout d'abord reconnaître que l'acceptation de ces quatre vérités n'est pas facile pour l'homme qui est, au fond, très attaché à la recherche du bonheur, même fragile, qu'offre notre monde. Les bouddhistes sont donc appelés à méditer systématiquement sur les quatre nobles vérités, sans lesquelles ils retomberaient dans l'une ou l'autre illusion ; ces illusions en effet offrent à l'homme ou un but nettement inférieur à celui de la libération définitive du *saṃsāra,* ou un moyen de se libérer totalement inefficace (une vie ascétique par exemple, qui userait le pratiquant sans l'amener à une véritable expérience d'Éveil). Étant donné l'importance, dans la vie d'un bouddhiste, de cette réflexion sur les quatre nobles vérités, il nous faudra les reprendre une par une pour arriver nous-mêmes à une meilleure connaissance de la doctrine bouddhique.

LA PREMIÈRE NOBLE VÉRITÉ

> « Voici, ô moines, la noble vérité sur la souffrance. La naissance est souffrance, la vieillesse est souffrance, la mort est souffrance, être uni à ce que l'on n'aime pas est souffrance, être séparé de ce que l'on aime est souffrance, ne pas avoir ce que l'on désire est souffrance ;

en résumé les cinq agrégats d'attachements sont souffrance. »

Cette première des quatre nobles vérités peut être divisée en deux parties. D'abord, le Bouddha parle de sept expériences humaines dont il serait difficile de nier la réalité douloureuse : la naissance, la vieillesse, la maladie, la mort, être uni à ce que l'on n'aime pas, être séparé de ce que l'on aime et ne pas avoir ce que l'on désire. Jusque-là, l'intelligence n'offre guère d'opposition au message du Bouddha. Mais dans la deuxième partie, le Bouddha constate, dans des termes techniques qui seront expliqués plus loin (à savoir « les cinq agrégats d'attachements sont souffrance »), que tout, dans ce monde, est souffrance, que la vie même est souffrance ; et là, nous résistons avec notre instinct aussi bien qu'avec notre intelligence[5]. Que la souffrance existe, c'est entendu ! Qu'elle soit prédominante à différents moments de la vie (la maladie, par exemple, ou la mort), c'est entendu ! Mais qu'elle imprègne la totalité de l'expérience humaine, cela semble totalement inacceptable car nous avons tous l'expérience du bonheur ! Le Bouddha n'ignorait pas, bien sûr, cette manière de penser et de sentir. Il la rejette tout simplement comme une erreur car, pour lui, ce qui constitue le bonheur n'est qu'une illusion qui enferme l'homme plus étroitement encore dans le monde du *saṃsāra,* le monde de la souffrance.

LE SENS DU TERME *DUḤKHA* (SOUFFRANCE)

La clé qui pourrait nous aider à saisir comment le Bouddha a pu soutenir cette idée se trouve dans le sens du mot pāli *dukkha* (ou *duḥkha* en sanscrit), qui est le plus souvent traduit par « souffrance », « douleur », « misère » ou « peine ». Cependant, quand ce mot est employé par le Bouddha, il peut aussi avoir le sens d'« imperfection » et d'« impermanence ». Dire donc que tout est souffrance (ou *duḥkha),* c'est dire en effet qu'il n'y a rien qui ne soit soumis à des changements incessants. Et plus l'homme cherche quelque chose

5. *Cf.* Edward Conze, p. 42.

de permanent auquel il puisse s'attacher dans ce monde éphémère, plus il souffre. Or, c'est une position qui ne manque pas de logique. En effet, dans l'analyse bouddhique, une chose, même agréable, n'est jamais sans amertume car on risque toujours de la perdre. Et si l'on n'éprouve pas cette peur, c'est parce que l'on est très doué pour se cacher à soi-même cette vérité incontestable que tout bonheur est passager. Tôt ou tard, les plus grands plaisirs de l'homme se transforment en expérience douloureuse car on s'aperçoit, ou bien qu'ils ne sont pas éternels, ou bien qu'ils ne satisfont pas pleinement. Tout est donc véritablement *duḥkha,* souffrance.

Que le Bouddha énonce une doctrine comme celle-là, n'est d'ailleurs pas étonnant. Si nous revenons à la scène qui s'est jouée juste avant que Siddhārtha quitte sa maison, nous en trouvons là les racines. Lorsqu'il a demandé à son père « de rester toujours jeune, de n'être jamais touché par la maladie, que sa vie ne se termine pas, que son corps ne se décompose pas, et de ne pas renaître après avoir quitté cette vie », Siddhārtha savait parfaitement que ni les dieux, ni les sages, ni les rois les plus puissants du monde n'étaient en mesure d'accorder ces cinq choses. Voilà dans le concret ce qu'est le *duḥkha* – l'impermanence et l'imperfection qui touchent toutes les dimensions de l'existence.

Il faut admettre pourtant que cette vérité de l'universalité de la souffrance n'est pas facile à assimiler. L'homme en général n'est tout simplement pas prêt à pousser sa réflexion jusqu'à ce point. C'est pourquoi le Bouddha a hésité à parler de ces vérités qu'il avait pénétrées au cours de son expérience d'Éveil. Seul l'homme saint, au sens bouddhique du terme, celui qui a médité pendant toute sa vie, peut les comprendre.

Cette analyse du mot *duḥkha* nous montre pourquoi le Bouddha a rejeté comme illusoire tout effort fait par l'homme pour atteindre un bonheur durable dans cette vie. Il a parlé d'abord des souffrances reconnues et expérimentées comme telles par tout le monde – la maladie, la mort, etc. Mais en liant le sens de la souffrance à celui de l'impermanence et de l'imperfection de toute existence, celle de l'homme comprise, il a englobé toute l'expérience humaine dans la sphère du *duḥkha*. Les moments les plus heureux de notre vie ressemblent ainsi à de l'eau de source que nous essaierions de prendre dans nos mains mais qui nous coulerait entre les doigts, tomberait par terre et se transformerait en boue sous nos yeux.

*La doctrine de l'*anātman *(non-soi)*

À ce point de l'analyse de la première des quatre nobles vérités, une question peut se poser : où exactement se trouve la spécificité de l'enseignement du Bouddha ? Nous avons déjà vu que, dans l'Inde de l'époque, plusieurs mouvements religieux se méfiaient, comme lui, de ce monde et du caractère passager du bonheur qu'on peut y éprouver. Le courant de pensée prédominant était celui selon lequel l'homme devait abandonner tout effort pour arriver au succès dans cette vie ou pour s'assurer une meilleure situation dans la prochaine. Le seul but valable, selon les maîtres brahmanes de cette tendance, était d'en terminer définitivement avec le cycle des morts et des naissances en prenant conscience de l'identité de l'*ātman* et du *brahman* – c'est-à-dire de la réalité intérieure de l'homme et de l'absolu situé au fond de toute existence. C'était en effet la position des maîtres dont le Bouddha avait suivi l'enseignement juste après son grand renoncement. Mais cet enseignement l'avait laissé insatisfait, car même à ce stade de son développement spirituel, le Bouddha avait l'intuition que la recherche de cet *ātman,* ou soi permanent, n'était pas différent de celle de la fontaine de Jouvence puisqu'il n'avait pas plus de réalité que celle-ci. Et dans la mesure même où l'homme dépense son énergie pour une recherche de ce genre, il s'éloigne de la possibilité réelle qu'il pourrait avoir de se libérer du *saṃsāra* et s'enferme de plus en plus profondément dans une frustration perpétuelle qui au fond n'est autre chose que le *duḥkha.*

Les cinq agrégats

Ici nous touchons au point le plus fondamental de la pensée bouddhique qui affirme, en un mot, qu'en l'homme il n'existe rien qui corresponde réellement à l'idée d'un soi permanent. Ce que nous nommons le soi n'est qu'une combinaison de forces ou d'énergies physiques entremêlées, en état de changement constant. La combinaison des forces qui existe à neuf heures, par exemple, et qui pour nous constitue un soi, n'est plus la même une seconde après. Les forces en question sont normalement divisées en cinq groupes appelés *skandha* ou agrégats. Nous retrouvons ici le terme technique qui apparaît à la fin de l'énoncé du Bouddha concernant la première noble vérité et qui est destiné à montrer comment et pourquoi on peut parler du *duḥkha* (souffrance) comme d'une réalité universelle ; pourquoi l'on peut et doit dire que la vie est souffrance. Le Bouddha dit effectivement : « En résumé les cinq agrégats d'attachements sont souffrance. » Quels sont donc ces agrégats ? On peut les présenter brièvement ainsi :

1) La corporéité ou l'agrégat de la matière : les quatre grands éléments (terre, eau, feu et vent) et la matière dérivée (les organes sensoriels et les objets de ces organes).

2) L'agrégat des sensations : toute sensation (agréable, désagréable ou indifférente) qui résulte des contacts des organes physiques et de l'organe mental avec leurs objets.

3) L'agrégat des perceptions : les notions de couleur, son, odeur, saveur, etc., et les images mentales.

4) L'agrégat de la volition ou des compositions psychiques : tout acte volontaire, toute impulsion, toute tendance, toute émotion consciente ou refoulée.

5) L'agrégat de la conscience ou de la connaissance : les cinq connaissances ou consciences qui correspondent aux cinq organes sensoriels et la connaissance mentale[6].

Ces cinq agrégats qui constituent une formation donnée correspondent à ce que nous percevons comme un individu, se conditionnent mutuellement et sont, comme toute existence, soumis à des changements constants. L'erreur fondamentale, selon le Bouddha, est de surimposer à ces agrégats

6. Pour une explication de ces agrégats, *cf.* Rahula, pp. 40-46, et Étienne Lamotte, *Histoire du bouddhisme indien,* Louvain-la-Neuve, 1976, p. 30.

l'idée d'un soi permanent qui les tiendrait ensemble ou qui les gouvernerait pour ainsi dire – c'est-à-dire un soi substantiel qui pourrait exister indépendamment de ces cinq *skandhas*. Et là se trouve l'illusion terrible qui est la source même de tout malheur et de toute souffrance. Car de là viennent les réactions néfastes telles que « ceci m'appartient », « je suis », etc., et finalement les mille et une manières qu'a l'homme d'affirmer son moi, souvent aux dépens d'autrui. L'illusion que ce soi existe donne naissance à l'avidité, à l'attachement aux choses et aux idées. Et tout enseignement bouddhique, qu'il soit exprimé dans des termes hautement philosophiques ou réduit aux termes simples qui sont adressés aux gens du commun, vise à la dissipation de cette illusion de l'existence d'un soi permanent.

Les questions du roi Milinda

L'enseignement des cinq *skandhas* ou agrégats est une présentation philosophique de la doctrine de « non-soi » ou *anātman* en termes techniques. Dans un texte qui date du commencement de notre ère et qui s'appelle le *Milindapañha*[7] – c'est-à-dire les questions du roi Milinda – se trouve un bon exemple de la manière plus simple dont on peut présenter la même doctrine. Il s'agit d'un dialogue entre un moine bouddhiste qui s'appelle Nāgasena et le roi grec Milinda (Ménandre) qui régnait sur les territoires de l'Indus entre 125 et 95 avant notre ère. Au cours de ce dialogue, le problème de la non-existence de l'âme est abordé par Nāgasena. Le roi ne comprend rien car, pour lui, il est évident que l'homme devant lequel il se tient existe réellement dans son individualité et avec son âme, et il interroge Nāgasena sur ce problème. Nāgasena demande alors au roi comment il est venu le voir. Le roi répond : « En chariot ! » Et le dialogue se poursuit :

« Si vous êtes venu, ô roi, dans un chariot, expliquez-moi ce qu'est un chariot. Est-ce que le timon est le chariot ?

---

7. Le *Milindapañha* a été traduit en français par Louis Finot et publié sous le titre *Les Questions de Milinda : Milindapañhas*, Éditions Dharma, 1983.

– Je n'ai pas dit cela !

– Est-ce que l'essieu est le chariot ?

– Certainement pas !

– Est-ce que les roues ou le joug ou les cordes ou les rayons des roues, etc., sont le chariot ? »

Et à toutes les questions, le roi répondait : « Non ! »

« Le chariot est-il donc tous ces éléments ?

– Non ! dit le roi.

– Mais est-ce qu'il y a quelque chose d'autre que ces éléments qui soit le chariot ? »

De nouveau la réponse fut : « Non ! »

« Donc, continua Nāgasena, je ne peux pas découvrir le chariot. "Chariot" n'est qu'un bruit vide. Qu'est-ce que le chariot dans lequel vous êtes venu ? »

Le roi explique que, quand tous les éléments sont mis ensemble d'une manière déterminée, ce qui en résulte est nommé, par un commun accord, « chariot ». C'est la réponse qu'attendait Nāgasena, car elle affirme la position de la non-existence de la réalité indépendante du soi, tout en affirmant l'existence de tous les éléments qui composent le phénomène passager que nous nommons « chariot ». La même analyse peut s'appliquer à l'homme, ce qui souligne la véracité de la position bouddhique de la vacuité du soi. Pierre, Paul ou Jean ne sont que des noms qui par un accord commun sont utilisés pour désigner des ensembles donnés d'agrégats toujours changeants, mais qui ne correspondent à aucune réalité permanente. Et le fait de s'attacher à ces ensembles d'agrégats comme s'ils étaient substantiels, ne peut que plonger l'homme dans la souffrance. Et nous voilà revenus à la dernière phrase de l'énoncé de la première noble vérité : « En résumé, les cinq agrégats d'attachement sont souffrance. »

LES TROIS CARACTÈRES

Pour communiquer aux fidèles le cœur même de cette première vérité, les savants bouddhistes, dès le début, ont parlé des « trois caractères » de toute existence, de toute formation constituée par les cinq agrégats. Ces caractères, que nous avons déjà vus sous une forme ou sous une autre, sont les suivants :

1) L'impermanence *(anitya).*
2) La douleur *(duḥkha).*
3) La nature insubstantielle de toute chose *(anātman).*

Si l'on accepte que le classement des cinq *skandhas* comprend tout aspect de toute existence possible dans ce monde, l'idée que tout est impermanent devient évidente. Car aucun élément parmi ces *skandhas* ne dure plus d'un moment (ou *kṣaṇa*) – ce *kṣaṇa* étant le laps de temps le plus court qu'il soit possible d'imaginer.

En ce qui concerne le *duḥkha,* on en distingue d'habitude trois aspects différents. Il y a tout d'abord le *duḥkha* en tant que souffrance ordinaire dont tout individu fait ou fera l'expérience un jour. Ce sont les types de souffrance dont le Bouddha parle dans la première partie du sermon de Bénarès – la naissance, la maladie, etc. Deuxièmement, il y a le *duḥkha* en tant que souffrance causée par le changement. Le bonheur que cherche l'homme lui échappera toujours. C'est la souffrance de voir nos rêves d'un bonheur durable disparaître avec le temps qui passe. Troisièmement, il y a le *duḥkha* en tant qu'état conditionné. Ce dernier est l'aspect plus philosophique de la première noble vérité et c'est le plus directement lié à ce que nous avons vu sur les cinq *skandhas*[8].

C'est ce troisième aspect du *duḥkha* qui fait le pont, pour ainsi dire, avec le troisième caractère de toute existence – l'*anātman* ou « non-soi ». Car si tout être n'est rien d'autre qu'une formation ou combinaison de *skandhas,* de ces énergies physiquement et psychiquement entremêlées qui se conditionnent les unes les autres et qui sont constamment en train de changer, la seule position logique est précisément celle de l'*anātman.* C'est donc en pénétrant le sens profond de ces trois caractères qu'on arrive au cœur de la première noble vérité.

8. Sur les divers sens du *duḥkha, cf.* Rahula, p. 38 *sq.*

LA DEUXIÈME NOBLE VÉRITÉ

> « Voici, ô moines, la noble vérité sur la cause de la souffrance. C'est le désir qui produit la ré-existence et le re-devenir, qui est lié à une avidité passionnée et qui trouve une nouvelle jouissance tantôt ici, tantôt là, c'est-à-dire la soif des plaisirs des sens, la soif de l'existence et du devenir, et la soif de la non-existence. »

La première vérité, qui dit que tout est *duḥkha,* n'est que la constatation d'un bon médecin, pour employer une image très utilisée dans les *sūtras,* d'un bon médecin placé devant les symptômes de la maladie spirituelle de l'homme. Dans la deuxième vérité, le Bouddha se prononce sur la cause de la maladie, à savoir le désir. Dans l'analyse de cette vérité, nous allons surtout essayer de saisir le mécanisme compliqué qui lie le désir à l'acte, et l'acte à la naissance douloureuse de l'être dans une autre existence. Car c'est ce lien perpétuant le cycle sans fin des naissances et des morts qui caractérise notre monde du *saṃsāra.*

La soif ou le désir, cause de toute souffrance

Le Bouddha parle, avec cette deuxième vérité, de trois sortes de soifs. La première soif dont tout homme fait constamment l'expérience est celle des plaisirs sensuels. Il s'agit simplement du désir qui se produit en l'homme chaque fois que ses divers organes sensoriels entrent en contact avec des objets agréables. La deuxième soif, qui touche l'homme à un niveau plus profond, est celle de l'existence. C'est le désir de l'homme que son existence soit sans fin. La troisième soif est celle de l'anéantissement. Ce terme ne désigne pas le simple désir de sortir du cycle incessant des naissances et des morts mais un refus profond de la loi karmique, ce qui est très grave et dangereux dans la perspective bouddhique. En effet, une fois que l'homme choisit d'ignorer cette loi, il peut s'engager dans une série d'actes qui, sans même qu'il le sache, le projetteront dans des renaissances extrêmement pénibles.

Toutes ces soifs tendent l'homme vers l'épanouissement

de son moi – soit par l'accumulation des plaisirs des sens, soit par le refus d'accepter les contraintes qu'implique dans cette vie une pensée enracinée dans les idées du *saṃsāra* et du *karma*. Le malheur pour l'homme est que cette soif fondamentale de l'épanouissement du soi est insatiable puisque le soi dont il s'agit n'est qu'une illusion. Aussi longtemps que continuera l'illusion, le désir dominera la vie de l'homme ; il continuera de souffrir de l'expérience d'une impermanence et d'une non-substantialité, qu'il refuse d'accepter dans toute sa radicalité et qui touche à ce qu'il considère comme le cœur même de son être – ce que nous appelons, en Occident, sa personne. Et c'est cette soif qui pousse l'homme à poser des actes plus ou moins égoïstes, ce qui, selon la loi karmique, le projette dans une autre vie après la mort – perpétuant ainsi le cycle des naissances et des morts.

QUI PEUT RENAÎTRE ? – UN FAUX PROBLÈME

La question qui se pose ici, et qui nous aidera à aller plus loin dans notre analyse de la deuxième vérité, est de savoir qui ou ce qui exactement est projeté dans une autre vie si, en l'homme, il n'y a pas véritablement de soi permanent et indépendant des cinq *skandhas* ou agrégats mentionnés plus haut. C'est aussi en abordant cette question que nous pourrons saisir jusqu'à un certain point le lien qui existe entre le désir et le destin malheureux d'êtres vivants prisonniers du monde du *saṃsāra*. Et tout cela nous préparera à étudier l'explication technique de la même réalité qui se présente sous la forme de « la loi de production conditionnée », pièce maîtresse, selon le bouddhologue Étienne Lamotte, de la doctrine du Bouddha[9].

Pour commencer, il faut en revenir à une réflexion sur les cinq agrégats : la corporéité, les sensations, les perceptions, les compositions psychiques et la conscience. Chacun des cinq agrégats est « parfumé » en quelque sorte, ou marqué, par les actes que l'homme accomplit tout au long de sa vie.

---

9. Lamotte, p. 39.

Cette idée ne nous est pas, en fait, tout à fait étrangère. Les études psychologiques en Occident nous montrent que la manière dont nous avons perçu les choses dans le passé, la manière dont nous avons réagi à des circonstances particulières, nous marquent souvent très profondément et déterminent jusqu'à un certain point notre manière d'agir dans le présent et dans l'avenir. Après une expérience traumatisante, par exemple, nous ne sommes plus ce que nous étions auparavant. Notre volition, notre conscience, nos sentiments, etc., eux aussi, sont « parfumés ». Mais pour nous, ces influences s'arrêtent à la mort. Dans la perspective bouddhique, il n'en est pas ainsi. Les agrégats sont déterminés, par la nature des actes d'une vie, à se rassembler toujours à nouveau, si bien qu'on peut, d'une certaine manière, parler d'une continuité de l'« individu » d'une vie à l'autre. Mais il faut toujours garder à l'esprit que l'« individu » en question n'est en aucune manière semblable à ce que nous appelons l'âme, ou même la personne, car il est vide de toute substantialité.

L'INDIVIDU COMME SÉRIE DE PHÉNOMÈNES

Pour illustrer cette idée qui peut sembler étrange, prenons l'exemple d'une bougie « magique », ces bougies spéciales que l'on met parfois sur les gâteaux d'anniversaire et qui, après avoir été soufflées, se rallument quelques secondes plus tard. Nous allons tout d'abord imaginer que cette bougie est allumée devant nous. La flamme va représenter l'homme – l'individu. La première chose que nous constaterions en regardant cette bougie de tout près, c'est que la flamme ne serait jamais stable. À chaque seconde, à chaque dixième ou centième de seconde, il y aurait des changements dans les nuances de couleur et dans la forme, qui échapperaient à nos capacités de perception. Cette flamme ne serait en vérité qu'une série de phénomènes juxtaposés qui pourtant pourraient être considérés comme une seule réalité. Car chacun des phénomènes dans la série serait influencé par celui qui le précéderait et exercerait une influence sur celui qui le suivrait, ce qui constituerait une espèce de courant qui changerait d'un instant à l'autre. La différence qu'il y aurait entre notre flamme à un moment donné et la même flamme une seconde plus tard ne pourrait donc pas être comparée à la différence qu'il y aurait entre elle et la flamme d'une bougie qui brûlerait au même moment, par exemple, devant l'image de Marie dans une église de Paris.

Pour l'homme, il en va de même. Nous pouvons parler de Pierre, par exemple, dans son individualité dans le sens que la série de combinaisons des agrégats qui le constituent et qui pourtant ne restent jamais stables, n'est pas la même que celle qui constitue Paul.

Revenons maintenant à notre flamme imaginaire. Elle existerait uniquement à cause d'une convergence de circonstances ou de causes – la cire, la mèche, une allumette, etc. Elle n'aurait pas d'existence indépendante. Ce qu'on appelle Pierre est, de la même manière, simplement la convergence des cinq agrégats, sa particularité venant de la présence des impulsions, des perceptions, des sentiments, des sensations qui, de quelque manière, se sont conditionnés les uns les autres dans le passé et qui continueront de le faire à l'avenir. Chercher en Pierre une existence indépendante de cette combinaison d'agrégats est inutile. Ce serait chercher dans notre flamme une existence qui soit indépendante de la cire, de la mèche et de l'allumette.

Maintenant, poussons notre analyse un peu plus loin. C'est le caractère spécial de la bougie « magique » qui va nous permettre de voir mieux comment un bouddhiste peut dire à la fois que dans chaque série de vies dans notre monde du *saṃsāra,* il existe une véritable continuité et pourtant qu'il n'y a rien dans l'homme qui puisse être considéré comme une âme ou un soi permanent, un noyau substantiel pour ainsi dire, qui passerait d'une vie à l'autre.

Il peut sembler effectivement que, si l'homme n'était autre que cette fameuse combinaison d'agrégats, à sa mort il cesserait tout simplement d'exister – car la mort semble bien être la dissociation des agrégats. Alors comment expliquer la renaissance dans une autre vie ? Autrement dit, autour de quoi exactement les cinq agrégats pourront-ils se rassembler si la notion de soi permanent, ou d'*ātman* pour utiliser un terme plus technique, n'est qu'une illusion ?

C'est précisément en répondant à cette question que l'illustration de la bougie « magique » peut nous être extrêmement utile. Quand on souffle sur la flamme de cette bougie, elle s'éteint, elle cesse de brûler, ou du moins en a-t-on l'impression. Mais la cire et la mèche sont toujours là, et elles sont encore chaudes, très chaudes. En effet, il ne suffit pas de souffler. Car si pour un instant la flamme s'éteint, les éléments qui conditionnent son existence conservent une force vive et cette force vive provient de la chaleur qui avait produit la flamme. Celle-ci ressurgit donc après quelques secondes. Est-ce la même flamme ? Oui, dans le sens où il y a une continuité très évidente entre cette flamme et celle qui aurait existé si on n'avait pas soufflé ; non, dans le sens où cette flamme de toute façon serait différente de ce qu'elle aurait été une seconde avant et de ce qu'elle serait une seconde après.

Et l'homme ? Ce sont les désirs, les passions, et autres phénomènes qui dominent sa vie et « parfument » ou marquent ainsi les cinq agrégats. Les passions, elles aussi, « chauffent » les agrégats. Et ce n'est donc pas la mort qui éteint définitivement la vie. La force vive établie par le passage à l'acte des désirs et des passions pendant toute une vie, pousse les agrégats à se rassembler – ou plutôt elle les empêche de se séparer définitivement. Dans le bouddhisme donc, ce n'est pas la réincarnation d'une âme qui explique la continuité dans le cycle des morts et des naissances, c'est plutôt cette force vive, ou énergie vitale, qui fait que, même après l'arrêt du fonctionnement de l'organisme physique, une combinaison donnée d'agrégats peut retourner à l'existence. Et ces agrégats dans chaque nouvelle existence gardent une spécificité qui découle de la nature des actes accomplis tout au long de la vie d'un individu, ce qui peut rendre plausible la continuité de l'individu en même temps que la non-existence d'une âme ou d'un soi permanent.

LA LOI DE LA PRODUCTION CONDITIONNÉE

Au long des pages suivantes nous allons essayer d'analyser ce même lien de manière plus technique et donc, malheureusement, moins facile à assimiler. Si le lecteur se perd au cours de cette analyse, qu'il lui suffise de se rappeler que, derrière tout discours des maîtres bouddhistes, il y a le souci unique de montrer que les phénomènes impermanents, douloureux et non substantiels de l'existence, ne naissent pas du tout au hasard : « Leur apparition et leur disparition, pour prendre les mots de Lamotte, sont réglées par la loi fixe de la production conditionnée[10]. » Cette loi, en un mot, est l'affirmation que la naissance a une cause, l'acte, et que la nature de cet acte est conditionnée par la passion et le désir. C'est ce que nous avons déjà vu, de manière imagée, avec la bougie.

L'acte dans l'analyse bouddhique

Avant de se lancer dans une réflexion sur la loi de la production conditionnée, il faut tout d'abord regarder de plus près ce qu'est l'analyse bouddhique de l'acte. L'acte est toujours lié à ce qui s'appelle « la volition mentale de réexistence ». Cette volition, qui englobe la volonté de vivre et d'exister, se manifeste dans des actions bonnes ou mauvaises du corps, de la parole et de l'esprit ou de la pensée. Ce lien de l'acte avec la volonté, le désir et la soif de s'affirmer, donne sa spécificité à l'acte karmique. Seul l'acte volontaire joue dans la dynamique de la loi de la production conditionnée. Seul cet acte, bon ou mauvais, porte nécessairement ce qui s'appelle un « fruit de rétribution[11] ».

Ce fruit de rétribution consiste tout d'abord en des sensations agréables ou pénibles. Mais pour avoir une sensation quelconque, il faut un organisme qui la rende possible. Le type d'organisme qui se constitue dans l'existence suivante est donc déterminé par la nature du fruit de rétribution qui est, lui-même, comme nous l'avons vu maintes fois, déterminé par la nature des actes posés dans les vies précédentes.

---

10. Lamotte, p. 36. (Il faut noter seulement que Lamotte utilise le terme « production en dépendance » au lieu de « production conditionnée » pour traduire *pratītyasamutpāda*. Nous avons pris la liberté de faire une modification dans la citation afin de garder une uniformité dans la terminologie utilisée dans ce livre.)

11. *Ibid.*

Ainsi donc, un être qui, prisonnier de ses passions, de ses désirs de puissance, pose tout au long de sa vie des actes violents, ne peut pas en principe renaître comme *deva.* Un *deva* en effet, de par sa constitution, ne peut pas faire l'expérience des sensations pénibles que, d'une manière absolue, exigent, en tant que fruit de rétribution, des actes de violence. Seule une renaissance dans une des destinées dites « mauvaises[12] » peut permettre à ce fruit de s'épuiser peu à peu.

Il ne faut pas oublier que chaque renaissance n'est qu'un chaînon dans une longue série de vies, bonnes ou mauvaises. Le fruit karmique d'une mauvaise renaissance s'épuise avec le temps et cède le pas au fruit d'autres actes. C'est ainsi que l'être peut monter et descendre, pour ainsi dire, l'échelle des existences ou des destinées que nous avons vue lors de notre réflexion sur la cosmologie bouddhique. Le fait même de renaître comme dieu ou *deva* n'est qu'un fruit de rétribution qui forcément s'épuisera et laissera ouverte la possibilité d'une renaissance moins avantageuse, liée à des actes mauvais posés on ne sait quand dans un passé plus ou moins lointain. Cette dernière réflexion peut nous faire pressentir la véritable désespérance des êtres, dans le monde du *saṃsāra.* Car, même le fait d'avoir posé de bons actes ne peut les libérer du cycle incessant. Les dieux les plus élevés aussi bien que les damnés des enfers les plus terribles en restent prisonniers. D'où l'importance du message du Bouddha.

« Ceci étant, cela est... »

Le mécanisme qui lie indissolublement le désir à l'acte et l'acte à des renaissances dans le monde du *saṃsāra* est, nous l'avons déjà vu, la loi – prise ici dans le sens de loi naturelle ou d'ordre des choses – de la production conditionnée, découverte par le Bouddha lors de son expérience d'Éveil. La production de tout phénomène, selon cette loi, est présentée sous forme d'une chaîne de douze maillons. Chaque maillon de la chaîne est conditionné par celui qui le précède

12. Les « mauvaises destinées » sont celles des animaux, des esprits affamés et des damnés des enfers.

et conditionne celui qui le suit. La nature de ce conditionnement est bien exprimée dans l'ancienne formule : « Ceci étant, cela est ; de l'apparition de ceci, cela apparaît. » Pour éviter l'erreur de penser qu'il y a un point de départ et un point final, cette chaîne est représentée la plupart du temps sous la forme d'une roue (la roue de la vie) divisée en douze parties. En effet, la roue montre mieux comment tout être est enfermé dans un système qui tourne constamment sur lui-même sans commencement ni fin.

D'habitude, on commence l'analyse de la loi de production conditionnée par une réflexion sur l'ignorance foncière de l'homme enfoncé dans le monde du *saṃsāra*[13]. Cette ignorance constitue donc le « premier » des douze maillons. Il s'agit ici de l'ignorance des quatre nobles vérités. Pour être concret, disons que celui qui ignore ces vérités se trompe sur la nature même de toute chose. Au lieu de reconnaître les trois caractères de toute réalité, il cherche inutilement la permanence, un bonheur terrestre qui dure, et il s'attache à son propre soi comme s'il avait une existence substantielle indépendante des cinq *skandhas*.

C'est cette ignorance qui conditionne le deuxième maillon de la chaîne, à savoir les actes volontaires, c'est-à-dire encore les actes du corps, de la parole et de la pensée. Plus on est enfoncé dans l'ignorance, plus ces actes sont égoïstes. Mais qu'ils soient égoïstes ou non, du fruit karmique se produira et, comme nous l'avons vu, exigera une structure psycho-physique qui, dans l'existence suivante, sera apte à enregistrer les sensations pénibles ou agréables du fruit karmique en question.

C'est ainsi que le deuxième maillon conditionne le troisième qui s'appelle la « conscience de renaissance ». Cette « conscience de renaissance » qui appartient au cinquième

---

13. L'explication que nous donnons de cette loi doit beaucoup à celle de Lamotte (pp. 38-43). Le schéma de la page 61 est une traduction du schéma en sanscrit qui se trouve à la page 42 de son œuvre. Pour ceux qui veulent en savoir plus, le livre du Vénérable Narada Thera, *La doctrine de la renaissance* (Librairie d'Amérique et d'Orient, Adrien Maisonneuve, 1979), peut être utile. Le diagramme de la roue de la vie, page ci-contre, est une version simplifiée de celui qui se trouve dans ce livre.

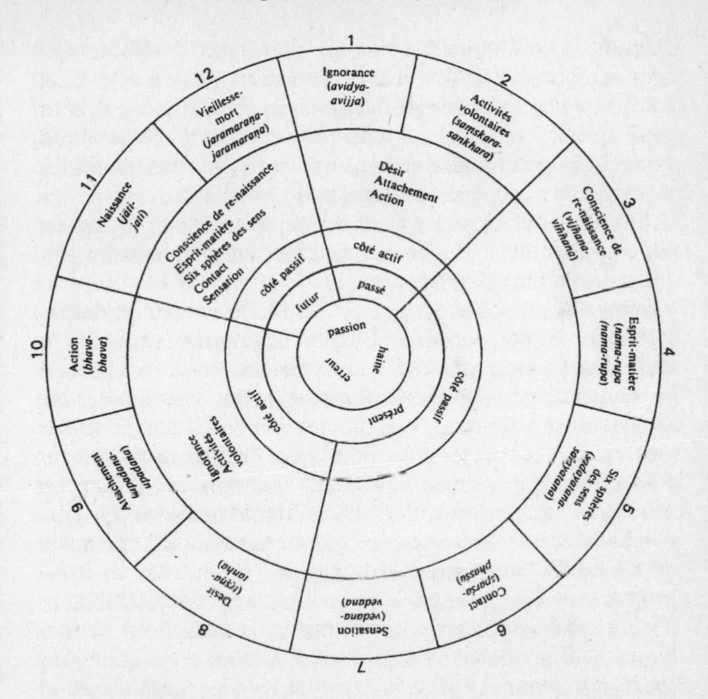

agrégat, celui de la conscience, sert à lier le passé et le présent. C'est d'elle que dépendent les autres agrégats qui en sont toujours inséparables. La « conscience de renaissance » selon les actes volontaires de la vie passée (et là nous voyons le conditionnement du deuxième maillon sur le troisième) apparaît dans le sein de telle ou telle mère. C'est seulement la présence de cette conscience qui peut expliquer le développement de l'embryon. Il faut noter aussi que, dans le cas où les actes exigeraient un fruit autre qu'une renaissance comme homme, la « conscience de renaissance » apparaîtrait ou dans le sein d'un autre animal ou dans un œuf. Dans le cas des dieux ou *deva,* l'être renaît spontanément, tout fait. De toute façon, entre le deuxième et le troisième maillon de la chaîne, l'être vivant passe d'une vie à une autre. La présence de cette conscience de renaissance dans le sein de la mère explique la continuité du cycle du *saṃsāra* et conditionne les cinq agrégats de corporéité, de sensation, de perception, de volition et de conscience. Le quatrième maillon, qui n'est autre que le complexe psycho-physique composé des cinq agrégats et déterminé par la présence de la « conscience de renaissance », dépend étroitement du troisième.

Les cinquième, sixième et septième maillons ne posent pas de difficultés. Il s'agit simplement d'une suite logique qui pourrait être résumée ainsi : la formation d'un complexe psycho-physique donné (celui de l'homme par exemple) implique le développement d'un organisme sensoriel et mental qui puisse percevoir et saisir les objets matériels et les objets de pensée. En résultent alors les « six sphères des sens », c'est-à-dire œil, oreille, nez, langue, corps et esprit, tout ce qui est nécessaire pour que l'organisme entre en contact avec le monde extérieur. Une fois cet organisme développé, le contact sera établi (sixième maillon). Et de ce contact viennent les sensations (septième maillon) agréables, désagréables ou neutres. Il faut noter ici que les maillons trois à sept (la conscience de renaissance, l'esprit-matière, les six sphères des sens, le contact et la sensation) ne sont que le fruit de rétribution, le résultat naturel et donc moralement indéterminé d'actes posés dans les vies antérieures.

Mais ce septième maillon de la chaîne, où l'on sent les effets du *karma,* va forcément réveiller les passions. Et avec cela, nous arrivons au huitième maillon de la chaîne : le désir qui, selon la deuxième noble vérité, est la cause de toute souffrance. De ce désir passionné pour les choses vient un attachement impossible à éviter, et voilà le neuvième chaînon. Cet attachement peut être sensuel, ce peut être un attachement aux idées ou encore à soi-même. De toute façon, il s'agit d'un attachement qui aboutira à des actes volontaires. Et ce passage aux actes constitue le dixième maillon : l'action. Mais ces actes, nous l'avons vu, auront forcément leurs fruits de rétribution et c'est ainsi que se prépare une nouvelle naissance qui est le onzième maillon de la chaîne.

Le douzième maillon de la chaîne est la vieillesse-mort. L'accent y est mis sur le fait que de la naissance dérivent toutes les misères de la vie et la souffrance quotidienne qu'implique le fait de vieillir. Ce douzième maillon n'est pourtant pas le dernier, car en fait, comme il a été mentionné plus haut, la roue de la vie continue à tourner et, une fois sorti de ce douzième maillon, nous nous retrouverons au premier et ainsi de suite.

L'ANALYSE DE LA LOI DE PRODUCTION CONDITIONNÉE

Dans cette roue de la vie, sont représentées trois vies ou existences successives tirées, pour des raisons pédagogiques, d'une série de vies sans commencement et sans fin. Le premier et le deuxième maillon représentent l'existence passée, c'est-à-dire la vie précédant l'existence actuelle ou « présente » qui, elle, est représentée par les maillons trois à dix. Le onzième et le douzième maillon représentent l'existence future.

Existence passée	1. Ignorance 2. Activités volontaires	passions *(karma)*	processus d'activité
Existence présente	3. Conscience de re-naissance 4. Esprit-matière 5. Six sphères des sens 6. Contact 7. Sensation	fruit	processus de naissance (passif)
	8. Désir 9. Attachement 10. Action	passion *(karma)*	processus d'activité
Existence future	11. Naissance 12. Vieillesse-mort	fruit	processus de naissance (passif)

Ce découpage est fait pour mettre l'accent sur les divers aspects, actifs, passifs, soumis à la passion, moralement indifférents, etc., de la vie. Le lecteur peut se reporter au tableau qui figure ci-dessus.

Pour l'existence passée, l'accent est mis sur le côté actif. Là se trouve l'ignorance, qui est étroitement liée à des actes de la pensée et à des actes volontaires qui produisent des fruits de rétribution. Cette ignorance, bien sûr, n'est pas créée *ex nihilo*. Elle est en fait le résultat du fruit karmique venant d'autres vies antérieures. Cela montre comment cette roue s'inscrit dans le cycle infiniment plus vaste du *saṃsāra.*

Pour ce qui est de l'existence présente, nous voyons d'abord le côté passif de la vie, c'est-à-dire la formation des agrégats, le contact entre les organes sensoriels et les objets et les sensations que cela produit. Tout cela représente l'aspect de notre vie qui est le fruit des actes des vies précédentes. Ces maillons de la roue sont passifs dans le sens qu'ils sont libres de toute activité karmique apte à produire du fruit dans l'existence suivante. Le côté actif de cette existence présente se trouve dans les maillons huit, neuf et dix, là où se produisent les désirs, les passions, les attachements et enfin les actes karmiques, ceux qui amènent à la ré-existence.

Avec l'existence future, nous revenons au côté passif, car il s'agit encore de la naissance (donc de tout ce qui était compris dans les maillons trois à sept) et des souffrances qui découlent du fait d'être né dans ce monde.

En chaque vie, tous les maillons, actifs ou passifs, sont présents. Mais ce qui nous enferme dans le cycle du *saṃsāra,* c'est l'ignorance et le désir qui en découle. C'est pourquoi au centre même de la roue de la vie se trouvent habituellement les termes *rāga, dosa* et *moha* – passion, haine et erreur – qui font tourner cette roue. C'est ainsi qu'on peut analyser la loi de la production conditionnée et le sens le plus profond de la deuxième noble vérité dans laquelle le Bouddha, comme un bon médecin, explique à l'homme la cause de sa maladie spirituelle. Une fois ce diagnostic posé, le Bouddha avec la troisième vérité montre à l'homme ce qu'il faut faire pour supprimer la souffrance, il décrit l'état de santé auquel le malade doit aspirer.

III

L'ENSEIGNEMENT DU BOUDDHA (II)

LA TROISIÈME NOBLE VÉRITÉ

« Voici, ô moines, la noble vérité sur la cessation de la souffrance. C'est la cessation complète de cette soif, la délaisser, y renoncer, s'en libérer, s'en détacher. »

Avec cette troisième vérité, le Bouddha offre à l'homme l'espérance de pouvoir véritablement se délivrer de sa souffrance, de pouvoir se libérer du *saṃsāra.* Ce que le bouddhiste doit viser, selon cette vérité, c'est la réalisation de l'état du *nirvāṇa, nirvāṇa* étant un mot sanscrit plus ou moins intégré aujourd'hui au vocabulaire religieux français.

LE SENS DU *NIRVĀṆA*

Parler de cette troisième vérité, c'est donc parler du *nirvāṇa.* Or ce n'est pas chose facile, et cela pour plusieurs raisons. C'est d'abord un concept qui est tout à fait étranger à notre mode de pensée. C'est pourquoi, sans doute, la notion même de *nirvāṇa* a été plus ou moins faussée dans le passé par le nombre de ceux qui, les premiers, ont essayé de pénétrer le cœur de la doctrine bouddhique. La conception qu'ils avaient, et que beaucoup en Occident partagent encore de nos jours, de la situation de l'homme ou plutôt de son âme, après la mort, les a poussés à voir le *nirvāṇa* comme un état réalisable après la mort. Il a aussi été compris, et souvent présenté au grand public, comme l'état qui existerait une fois que l'individu ou le soi aurait été anéanti. Le *nirvāṇa* est ainsi devenu un terme lourd de connotations négatives.

Pour arriver à une notion plus juste de ce qu'est le *nirvāṇa* pour les bouddhistes, il faut donc commencer par défricher un peu le terrain. Ce que nous avons déjà vu de la nature de la souffrance, ou *duḥkha,* et de la doctrine de l'*anātman,* ou non-soi, nous y aidera beaucoup.

Le mot *nirvāṇa* a le sens fondamental d'« extinction ». La question clé est de savoir exactement ce qui est « éteint ». La première chose qu'il faut constater est qu'il ne peut pas s'agir ici de l'extinction d'un soi puisque le soi n'a pas d'existence véritable : la doctrine de l'*anātman* nous éclaire sur ce point. Ce qu'il faut éteindre, ce sont donc ces soifs ou ces désirs qui, eux, perpétuent l'illusion qu'au fond de chaque homme il existe un soi permanent, un *ātman* ou, dans des termes qui nous sont plus familiers, une âme. Car cette illusion engendre, comme nous l'avons vu, une rage de vivre de plus en plus intense qui se traduit à nouveau dans des passions et des désirs toujours plus brûlants et ainsi de suite. Et tout cela augmente, selon la loi karmique, la force vive qui retient l'être prisonnier dans le cycle infernal des naissances et des morts.

Alors, si le diagnostic du Bouddha est correct, la seule guérison possible pour l'homme est l'extinction de toute soif, de tout désir, ce qui aura comme conséquence inévitable la disparition de l'illusion du soi et la libération finale du monde du *saṃsāra.* En effet, quand on commence à essayer d'éteindre un par un tout désir égoïste qui puisse donner naissance à des actions mauvaises, on commence à renverser la force vive du *karma.* Les agrégats, surchauffés, pour ainsi dire, par l'effet des passions, commencent à se refroidir. En conséquence, même si l'homme retombe dans l'existence après la mort, il s'agira d'une existence dans laquelle il deviendra de plus en plus ouvert à la vérité fondamentale exprimée dans l'enseignement du Bouddha. La force vive du *karma* ainsi renversée, l'être peut espérer réellement arriver au point où tout désir sera éteint, où tout mauvais *karma* aura disparu, où la possibilité de retomber dans l'existence sera éliminée. C'est ainsi que l'on arrive au *nirvāṇa.*

« Ceci n'étant pas, cela n'est pas... »

Tout cela est évidemment directement lié à tout ce qui a été dit plus haut sur la roue de la vie. Nous avons vu que ce qui caractérise la loi de la production conditionnée était exprimé dans la formule : « Ceci étant, cela est ; de l'apparition de ceci, cela apparaît. » Il faut dire maintenant que cette formule ne s'arrête pas là. Elle continue ainsi : « Ceci n'étant pas, cela n'est pas ; de la suppression de ceci, cela est supprimé. » Dans la même roue de la vie, se trouve ainsi une explication de la dynamique qui garde tout être dans le *saṃsāra*, et de la possibilité pour l'homme de s'en libérer définitivement. On peut donc dire en résumé que, s'il y a ignorance, il y aura inévitablement des actes volontaires et ainsi de suite. Mais si l'homme peut supprimer l'ignorance (c'est-à-dire accepter l'enseignement du Bouddha concernant les quatre nobles vérités, ou plutôt pénétrer le sens profond de ces vérités) il pourra supprimer les actes volontaires, les passions, les désirs, les attachements, etc. En bref, il pourra arrêter la roue de la vie et donc toute souffrance, et arriver au *nirvāṇa*.

Le nirvāṇa *« parfait »*

Allons maintenant un peu plus loin dans notre analyse du *nirvāṇa*. Nous avons vu que le mot *nirvāṇa* s'appliquait à l'extinction des désirs et de l'ignorance plutôt qu'à celle d'un soi qui de toute façon n'a aucune existence substantielle. Cela implique que le *nirvāṇa* ne soit pas conçu comme un état auquel on arrive uniquement après la mort. On peut de fait, dans la théorie bouddhique, arriver à éteindre toute passion pendant la vie, et c'est ce qui s'est passé pour le Bouddha lui-même. Il a vécu en effet quarante-cinq ans après s'être éveillé. Or l'idéal de l'homme saint présenté aux fidèles bouddhistes pendant des siècles a été celui de l'*arhat*, c'est-à-dire de l'homme digne de vénération parce qu'il a accompli tout ce qu'il fallait pour éteindre ses passions. Les années qu'il a encore à vivre sur cette terre doivent être considérées comme le temps nécessaire pour que ce qui reste du fruit karmique, puisse s'épuiser. C'est le *nirvāṇa* incomplet de celui qui a détruit toute illusion et tout obstacle mais qui a encore un corps physique. Au moment de la mort d'un *arhat,* toute trace de *karma* ayant été épuisée, les agrégats se séparent définitivement, éliminant ainsi toute possibilité de retomber dans l'existence. C'est cet état que l'on appelle le *nirvāṇa* parfait.

Le nirvāṇa *comme libération absolue*

Le fait que le mot *nirvāṇa* soit lourd de connotations négatives est presque inévitable car ce but ultime de chaque bouddhiste ne peut être exprimé qu'en termes négatifs. Mais il faut faire très attention et éviter la tentation d'en conclure que le *nirvāṇa* est en lui-même négatif. Car le *nirvāṇa* n'est rien d'autre que la libération absolue de tous les facteurs contraignants qui peuvent peser sur l'homme dans le monde que nous connaissons. L'homme, dans l'analyse bouddhique, est composé des cinq agrégats et il est conditionné par ses rapports avec le reste de la réalité aussi bien que par ses propres passions. Le *nirvāṇa* sera donc non composé et inconditionné. Ainsi toute limite est-elle niée. Or ce qui nous donne l'impression que le *nirvāṇa* équivaut au néant est le fait que le Bouddha n'en a jamais parlé en termes positifs. Mais la raison de son silence est très simple. Tout ce que le Bouddha a compris dans son expérience d'Éveil, et tout ce qu'il enseigne, est accessible à l'intelligence humaine. Le Bouddha n'a jamais nié l'existence de la réalité que ceux qui ont une approche beaucoup plus « positive » dans leur recherche du sens ultime de la vie appelleraient l'absolu. Il a simplement constaté que toute spéculation sur de pareilles questions était inutile, puisque l'homme ne pourrait jamais rien dire de ce qui, par son essence même, était complètement hors de son expérience et de sa compréhension. Le Bouddha montre la voie qui mène au *nirvāṇa :* il offre la possibilité à l'homme de se libérer de toute limite et de toute illusion sur lui-même – pour le reste, il s'en tient au silence d'un sage qui sait exactement jusqu'où peut aller l'intelligence humaine.

Avec tout ce que nous avons vu à propos du *nirvāṇa,* nous pressentons qu'y parvenir n'est pas tâche facile, même pour ceux qui sont très «doués» spirituellement parlant. C'est pourquoi le Bouddha, après avoir constaté la nature de la maladie spirituelle de l'homme (première noble vérité), diagnostiqué la cause de cette maladie (deuxième noble vérité), décrit l'état de l'être complètement guéri (troisième noble vérité), offre à l'homme, dans la quatrième noble vérité, les moyens de guérir, c'est-à-dire la Voie de la libération totale de la souffrance.

LA QUATRIÈME NOBLE VÉRITÉ

> « Voici, ô moines, la noble vérité sur le chemin qui conduit à la cessation de la souffrance. C'est le noble chemin octuple, à savoir : la compréhension juste, la pensée juste, la parole juste, l'action juste, le moyen d'existence juste, l'effort juste, l'attention juste et la concentration juste. »

Cette quatrième noble vérité, c'est-à-dire le « régime » proposé par le Bouddha pour guérir l'homme de sa maladie, de son attachement farouche à l'illusion de l'existence permanente de son propre soi, est également appelée le noble chemin octuple. C'est en vivant aussi pleinement que possible les huit aspects de ce chemin que le fidèle bouddhiste avance peu à peu vers le *nirvāṇa.* Pour toucher le cœur de la voie bouddhique donc, il faut absolument essayer d'étudier en profondeur le rôle indispensable que joue le noble chemin octuple dans la vie des bouddhistes. Tout au long de l'analyse qui va suivre, il sera utile de garder à l'esprit l'image de la roue de la vie (cf. p. 59). En effet, tous les éléments du noble chemin octuple sont liés d'une manière ou d'une autre à cette roue, puisque le chemin a comme but final l'arrêt total de son mouvement.

Traditionnellement, on explique ce chemin en divisant les

huit facteurs en trois groupes qui, eux, concrétisent les trois éléments essentiels de l'entraînement et de la discipline bouddhique. Ces éléments sont la moralité ou conduite éthique *(śīla),* la concentration ou discipline mentale *(samādhi)* et la sagesse *(prajñā).* Ce regroupement peut être présenté ainsi :

1. Conduite éthique :	1. la parole juste
	2. l'action juste
	3. le moyen d'existence juste
2. Discipline mentale :	4. l'effort juste
	5. l'attention juste
	6. la concentration juste
3. Sagesse :	7. la compréhension juste
	8. la pensée juste

Il ne faut pas se laisser troubler par le fait que l'ordre des divers aspects du noble chemin octuple tel qu'il apparaît dans les *sūtras*, est ici quelque peu modifié. Cela ne change en rien le sens de cette quatrième vérité. En revanche, cela nous permet d'en saisir le sens plus facilement.

LA CONDUITE ÉTHIQUE

Examinons tout d'abord le *śīla,* la conduite éthique qu'exige la voie bouddhique. Cette conduite éthique (aussi bien que la discipline mentale et la sagesse) vise uniquement à la création de circonstances favorables à la libération effective de l'homme du cycle des morts et des naissances et à sa délivrance du mouvement incessant de la roue de la vie. Dans l'analyse faite ci-dessus de la relation qu'il y a entre la soif qu'éprouve l'homme d'exister et de s'affirmer de mille façons et son emprisonnement dans le cycle du *saṃsāra,* nous avons noté que c'étaient en fait les actes volontaires (ceux qui se trouvent dans le deuxième et le dixième maillon de la chaîne – les activités volontaires (2) et l'action (10), *cf.* p. 61) qui poussaient l'être à la ré-existence. Cela vient du fruit de rétribution qui, selon la loi karmique, suit immanquablement chaque action de nature morale. Nous avons aussi remarqué que ces actes étaient de trois sortes : ceux du corps, ceux de la parole et ceux de la pensée ou de l'esprit. Tout cela appartient au diagnostic posé par le Bouddha sur la maladie spirituelle de l'homme. La conduite éthique, qui s'inscrit, elle, dans le cadre du « régime » destiné à guérir cette maladie, consiste en « l'abstention consciente et intentionnelle » de tout acte mauvais du corps, de la parole et de l'esprit. L'accent est mis très fortement sur l'importance qu'il y a à vouloir s'abstenir de ces actes car, de la même façon que le degré de volonté présent dans un acte mauvais peut l'aggraver, ainsi les vœux faits par ceux qui s'engagent sur la voie bouddhique ajoutent-ils considérablement à la valeur morale de leur conduite éthique. Il faut aussi noter que la conduite éthique peut prendre diverses formes, selon l'état de vie de celui qui « suit » le Bouddha. Car il est évident que, dans le concret, les actes que le moine doit éviter seront beaucoup plus nombreux que les actes interdits aux laïcs. Cela vient du fait que le moine en principe vise à une libération rapide et totale du *saṃsāra*, tandis que le laïc vise simplement à une renaissance plus favorable à la poursuite de la voie bouddhique. Nous approfondirons ce point dans le chapitre qui traite de la communauté bouddhique.

La parole juste

Les trois aspects du noble chemin qui correspondent à la conduite éthique sont, nous l'avons déjà vu dans le schéma ci-dessus, la parole juste, l'action juste et les moyens d'existence justes. Le sens de l'expression « la parole juste » est très bien résumé par Rahula dans son livre *L'enseignement du Bouddha d'après les textes les plus anciens*. Il dit la chose suivante :

« La parole juste signifie l'abstention 1) du mensonge ; 2) de la médisance et de toute parole susceptible de causer la haine, l'inimitié, la discussion, le désaccord entre individus ou groupes de personnes ; 3) de tout langage dur, brutal, impoli, malveillant ou injurieux ; et enfin 4) de tout bavardage oiseux, futile, vain et sot. Du moment qu'on s'abstient de toutes ces formes de paroles fausses et nuisibles, on doit dire la vérité, on doit employer des mots amicaux et bienveillants, agréables et doux, qui aient du sens et qui soient utiles. On ne doit jamais parler négligemment mais au moment et au lieu convenables. Si l'on n'a rien d'utile à dire, on devra garder un « noble silence »[1]. »

Cet idéal de toujours mettre en pratique la parole juste est exigeant et exprime un très grand respect de l'autre. Mais qui, dans l'analyse bouddhique des choses, peut être cet autre qu'il faut respecter ? Il ne peut pas s'agir d'une personne substantielle – autrement la doctrine du non-soi n'aurait plus de sens. De qui donc pourrait-il s'agir ? La réponse à cette question se trouve dans la solidarité au cœur de la souffrance (du *duḥkha*), que vivent les bouddhistes. L'autre, du moins dans les premiers stades du développement doctrinal, est une combinaison, bien sûr impermanente, des cinq agrégats. Mais le manque de permanence, le manque de substantialité n'empêchent pas le fait que cette combinaison comme telle – avec ses trois caractères d'impermanence, de souffrance, et de non-soi – existe réellement. Il y a donc une individualité qui serait jugée imparfaite dans une analyse personnaliste, mais qui cependant résulte de chaque combinaison d'agrégats. Et c'est à ce niveau-là qu'on manifeste le respect pour l'autre dans la conduite éthique bouddhique. C'est un vrai respect qui vise, pour l'autre comme pour soi, à alléger le fardeau de la souffrance et à créer des circonstances qui permettront aux autres aussi de se libérer du *saṃsāra*. Là est la base de la compassion qui a toujours été importante dans la tradition bouddhique, bien que l'on parle plus souvent de la sagesse comme de la vertu suprême dans le bouddhisme ancien.

On voit à quel point cette pratique de la parole juste est importante en lisant les mots suivants, qui sont mis dans la bouche du Bouddha :

« Même si de dangereux voleurs coupent le corps de quelqu'un membre à membre avec une scie à deux mains,

1. Walpola Rahula, *L'Enseignement du Bouddha d'après les textes les plus anciens*, p. 70.

s'il lui vient une pensée haineuse envers ces voleurs, pour cette raison, il ne se conduit pas selon mon enseignement. Dans ce cas-là, ô moines, vous devez vous entraîner ainsi : "Que notre pensée ne soit pas pervertie. Puissions-nous ne pas proférer de mauvaise parole. Puissions-nous demeurer dans la pensée de bienveillance, sans haine. Puissions-nous demeurer en faisant rayonner la pensée de bienveillance envers la personne qui fait du mal. À partir d'elle, en faisant rayonner dans le monde entier la pensée de bienveillance qui est large, profonde, sans limite, sans haine et libérée d'inimitié, puissions-nous demeurer dans la pensée de bienveillance." C'est ainsi, ô moines, que vous devez vous entraîner vous-mêmes[2]. »

Nous voyons dans ces mêmes paroles comment le Bouddha nous pousse à déraciner aussi les passions et la haine qui, il ne faut pas l'oublier, font tourner la roue de la vie (*cf.* schéma p. 59).

L'action juste

L'action juste exige que la vie de celui qui se veut sérieux dans sa poursuite spirituelle soit pacifique dans le sens plein de ce terme. Il doit avoir une horreur telle des actions mauvaises comme le meurtre (ou plutôt la destruction de la vie sous toutes ses formes), le vol, la malhonnêteté, les rapports sexuels interdits, etc., qu'il ne les pose jamais. Il doit aussi aider les autres à faire de même.

Le moyen d'existence juste

Le moyen d'existence juste exige de celui qui suit le Bouddha qu'il gagne sa vie par des moyens justes et honorables – c'est-à-dire en évitant des professions qui l'amèneraient lui-même, ou qui amèneraient autrui, à poser des actes qui ne seraient pas « justes ». Un soldat, par exemple, ou un marchand d'armes, selon cette pensée, ne pratiquent pas le moyen d'existence juste, car leur profession a comme but la

---

2. *Kakacūpama-sutta, Majjhima-nikāya*, I. La traduction est celle de Mohan Wijayaratna, *Sermons du Bouddha*, Cerf, 1988, p. 182.

destruction de la vie. Un soldat sur le champ de bataille doit forcément faire naître en lui le désir de tuer. Mais un tel désir ne peut que provoquer la création d'un fruit de rétribution mauvais. Sa conscience de renaissance (troisième maillon de la chaîne de la production conditionnée) sera marquée par ce désir violent, et aboutira probablement à une destinée mauvaise où l'être subira les conséquences de cet acte karmique si néfaste. Et c'est ainsi que la roue de la vie continue à tourner[3].

La conduite éthique qui consiste à mettre en action la parole juste, l'action juste et le moyen d'existence juste, en visant à la création d'une existence saine et harmonieuse pour tous, assure aussi les conditions préalables au progrès spirituel. Et ce véritable progrès spirituel vient avec la purification de la pensée ou de l'esprit que vise le deuxième des trois éléments de la discipline bouddhique : la discipline mentale.

LA DISCIPLINE MENTALE

En analysant la conduite éthique, on peut voir que cette éthique est liée surtout aux deuxième et dixième maillons de la chaîne de la production conditionnée, lesquels ont trait aux actions volontaires. La discipline mentale est, elle, liée plutôt aux maillons quatre à neuf, et plus loin au premier maillon : l'ignorance. (Il faut, bien sûr, toujours se rappeler que dire qu'une pratique est liée à tel maillon de la chaîne implique forcément qu'elle soit liée aussi à tous les autres, car ces maillons dépendent tous les uns des autres. Néanmoins, il est clair qu'une pratique donnée touchera plus directement l'un ou l'autre maillon – et puis, par le jeu même du mécanisme de la production conditionnée, les autres.)

Les trois aspects du noble chemin octuple qui constituent la discipline mentale (l'effort juste, l'attention juste et la concentration juste) sont donc destinés, à travers des méthodes très rigoureuses de méditation, à rendre l'homme

3. Pour quelques réflexions sur ce processus, voir le chapitre IX («Descente karmique et ascension karmique») dans *La Doctrine bouddhique de la re-naissance,* du Vénérable Narada Thera, Paris, 1979, pp. 63-68.

complètement conscient de la véritable nature de chacune de ses expériences (physiques et mentales), lesquelles ont leurs racines dans le complexe psycho-physique (quatrième maillon) dont tout homme est constitué.

Si le pratiquant, à travers cette discipline mentale, analyse sa propre réalité d'esprit-matière, il analyse aussi tout naturellement les six sphères des sens (cinquième maillon). Cette analyse implique évidemment une prise de conscience des contacts que ses organes sensoriels et mentaux ont avec des objets matériels et des objets de pensée (sixième maillon), les sensations agréables, désagréables ou neutres (septième maillon), les désirs suscités par ces sensations (huitième maillon), et les attachements aux choses et aux idées (neuvième maillon). Cette analyse est absolument fondamentale dans la pratique bouddhique, car ce n'est effectivement qu'en voyant chacun de ces phénomènes tel qu'il est – c'est-à-dire conditionné et dépourvu de substantialité – qu'on peut espérer casser cette chaîne terrifiante (ou arrêter la roue de la vie, pour utiliser une autre image) alors que, laissée à elle-même, elle projetterait l'être dans d'autres existences. C'est en voyant cette nature conditionnée des choses que l'on s'ouvre à la vérité enseignée par le Bouddha, et que l'on arrive peu à peu à éliminer l'ignorance foncière, c'est-à-dire l'illusion qu'existe un soi permanent (premier maillon). Le lien qui existe entre la discipline mentale et la loi de la production conditionnée est ainsi établi clairement. Il reste maintenant à en analyser chaque élément avec un peu plus de précision.

L'effort juste

Il y a d'abord l'effort juste. Il s'agit de la mobilisation d'une volonté énergique en vue de purifier l'esprit. Il y a quatre sortes d'efforts : l'effort d'éviter, l'effort de surmonter, l'effort de développer et l'effort de maintenir. L'énergie du premier effort est dirigée contre l'apparition des états mauvais de l'esprit. Il s'agit de mettre en garde les sens contre tout contact qui pourrait aboutir à des actes mauvais, et donc nuisibles au progrès spirituel de l'homme – d'où le nom d'« effort d'éviter ». L'effort de surmonter s'adresse, lui, aux mauvaises dispositions de l'esprit qui existent déjà en l'homme. Au lieu d'accepter la présence en lui de pensées sensuelles ou de colère, par exemple, celui qui suit le chemin octuple lutte pour s'en débarrasser et les surmonter. En parallèle à ces efforts faits pour éviter ou, le cas échéant, surmonter des dispositions mauvaises de l'esprit, il y a les efforts faits pour créer de bonnes dispositions de l'esprit (donc l'effort de développer), aussi bien que ceux qui sont faits pour perfectionner ou intensifier les bonnes dispositions déjà présentes en l'homme (l'effort de maintenir)[4]. L'élan de cet effort juste est résumé dans les mots suivants qui sont eux aussi mis dans la bouche du Bouddha :

« En vérité, le disciple qui possède la foi et a compris l'enseignement du Maître, est rempli de cette pensée : “Que plutôt ma peau, mes muscles, mes os se flétrissent, que ma chair et mon sang se dessèchent, mais que je n'abandonne pas mes efforts tant que je n'aurai pas atteint ce qui peut être atteint (c'est-à-dire l'Éveil), par une persévérance virile, de l'énergie et des efforts[5].” »

L'effort juste est donc extrêmement important pour celui qui veut suivre le Bouddha sur son chemin de libération.

L'attention juste

L'attention juste est la prise de conscience de la vraie nature des choses. Elle forme le cœur de la méditation bouddhique. Car si l'homme est prisonnier dans le monde du *saṃsāra,* c'est précisément parce qu'il se prend pour ce qu'il n'est pas ; il a l'illusion qu'au fond de lui il existe un soi qui tient ensemble – qui gouverne – tous les aspects de son existence. Et puis il agit en conséquence. Il dit et pense, par exemple : « Je vois », « Je sens », « Je suis certain », « J'ai mal », etc. – et pis encore, dans l'analyse bouddhique des choses : « Je veux. » Or quiconque dit cela, affirme l'exis-

---

4. Rahula, p. 71.

5. Majjhima-nikaya, 70. *Cf.* Nyanatiloka, *La Parole du Bouddha,* Librairie d'Amérique et d'Orient, Maisonneuve, p. 76.

tence d'un soi permanent et indépendant des agrégats qui seuls, pourtant, constituent tout phénomène. Si l'on était beaucoup plus attentif, on se rendrait compte qu'il n'est pas juste de dire : « Je vois. » Il y a un complexe physico-psychique doué d'un organe sensoriel apte à la vision d'un phénomène donné et ainsi à entrer en contact avec ce phénomène. Cette prise de contact crée des sensations qui suscitent des désirs, etc. Mais en aucun cas il ne saurait y avoir de « je » qui puisse voir. Il s'agit là d'une analyse des phénomènes totalement objective[6]. Cette position de base est très bien résumée dans l'œuvre magistrale de Buddhaghoṣa, le *Visuddhimagga* :

> La douleur existe, mais personne n'est affligé,
> Il n'y a point d'agent, mais l'activité est un fait,
> Le *nirvāṇa* est, mais le sujet nirvané n'est point,
> Le chemin existe, mais nul ne l'emprunte[7].

Cette manière de regarder les choses est sans doute complètement étrangère au lecteur. Et pourtant, dans la perspective bouddhique, seule une telle discipline mentale peut réellement aider l'homme à échapper au cycle des morts et des naissances. En effet, seule cette attitude juste peut lui

---

6. Un bon exemple de ce type d'analyse se trouve dans *Le bouddhisme dans son essence et son développement* de Conze (p. 124). Il y montre comment, en analysant par exemple l'expérience des maux de dents de manière totalement objective, on peut s'en libérer. Au lieu de dire « J'ai mal aux dents ! » il faut diviser l'expérience et la penser de la manière suivante :

a. Il y a la *forme*, la dent, comme matière ;

b. Il y a une *sensation* douloureuse ;

c. Il y a une *perception* visuelle, tactile et douloureuse de la dent ;

d. Il y a au titre des *réactions de la volonté* : du ressentiment contre la souffrance, de la crainte des conséquences possibles pour le bien-être futur, de l'aspiration au bien-être physique ;

e. Il y a la *conscience* – le fait d'être conscient de tout cela.

Conze en conclut : « Le “moi” du langage commun a disparu : il ne fait pas partie de cette analyse ; il n'est point l'un des événements ultimes. »

7. Cette traduction est celle qu'utilise Lamotte (p. 45) quand il cite cette œuvre. Buddhagoṣa, l'auteur du *Visuddhimagga (Voie de la Purification)*, vécut aux IVe et Ve siècles de notre ère.

permettre de surmonter la tendance qu'a tout homme à mettre en action les passions suscitées par les sensations désagréables, ou trop agréables. C'est la seule manière de regarder les choses qui puisse l'aider à éviter l'attachement. On saisit comment l'entraînement méticuleux à l'attitude juste envers toute chose est essentiel à la voie de délivrance enseignée par le Bouddha.

Les quatre attentions[8]

Normalement lorsque l'on parle de cette pratique, on fait une distinction entre quatre « attentions » fondamentales : l'attention au corps, l'attention aux sensations et aux émotions, l'attention aux activités de l'esprit et l'attention aux phénomènes. Pour mieux saisir la manière dont l'attention juste peut aider le pratiquant à se libérer de tout attachement, il sera utile de considérer brièvement chacune de ces « attentions ».

Par l'attention ou contemplation du corps, le pratiquant essaie de percevoir comment le corps se forme, comment il se défait – et cela afin d'arriver à la réalisation qu'un corps est là mais qu'il ne peut pas s'agir de son corps, car il n'y a rien qui appartienne à un soi. En d'autres termes, il essaie de devenir directement conscient du corps et de toute activité corporelle, sans passer par l'intermédiaire illusoire du soi. Il contemple aussi les impuretés du corps, fixant son attention sur tous les éléments du corps : les cheveux, la peau, les ongles, les os, le mucus, le sang, etc. Selon les mots du Bouddha :

« Comme s'il y avait un sac à provisions à deux

8. Si le lecteur veut aller plus loin dans son étude des quatre attentions, il peut consulter l'œuvre de Nyanaponika Thera, *Satipaṭṭhāna – Le Cœur de la méditation bouddhiste (L'Art de cultiver l'harmonie et l'équilibre de l'esprit),* Paris, Librairie d'Amérique et d'Orient, Adrien Maisonneuve, 1983 ; ou, pour mieux comprendre ce qu'est la discipline mentale dans le bouddhisme, *La Méditation bouddhique, bases théoriques et techniques,* de Jean-Pierre Schnetzler, Dervy-Livres, 1979 et 1988. Dans ce chapitre, les explications de l'attention et de la concentration s'inspirent en grande partie de ses ouvrages.

ouvertures, rempli de diverses sortes de graines telles que riz des collines, riz brut, pois chiches, haricots, sésame, riz perlé ; et un homme avec de bons yeux, l'ayant ouvert, l'examine ainsi : "Ceci est du riz des collines, ceci est du riz brut, ceci des pois chiches, ceci des haricots, ceci est du sésame, ceci est du riz perlé." De même, moines, un moine réfléchit sur ce même corps, depuis la plante des pieds vers le haut et du sommet de la tête vers le bas, enfermé dans la peau et rempli d'impuretés : "Il y a dans ce corps : cheveux..., urine[9]." »

Et afin de se détacher complètement du corps, et de toutes les choses de ce monde, il contemple le triste destin d'un cadavre abandonné au cimetière, décomposé et en pleine corruption – tout en songeant à son propre corps et à celui des autres. C'est ainsi qu'il arrive à pénétrer la véritable nature du corps.

Avec le deuxième type d'attention, le pratiquant essaie d'analyser soigneusement toutes ses sensations et toutes ses émotions, positives et négatives. Il s'efforce de saisir comment elles se produisent et comment elles disparaissent. Puis il contemple ses sentiments vis-à-vis de lui-même ou d'autres, cherchant les raisons pour lesquelles ils sont apparus, analysant comment ils disparaissent. Et en faisant de tous ces sentiments des objets de méditation, il s'en détache peu à peu. En effet, il voit qu'en réalité ces sentiments sont conditionnés et n'ont pas d'existence indépendante. Démasqués, ils cessent de l'entraîner dans la chaîne des causes qui amènent au désir, à l'attachement, à l'acte... et à la ré-existence.

Par la contemplation des activités mentales, le pratiquant essaie de saisir l'état de son esprit, de déterminer à quel point il est dominé par la haine, ou à quel point de recueillement il en est, etc. Il analyse comment se produisent les divers mouvements de l'esprit, et il doit toujours réfléchir, bien sûr, à la manière dont ces mêmes mouvements disparaissent. C'est toujours la même approche très objective et impartiale qui

---

9. *Satipaṭṭhāna*. La traduction est celle de Nyanaponika Thera, p. 121.

ouvre la possibilité d'un vrai détachement et d'une véritable libération de ses passions. On n'essaie pas de supprimer les mouvements de l'esprit ; on essaie plutôt de les rendre impuissants en les regardant en face, en les décortiquant.

La méthode suivie pour le quatrième type d'attention est identique à celle que nous avons notée dans l'analyse des trois premiers types. On examine chaque phénomène (les idées, les pensées, etc., sont d'ailleurs considérées comme des « phénomènes », c'est-à-dire des *dharmas, cf.* p. 36), toujours pour voir comment il se produit, comment il disparaît, etc. Et comme dans les trois autres types d'attention, le but de cette dernière contemplation est d'arriver à réaliser qu'il n'y a pas de noyau durable, de « soi », derrière les phénomènes que l'on contemple. Il n'y a personne qui puisse désirer, il n'y a que le désir qui se produit à cause d'autres phénomènes tels que les sensations. Il n'y a personne qui puisse penser, il n'y a que la pensée.

Ainsi peut-on voir comment tout le système de méditation bouddhique est étroitement lié à la loi de production conditionnée – et plus la méditation est poussée, plus on arrive près de l'élimination de tout ce qui alimente l'ignorance de l'homme, plus on ralentit la roue de la vie. Mais pour que cette méditation soit véritablement efficace, il faut aussi beaucoup développer son pouvoir de concentration, et c'est le troisième élément de la discipline mentale.

Concentration juste

La concentration juste, c'est la fixation de la pensée sur un point ou sur un objet unique. Cette concentration est caractérisée par l'absence de distraction et par la quiétude mentale. Pour avancer dans la pratique de la concentration, les quatre types d'efforts mentionnés plus haut sont absolument nécessaires. Et les quatre attentions fondamentales sont très souvent les objets de cette pratique. Il est donc clair que l'effort juste, l'attention juste et la concentration juste dans leur ensemble, constituent la discipline mentale – deuxième pilier de la pratique bouddhique.

La concentration juste conduit, si le pratiquant est assidu, aux quatre états successifs du *dhyāna* – terme traduit par transe ou extase, ou encore par recueillement. En entrant dans le premier *dhyāna,* le pratiquant aura déjà débarrassé son esprit des « cinq empêchements à la méditation » (c'est-à-dire les désirs sensuels, la malveillance et la haine, la torpeur, l'excitation et le remords, et finalement les doutes). Cependant, il a toujours dans l'esprit ses pouvoirs mentaux d'analyse et de jugement. Les sentiments de bonheur et de joie sont aussi conservés. En supprimant l'analyse et le jugement, il passe au deuxième *dhyāna* et là, la pensée fixée sur un point, sa joie et son bonheur s'intensifient. Au troisième *dhyāna* le sentiment de joie est supprimé, mais la disposition de bonheur demeure. Au quatrième *dhyāna* toute sensation, le bonheur compris, disparaît et seule la pure attention reste ; le pratiquant dans cet état est indifférent à toute sensation, agréable ou désagréable. Ce qui est important dans cette démarche, c'est que le pratiquant développe des pouvoirs de concentration qui lui permettent d'arriver à une claire compréhension de la nature de l'objet choisi. Et c'est la concentration juste qui fixe dans son esprit les premiers résultats des quatre formes d'attention juste.

En résumé, le deuxième élément essentiel du noble chemin octuple, c'est-à-dire la discipline mentale, permet donc au pratiquant qui a été purifié par la parole juste, l'action juste et les moyens d'existence justes, d'être discipliné par l'effort juste, l'attention juste et la concentration juste. Le pratiquant est ainsi mieux préparé à approfondir sa compréhension de la vérité et à développer sa propre sagesse. Ce qui nous amène au troisième élément du chemin octuple.

LA SAGESSE

Ce qui ouvre les portes à la vraie compréhension de la vérité, et qui permet au pratiquant de progresser sur la voie bouddhique, est «la vue pénétrante » ou « vision analytique » *(vipaśyanā).* C'est cette vue, cette vision, qui conduisent à la libération totale de l'esprit, car la compréhension juste à laquelle elle aboutit remplace tout simplement l'ignorance qui, il faut le rappeler, est le premier des douze maillons de la chaîne de la production conditionnée – la source, en fait, de tout malheur.

La sagesse qui remplace cette ignorance n'est donc pas une espèce d'intuition au contenu vague et imprécis. Quand les bouddhistes parlent de l'ignorance, il s'agit très spécifiquement de l'ignorance des quatre nobles vérités. La sagesse donc qui prend sa place est, elle aussi, très spécifique. On ne peut guère faire mieux que citer Lamotte sur « le contenu » de cette sagesse. Il dit ceci :

« Il s'agit d'une vue pénétrante, claire et précise ayant pour objet les trois caractères généraux des choses : tous les phénomènes physiques et mentaux (matière, sensation, perception, volition et conscience) sont transitoires *(anitya)*, douloureux *(duḥkha)* et dépourvus d'ego ou de réalité substantielle *(anātman)*. Ces phénomènes qui se succèdent en série selon un mécanisme invariable ne durent qu'un moment ; voués à la disparition, ils sont douloureux ; comme tels, ils sont dépourvus de toute autonomie, ils ne constituent pas un ego et ne dépendent pas d'un ego. C'est par méprise que nous les considérons comme moi ou comme mien. Comment s'attacher à ces entités fugitives, marquées par la souffrance, et qui ne nous concernent en rien ? S'en détourner par un jugement lucide, c'est *ipso facto* en éliminer le désir, neutraliser l'acte et échapper à l'existence douloureuse[10]. »

Ces mots de Lamotte sur la sagesse décrivent assez bien ce qu'est la compréhension juste. La pensée juste, dernier facteur du noble chemin octuple que nous ayons à considérer, est simplement celle qui est enfin libre de tout désir, de toute cruauté, etc. – c'est celle qui est complètement détournée du monde et fixée sur la voie qui mène à l'Éveil. C'est finalement la pensée qui se conforme totalement à la vérité. Toute fausse vue des choses qui pourrait alimenter le désir, écarter l'homme de son but, et ainsi redonner de l'élan

---

10. Étienne Lamotte, *Histoire du bouddhisme indien*, p. 48.

au mouvement de la roue de la vie, est éliminée. La sagesse est donc essentielle à la vie d'un bouddhiste et c'est pourquoi d'ailleurs le bouddhisme ancien est parfois appelé l'« ancienne école de sagesse ».

En résumé, celui qui se lance sur la voie bouddhique s'efforce de développer peu à peu une sagesse qui implique, voire exige, une conduite éthique très précise, laquelle peut seule permettre au fidèle de rester authentique dans sa recherche spirituelle et ainsi d'avancer vers la libération. Il s'exerce simultanément à la discipline mentale qui, elle, est destinée à élever encore le niveau de sagesse qu'il a déjà pu obtenir. Ainsi une sagesse plus haute amène à une vie plus conforme à une conduite juste, qui à son tour rend le fidèle plus capable de profiter de sa méditation. Et c'est ainsi qu'avance le bouddhiste tout au long de la voie, jusqu'au point où il est enfin totalement libéré.

Les quatre vérités proposées par le Bouddha au cœur de sa première prédication et analysées dans ces deux derniers chapitres ont été méditées et vécues par des bouddhistes depuis vingt-cinq siècles. Ces vérités ont toujours constitué un véritable trésor pour ceux qui, dans leur propre quête spirituelle, voulaient, et veulent encore, suivre le Bouddha. Mais cet enseignement n'est pas le seul trésor du bouddhisme. Il y a, bien sûr, le Bouddha lui-même (*cf.* le premier chapitre) aussi bien que la communauté bouddhique au sein de laquelle cette quête s'accomplit et dont ceux qui désirent connaître le bouddhisme ne peuvent pas ignorer l'existence. C'est pourquoi il nous faut maintenant essayer d'analyser les circonstances dans lesquelles cette communauté a été établie et comment elle s'est développée à travers les siècles qui ont suivi la mort du Bouddha.

IV

LA COMMUNAUTÉ BOUDDHIQUE

Après son expérience de l'Éveil lors de laquelle il avait découvert les quatre nobles vérités, le Bouddha hésita longuement avant de mettre en mouvement la roue de la loi mais il s'y résolut finalement et ce fut alors sa première prédication à Bénarès. Il faut faire attention et ne pas confondre la roue de la loi (*cf.* p. 36) et la roue de la vie (*cf.* p. 59) : la première donne à l'homme la possibilité d'échapper à la seconde. S'il avait hésité, c'est qu'il avait conscience que son message ne serait véritablement compris que par très peu de gens. Au cours du chapitre précédent, nous n'avons fait qu'entrevoir la profondeur de l'enseignement du Bouddha. Mais celui qui veut pénétrer les quatre vérités et saisir véritablement le fait que toute chose est impermanente, douloureuse et substantielle, celui qui veut comprendre, au sens plein de ce mot, le mécanisme de la loi de la production conditionnée, a besoin d'années et d'années, sinon de vies et de vies, de discipline morale et mentale. Il faut qu'il suive fidèlement le noble chemin octuple afin d'approfondir sa sagesse jusqu'au point où toute ignorance spirituelle est enfin éliminée.

Or, il n'est pas difficile d'imaginer, lorsque l'on a étudié l'enseignement bouddhique de base, que l'homme ne trouve guère aisé de suivre ce chemin, et d'accepter dans toute sa radicalité le « régime » proposé par le Bouddha, même s'il est destiné à le guérir de son ignorance foncière. Il est donc assez facile de comprendre les premières hésitations du Bouddha et les raisons pour lesquelles une communauté s'est formée autour de lui. Cette communauté (ou *saṃgha*) rassemblait en effet en son sein, ceux qui étaient ouverts à son message fondamental et qui, en s'épaulant les uns les autres et en écoutant constamment la parole de celui qui avait, le premier, découvert la vérité, pouvaient plus aisément avancer sur le chemin.

Afin de mieux saisir l'importance de cette communauté dans la tradition bouddhique, le lecteur sera invité, dans un premier temps, à analyser comment elle s'est construite petit à petit autour du Bouddha au fur et à mesure qu'augmentait le nombre de ceux à qui le maître adressait sa parole libératrice et qui se convertissaient à la voie. Il verra ensuite la manière dont le Bouddha prêchait, ainsi que les diverses réponses à sa prédication qui ont, bien sûr, donné naissance au *saṃgha* (la communauté) proprement dit, mais aussi à une grande confrérie de laïcs. Ces laïcs, en effet, n'ont jamais cessé de prendre en charge le bien-être matériel de ceux qui étaient plus avancés qu'eux dans la vie spirituelle et qui avaient tout quitté pour suivre le Bouddha. Dans un deuxième temps, le lecteur découvrira comment vivaient les membres de cette première communauté – les idéaux qui les animaient, la règle qui gouvernait leur vie, etc. Tout cela sera d'un grand intérêt car, en fait, ces mêmes règles et ces mêmes vertus continuent aujourd'hui d'animer la vie religieuse des bouddhistes, surtout dans les pays du Sud-Est asiatique.

L'ÉCLOSION DE LA PREMIÈRE COMMUNAUTÉ BOUDDHIQUE

LA CONVERSION DES CINQ ANCIENS COMPAGNONS DU BOUDDHA

Puisque, selon la tradition, la première communauté bouddhique s'est constituée au moment où les cinq anciens compagnons du Bouddha se sont convertis à l'enseignement du maître, il sera bon, pour commencer, d'analyser quelques-uns des textes qui racontent leur conversion. En effet, on retrouve là beaucoup d'éléments communs à toutes les conversions provoquées par la prédication du Bouddha tout au long de sa vie. En lisant ces textes le lecteur devra, une fois de plus, faire preuve de patience car, comme dans le sermon de Bénarès, il trouvera beaucoup de répétitions. Il rencontrera aussi des mots qui pourront lui sembler un peu « étranges » du point de vue de la langue française – ce sont des traductions de termes techniques qui n'ont pas leur équivalent dans les langues occidentales. L'explication du sens de ces termes sera, bien sûr, faite plus loin. (Le premier texte est tiré du *Vinayapiṭaka* des Dharmaguptaka qui est une partie de l'ancien canon bouddhique traitant de la vie monastique.)

« Quand le Bienheureux eut prêché la doctrine, l'un des cinq ascètes, nommé Kaundinya, la poussière et les taches recouvrant son esprit ayant disparu, fit apparaître en lui *l'œil de la loi*. Aussitôt, ayant su que Kaundinya avait obtenu celui-ci, le Bienheureux le loua en ces termes : “Kaundinya a bien compris ! Kaundinya a bien compris !” Désormais, il fut nommé Ājñāta Kaundinya, Kaundinya qui a bien compris... »

« Dès que le vénérable Ājñāta Kaundinya eut vu la doctrine, obtenu la doctrine, possédé complètement la doctrine, il acquit *le fruit de la vie religieuse dans sa réalité* et il dit au Bouddha : “Je désire maintenant *cultiver la conduite pure auprès du Tathāgata.*” Le Bienheureux lui dit : “Viens, ô moine ! En ma doctrine réjouis-toi, cultive la conduite pure pour supprimer l'origine des douleurs.” Alors, le vénérable Ājñāta Kaundinya reçut les appellations de *sorti de la vie de famille* et de *ayant reçu l'ordination majeure*. Parmi les moines il fut le premier à recevoir l'ordination majeure. »

« Ājñāta Kaundinya est donc leur doyen. Il dit encore au Bouddha : “Je désire maintenant entrer dans la ville de Bénarès *pour y mendier ma nourriture*, et je désire ton autorisation.” Le Bouddha lui répondit : “Ô moine, tu connais le moment convenable pour cela.” Alors le vénérable Ājñāta Kaundinya, s'étant levé de son siège et s'étant prosterné aux pieds du Bienheureux, mit sa toge, prit son bol et entra dans la ville de Bénarès pour y mendier sa nourriture. »

« Le Bienheureux prêcha ensuite la doctrine aux vénérables moines Açvajit et Mahānāman ; ce que l'on appelle la doctrine, c'est la doctrine du don, de la moralité et du ciel. Il blâma les liens impurs, souillés des désirs, et il loua le bonheur du renoncement. Tandis qu'ils étaient assis sur leur natte, la poussière et les taches qui recouvraient leur esprit disparurent et ils obtinrent *l'œil de la loi*... » (et le texte continue à décrire leur expérience de conversion en des termes identiques à ceux qui sont utilisés pour décrire celle de Kaundinya. Toute l'histoire est répétée une troisième fois encore pour raconter la conversion de Bhadrika et Vāspa – les derniers des cinq ascètes. Et puis viennent les lignes suivantes :)

« Tandis que le Bouddha prêchait la doctrine à trois des cinq hommes, les deux autres mendiaient la nourriture, et la nourriture obtenue par ces deux hommes suffisait pour nourrir les six personnes. Tandis que le Bouddha prêchait la doctrine à deux des cinq hommes, les trois autres mendiaient la nourriture, et la nourriture obtenue par ces trois hommes suffisait pour nourrir ces six personnes. Ainsi le Bienheureux exhortait et instruisait les cinq moines et, les enseignant *graduellement*, il leur fit avoir des pensées de joie[1]. »

Et enfin, pour conclure ce récit de la conversion des cinq ascètes, après la dernière homélie du Bouddha sur l'impermanence, arrivent ces paroles :

« Quand le Bienheureux eut prêché cette doctrine, la pensée des cinq moines fut délivrée de toute impureté et ils purent alors faire naître la connaissance de la délivrance sans obstacle (c'est-à-dire le *nirvāṇa*). À ce moment, il y eut en ce monde six *arhats* : les cinq disciples et le *Tathāgata*, Arhat complètement et parfaitement éveillé[2]. »

Voilà donc comment s'est constituée la toute première communauté bouddhique – le *saṃgha*.

---

1. André Bareau, *En suivant le Bouddha*, Philippe Lebaud, 1985, pp. 69-71.

2. *Ibid.*, p. 72.

L'EXPÉRIENCE DE CONVERSION

Avant d'analyser quelques-unes des autres conversions qui ont élargi le *saṃgha* et qui ont créé une autre catégorie de croyants bouddhistes hors de la communauté proprement dite, il serait peut-être utile de faire une petite liste provisoire d'éléments qui forment le cœur de ce que nous pouvons considérer comme l'expérience de conversion bouddhique. Nous allons, pour cela, revenir au commencement du récit de la conversion des cinq ascètes.

La parole du Bouddha

La première chose que nous pouvons mettre sur notre liste est que le Bouddha *adresse la parole* à ces auditeurs. Il enseigne sa doctrine. Cela peut sembler évident, mais il n'adresse pas cette parole à n'importe qui, et il ne le fait pas n'importe comment. Et saisir ce point est absolument essentiel si nous voulons comprendre toute l'histoire du développement du bouddhisme – et cela jusqu'à nos jours.

D'abord le Bouddha ne prêche pas à n'importe qui. Nous nous rappelons qu'après avoir surmonté la tentation de garder la vérité pour lui seul, le Bouddha a cherché un auditoire capable de saisir ce qu'il avait à dire. C'est ainsi qu'il est arrivé au Parc des Gazelles près de Bénarès. Après cette prédication, il semble que le Maître se soit adressé à tout le monde – mais en fait il n'en est rien. À ce propos, un passage très intéressant se trouve dans un texte appelé le *Upadeśa*[3]. Un jour qu'Ānanda, disciple préféré du Bouddha, était avec le Maître, il vit à l'entrée de la ville de *Śrāvastī* une vieille femme pitoyable. Certain que si le Bouddha approchait de cette femme, elle verrait le Maître, éprouverait une pensée de joie et serait sauvée, Ānanda proposa au Bouddha d'aller à sa rencontre. Le Bouddha, qui connaissait le cœur de tout homme et qui savait quelles personnes étaient prêtes, de par leur situation karmique, à entendre la vérité, répondit que la femme en question ne remplissait pas les conditions pour

3. Il s'agit du *Mahāprajñāpāramitopadesa de Nāgārjuna* (nº 1 509 du *Canon bouddhique sino-japonais*, Édition de Taishō).

être sauvée. Et pour montrer à Ānanda ce que cela voulait dire dans le concret, le Bouddha essaya de se manifester à cette femme si mal disposée à le rencontrer. Il essaya de l'aborder mais en vain car de quelque côté qu'il l'approchât, la femme se tournait invariablement dans la direction opposée. Aucune rencontre n'était possible : elle était en effet radicalement incapable de voir le Maître[4].

Le Bouddha réserve donc sa parole à ceux à qui elle peut être utile. Mais cela ne veut pas dire qu'il abandonne à eux-mêmes les gens moins doués spirituellement parlant. En effet, nous allons voir plus loin que l'une des fonctions très importantes du *saṃgha* était d'offrir aux pécheurs ce qui s'appelle un « champ de mérite ». C'est-à-dire que tous ceux qui étaient incapables de comprendre la parole du Bouddha pouvaient, en donnant de la nourriture ou d'autres biens aux moines, se créer des mérites – du bon *karma* – qui, dans une vie ultérieure, leur ouvriraient la possibilité de répondre plus activement, si l'on veut, à la vérité. Voilà donc pour le choix que le Bouddha fait de ses auditeurs.

Le génie pédagogique du Maître

Dès le départ le bouddhisme fut donc, en un sens, élitiste – mais, il ne faut pas imaginer que le Bouddha n'ait parlé qu'à des êtres hautement doués, comme les cinq ascètes. Car le Maître était capable de présenter son message de manière telle qu'il soit utile à ceux qui ne faisaient que commencer leur cheminement vers la vérité. Cette capacité qu'avait le Bouddha de s'adapter au niveau de chacun de ceux qui l'écoutaient est très claire dans le cas de la conversion des cinq ascètes. Nous avons vu qu'en fait les cinq hommes n'avaient pas atteint le même niveau spirituel au moment où le Bouddha a prêché pour eux. Kaundinya a compris beaucoup plus rapidement que les autres. Pour lui donc la vérité toute nue, pour ainsi dire, telle qu'elle était présentée dans le sermon de Bénarès, suffisait. Pour les autres le Bouddha a utilisé une approche plus douce qui allait les amener graduel-

4. Une traduction de cette histoire se trouve dans *Histoire du bouddhisme indien*, d'Étienne Lamotte, pp. 49-50.

lement à la vérité. Nous percevons là le génie pédagogique du Maître qui était si talentueux que les écritures parlent même des 84 000 enseignements du Bouddha – ce qui veut dire simplement que la parole du Bouddha s'adapte à chacun de ses auditeurs de manière à l'aider le plus efficacement possible à avancer sur le chemin de l'Éveil. Ainsi à Kaundinya pouvait-il tout dire – du moins tout ce qu'il fallait pour qu'il se libère du monde du *saṃsāra*. Aux autres, il a d'abord dit ce qu'il fallait pour qu'ils ouvrent leur cœur à des vérités de plus en plus profondes, jusqu'au point où eux aussi purent tout saisir. Toujours comme un bon médecin, le Bouddha donne à chaque moment la dose nécessaire à chaque individu pour que sa guérison se fasse naturellement. Et c'est pourquoi le Bouddha n'a jamais répondu aux questions concernant les problèmes métaphysiques[5].

Cette attitude du Bouddha est souvent illustrée dans les *sūtras*. Un jour, alors qu'il résidait avec ses disciples à Kauśāmbī dans le Bosquet, le Maître prit en main quelques feuilles et dit aux moines la chose suivante :

« Qu'en pensez-vous ? Est-ce que ce sont ces quelques feuilles qui sont les plus nombreuses, ou toutes les feuilles de tous les arbres du Bosquet ? – Peu nombreuses les feuilles que le Seigneur tient en main ; très nombreuses toutes les feuilles de tous les arbres du Bosquet. – De même, ô moines, beaucoup est ce que j'ai appris, très peu ce que j'ai enseigné. Cependant je n'ai pas fait comme font les maîtres qui ferment le poing et gardent pour eux leurs secrets : car je vous ai enseigné ce qui vous était utile : je vous ai enseigné les quatre vérités ; mais je ne vous ai pas enseigné ce qui vous était inutile[6]... »

Ce récit décrit donc la manière dont le Bouddha enseigne et il nous indique également le sens d'un des gestes les plus beaux que nous trouvions dans l'iconographie bouddhique.

---

5. En ce qui concerne l'attitude du Bouddha devant les interrogations métaphysiques, *cf.* le *Cūlamāluṅkya-sutta*. *Cf.* Mohan Wijayaratna, *Sermons du Bouddha*, Cerf, 1988, pp. 113-117.

6. *Samyutta*, V, p. 437, cité par Lamotte, p. 53.

C'est celui de la main ouverte, qui signifie que le Bouddha donne à l'homme tout ce qui lui est nécessaire pour être sauvé.

L'apparition de l'œil de la loi

Le deuxième élément à mettre sur notre liste est l'apparition, en celui qui écoute la parole libératrice du Bouddha, de l'œil de la loi. Il s'agit de la réalisation – et ici nous rencontrons une formule qui se trouve dans les textes les plus anciens – du fait que « tout ce qui est soumis à la loi de l'origine est complètement soumis à la loi de cessation ». Avoir cet œil de la loi, c'est saisir le sens des quatre nobles vérités et de la loi de production conditionnée. Cet œil est apparu tout de suite en Kaundinya, et un peu plus tard dans les autres ascètes. Et puis avec l'homélie du Bouddha sur l'impermanence, tous les cinq ont pénétré le fond de cette vérité et sont arrivés au *nirvāṇa*. Une fois cet œil apparu, il reste pourtant encore un chemin à parcourir.

L'acquisition du fruit de la vie religieuse

La troisième chose à noter sur notre liste est que les cinq ascètes ont acquis « le fruit de la vie religieuse ». Ce « fruit » en fait correspond à un terme très technique qui désigne, en un mot, l'entrée définitive sur le chemin qui mène à l'Éveil. Le terme en question est *srota-āpanna* – littéralement « entrée dans le courant[7] ». C'est une étape très importante dans la vie religieuse car celui qui l'atteint n'est plus sujet à renaître dans les destinées inférieures (les enfers, le monde

7. Dans le bouddhisme dit du *Hīnayāna* (Petit Véhicule), il y a quatre étapes dans la voie de l'*arhat*. La première est le *srota-āpanna* ou entrée dans le courant qui est mentionnée dans le texte cité. La seconde est le *sakṛdāgāmin* ou retour unique ; la troisième est l'*anāgāmin* ou non-retour ; et la dernière est l'*arhat*. L'*arhat* est considéré comme ayant accompli tout ce qui doit être fait puisque, durant les étapes précédentes, il s'est libéré de toutes les passions qui empêchent l'homme d'arriver à son but final. Les termes de « retour unique » et « non-retour » s'appliquent respectivement à l'état de ceux qui atteindront le *nirvāṇa* après être nés une fois de plus dans ce monde et à l'état de ceux qui atteindront le *nirvāṇa* sans renaître de nouveau dans ce monde.

des animaux et le monde des fantômes). Donc ceux qui acquièrent le fruit de la vie religieuse, qui entrent dans le courant, comme l'ont fait les cinq ascètes, sont désormais sûrs d'atteindre l'Éveil. Ils passent définitivement de la vie des profanes à celle des saints ou des nobles disciples.

La dimension communautaire de l'expérience

Une quatrième chose à mettre sur notre liste d'éléments essentiels à l'expérience de conversion est l'effort que fait le converti pour avoir une conduite pure auprès du *Tathāgata*. (*Tathāgata* est un autre titre du Bouddha. Il signifie « celui qui est arrivé à la réalité telle qu'elle est »[8].) Ce souhait a été énoncé par chacun des cinq ascètes. Et nous pouvons y trouver la première indication que le fait de suivre le Bouddha implique une vie religieuse – « la conduite pure » – et que cette vie se déroule au sein d'une communauté. En effet, si ceux qui suivent le Bouddha restent auprès de lui, cela crée, de ce fait même une communauté, un *saṃgha*. Et tout cela est affirmé de nouveau avec les cinquième et sixième éléments qu'il faut inclure sur notre liste – à savoir le fait d'avoir reçu l'appellation « sortie de la vie de famille », et celui d'avoir reçu l'ordination majeure[9]. Il serait utile de

8. À cette traduction du terme *Tathāgata* donné par Bareau et qui communique bien son sens fondamental, il serait utile d'ajouter le commentaire suivant de Conze : « Quand les bouddhistes considèrent le Bouddha comme un principe spirituel, ils l'appellent le *Tathāgata* ou bien parlent de son *corps-de-Dharma*. Le sens originel du mot *Tathāgata* n'est plus connu. Les commentaires postérieurs expliquent le terme comme un composé de deux mots : *tatha* "ainsi" et le participe passé *agata* "venu" ou *gata* "allé". Autrement dit, le *Tathāgata* est celui qui est venu ou est allé "ainsi", c'est-à-dire comme les autres *Tathāgata* sont allés ou venus. Cette explication souligne le fait que le "Bouddha historique" n'est pas un phénomène isolé, qu'il est l'un parmi une série sans fin d'innombrables *Tathāgata*, apparaissant à travers les âges dans le monde, proclamant toujours la même doctrine. » (*Le Bouddhisme dans son essence et son développement*, Petite Bibliothèque Payot, n° 187, p. 41.) Le lecteur saisira mieux la portée de ces mots une fois qu'il aura lu les chapitres qui traitent de la bouddhologie du Mahāyāna (chapitres VII, VIII et IX).

9. Puisque dans le bouddhisme il n'existe pas de fonction sacerdotale, le terme d'« ordination majeure » risque d'être un peu trompeur. C'est pour-

noter ici que ce terme « sortie de la vie de famille » peut être un peu trompeur dans le sens qu'il est évident que les cinq ascètes, dans leur recherche de la vérité, avaient déjà quitté leur maison depuis longtemps. En fait ce terme, dans un contexte bouddhique, a le sens beaucoup plus étroit d'admission, comme novice, dans la communauté bouddhique. Il est parfois traduit comme « ordination mineure ». Il y a donc dans ce récit tout un vocabulaire caractéristique d'un système monastique.

Le septième élément de notre liste va nous aider à découvrir comment la vie monastique était vécue dans le concret. Chacun à leur tour, les nouveaux membres du *saṃgha* partaient pour mendier leur nourriture. C'était donc une communauté mendiante vivant d'aumônes, et nous avons déjà vu que ces aumônes formaient un lien très étroit entre la communauté bouddhique et les fidèles laïcs qui voulaient par leur participation se préparer à une vie ultérieure plus spirituelle.

La délivrance

Le dernier élément de notre liste est la délivrance – le fait d'être devenu *arhat*. Il est écrit qu'après le cinquième jour les cinq ascètes étaient délivrés de toutes leurs impuretés et ont obtenu le *nirvāṇa*.

Notre liste provisoire se constitue donc ainsi :

1) la parole du Bouddha,
2) l'apparition de l'œil de la loi,
3) l'acquisition du fruit de la vie religieuse,
4) le souhait d'avoir une conduite pure auprès du Bouddha,
5) la « sortie de la maison »,
6) l'ordination majeure,
7) la vie mendiante,
8) la délivrance, ou le fait d'être devenu un *arhat*.

Il manque encore deux éléments extrêmement importants,

---

quoi Bareau explique dans une note que ce terme réfère à l'état de moine bouddhique complet, et non plus de simple novice. Le sens littéral en est « celui qui a atteint » son but. (*En suivant le Bouddha*, p. 70.)

c'est pourquoi la liste ci-dessus n'est que provisoire. Or, pour trouver ces deux derniers éléments il faut prendre en considération une autre forme de conversion.

La conversion des laïcs

Après la conversion des cinq ascètes, un jeune homme riche appelé Yaśas s'est approché du Bouddha et, en entendant la parole, il s'est converti avec nombre de ses amis. Dans le récit de cette conversion, il n'y a pas de nouvel élément que nous puissions intégrer à notre liste. Mais peu de temps après, le père de Yaśas cherche son fils et se rend auprès du Bouddha. Et c'est dans le récit de cette rencontre que nous découvrons les éléments nécessaires pour compléter notre liste. Le texte commence au moment où le père vient d'apprendre la disparition de son fils.

« Le père, qui était alors dans le deuxième palais, se leva, prit son bain, démêla sa chevelure et la noua rapidement en chignon, puis il donna cet ordre à son entourage : "Barrez toutes les routes de Bārānasī !" Il sortit lui-même de la ville par la porte Sikka et il arriva au bord de la rivière Varanā. Il vit alors les sandales d'or de son fils laissées au bord de la rivière et il eut cette idée : "Mon fils a certainement traversé la rivière." Aussitôt, il chercha les traces de son enfant, il franchit la rivière et il se dirigea vers le Parc des Gazelles, chez les Sages.

Le *Tathāgata* vit de loin venir le père de Yaśas et aussitôt il fit en sorte, grâce à sa puissance surnaturelle, que celui-ci vît le Bouddha mais ne vît pas son fils (qui était à son côté). Arrivé auprès du Bienheureux, le père lui dit : "Ô grand ascète, as-tu vu mon fils Yaśas ?" Le Bouddha lui répondit : "Assieds-toi ici maintenant, peut-être verras-tu ton fils." Le père de Yaśas pensa : "Ce grand ascète est tout à fait extraordinaire, il est unique, sa vue apaise ma peine", et s'étant prosterné aux pieds du Bouddha, il s'assit à son côté.

Le Bienheureux lui prêcha la doctrine graduellement et il fit naître aussi en lui des pensées de joie. Il blâma l'impureté des plaisirs des sens et loua le bonheur du renoncement. Tandis que le père écoutait, assis, ses poussières et ses taches disparurent, et il obtint l'œil de la loi, parfaitement pur. Dès qu'il eut vu la doctrine, obtenu la doctrine, possédé complètement la doctine, qu'il l'eut examinée à fond par lui-même, il obtint le fruit de la vie religieuse et, l'ayant vu de ses propres yeux, il dit au Bienheureux : "À présent, je prends refuge dans le Bouddha, je prends refuge dans sa doctrine, je prends refuge dans sa communauté. Je désire seulement que le Bienheureux m'autorise à devenir l'un de ses fidèles laïcs..." Il fut le premier fidèle laïc qui prit les trois refuges ; de ceux-là, le père de Yaśas est le doyen[10]. »

Le premier nouvel élément est ce qui s'appelle le triple refuge, triple refuge pris dans les trois joyaux du bouddhisme : le Bouddha, le *dharma* et le *saṃgha*. Il s'agit de la profession de foi que les bouddhistes, toutes tendances confondues, ont toujours faite depuis le commencement du bouddhisme. Le deuxième nouvel élément est le souhait de devenir un fidèle laïc. Dans ce récit, mention est faite aussi de l'acquisition de l'œil de la loi et de l'acquisition du fruit de la vie religieuse – c'est-à-dire le fait d'entrer définitivement sur le chemin. Il est intéressant de noter que cette étape importante sur la voie bouddhique n'était pas réservée en principe à ceux qui voulaient devenir moines, même si dans la pratique les laïcs qui pouvaient espérer l'atteindre étaient relativement peu nombreux.

LA VOIE « TÉLESCOPÉE »

En ajoutant le triple refuge et l'option de devenir un fidèle laïc à notre liste, nous arrivons à une idée plus juste de ce que la plupart des textes anciens présentent comme l'expérience typique de conversion. Si nous en regardons les multiples aspects à la lumière de ce que nous connaissons du développement de la doctrine et de la pratique bouddhiques, nous pouvons constater qu'ils correspondent aux diverses étapes de tout un cheminement qui peut durer de nombreuses vies. Les récits que nous avons vus, ainsi que beaucoup d'autres, font se télescoper ces diverses étapes menant à l'expérience

10. Bareau, *En suivant le Bouddha*, pp. 75-76.

de l'Éveil. Ce « télescopage » a pour effet d'accentuer la grandeur des anciens qui, à cause de la profondeur de leur être, ont pu accomplir presque instantanément ce que les bouddhistes des générations à venir n'ont pu faire qu'avec beaucoup d'efforts, en parcourant la voie, très difficile pour eux, du noble chemin octuple avec sa vie morale, sa discipline mentale et sa sagesse[11]. Dans les chapitres suivants, nous allons retrouver nombre de ces éléments sous leur forme « non télescopée », pour ainsi dire, de la voie de l'*arhat*.

LA VIE DE LA PREMIÈRE COMMUNAUTÉ BOUDDHIQUE

LES DIVERSES CATÉGORIES DE BOUDDHISTES

Pour aider le lecteur à mieux saisir la composition de la communauté bouddhiste, il serait utile tout d'abord de donner quelques termes techniques souvent utilisés comme tels dans des ouvrages occidentaux sur le bouddhisme. On parle d'habitude des quatre catégories de bouddhistes : les *bhikṣu*, les *bhikṣuṇī*, les *upāsaka* et les *upāsikā*.

Les religieux mendiants

D'abord nous avons les *bhikṣu* ou religieux mendiants. Dans un premier temps tous les moines mendiaient. C'était, en Inde, le style de vie normal de l'homme en quête de vérité – et cette vie correspondait bien au climat et au tempérament du peuple qui partageait volontiers ses biens avec les *bhikṣu*. La communauté était essentiellement itinérante, et les moines ne menaient une vie sédentaire que pendant les quelques mois de la saison des pluies. Plus tard, dans d'autres pays, tels que la Chine, où le climat et la psycho-

11. Sur cette question, *cf.* André Bareau, *Recherches sur la biographie du Bouddha dans les Sūtrapiṭaka et les Vinayapiṭaka anciens : de la quête de l'Éveil à la conversion de Sāriputra et de Maudgalyāyana*, Paris, École française d'Extrême-Orient, 1963.

logie du peuple ne favorisaient pas de véritable vie mendiante, le mode de vie des moines s'est modifié, parfois considérablement. Dans les monastères chan (ou zen) le travail manuel a été intégré à la règle même du monastère alors qu'en Inde les *bhikṣu* n'en ont jamais fait.

Les religieuses mendiantes

La deuxième catégorie de fidèles était les *bhikṣuṇī* – les nonnes ou religieuses mendiantes. Dans l'analyse fait plus haut du processus de conversion, aucune mention n'a été faite des conversions de femmes. Ce n'est pas que les femmes n'aient pas eu leur place dans la communauté bouddhiste mais plutôt que leur place n'a été reconnue par le Bouddha que plus tard et avec beaucoup de réticences. Au départ, c'est sur les prières instantes de sa propre tante qui voulait se joindre à la communauté et qui était soutenue par Ānanda, le disciple le plus proche du Maître, que le Bouddha a cédé sur ce point important. Contre son gré, il l'a finalement admise dans la communauté avec ses compagnons. Mais il l'a fait seulement après avoir créé des règles supplémentaires destinées à maintenir les nonnes bouddhistes dans une position nettement inférieure à celle des moines. Le moine le plus jeune par exemple avait toujours la préséance sur la nonne la plus expérimentée de la communauté. Le Bouddha a prédit aussi qu'à cause de ce compromis, la période pendant laquelle le bouddhisme aurait pu prospérer dans le monde allait être abrégée.

Les troisième et quatrième catégories de fidèles sont les *upāsaka* ou frères laïcs et les *upāsikā* ou sœurs laïques.

LES DIX PRÉCEPTES

Depuis toujours (du moins dans les pays où s'est répandue l'ancienne tradition) celui qui veut devenir membre du *saṃgha* proprement dit – c'est-à-dire celui qui veut devenir *bhikṣu* ou *bhikṣuṇī* – doit tout d'abord s'engager à observer les dix préceptes fondamentaux de la communauté bouddhique. Ces préceptes qui expriment en quoi consiste la conduite éthique du bouddhisme sont les suivants :

1) s'abstenir de détruire la vie,
2) s'abstenir de voler – ou plus exactement s'abstenir de prendre ce qui n'est pas donné,
3) s'abstenir de fornication et de toute impureté,
4) s'abstenir de mentir,
5) s'abstenir de liqueur fermentée, d'alcool et de toute boisson forte,
6) s'abstenir de manger aux heures défendues (l'après-midi),
7) s'abstenir de danser, de chanter et de tout spectacle,
8) s'abstenir d'orner et d'embellir sa personne au moyen de guirlandes, de parfum et d'onguents,
9) s'abstenir de faire usage d'un lit ou d'un siège élevé ou spacieux,
10) s'abstenir de recevoir de l'or et de l'argent.

Tout est destiné à éteindre peu à peu le feu des passions qui, en effet, est alimenté par les actions interdites dans ces préceptes. Tous les manquements possibles et imaginables à ces préceptes sont détaillés dans le règlement du *Pāṭimokkha* (*Prātimoksa* en sanscrit). Il comprend environ 250 articles – mais ce nombre varie légèrement selon la source qu'on emploie. Ces règles qui gouvernent tous les aspects de la vie d'un moine (son logement, son habillement, sa nourriture, ses rapports avec l'argent, sa place dans la société, etc.) forment la base d'une confession publique entre moines, célébrée au cours d'une réunion qui s'appelle *poṣadha* – jour de jeûne et d'observance spécialement rigoureux des préceptes. Ce *poṣadha* se passe à la pleine et à la nouvelle lune et tous les moines résidant dans un même endroit sont obligés d'y participer.

Le Pāṭimokkha

Dans son livre *Le moine bouddhiste selon les textes du Theravāda* (le *Theravāda* est l'école des « anciens »), Mohan Wijayaratna[12] nous présente un résumé de la règle monastique sous la forme du schéma suivant :

12. Mohan Wijayaratna, *Le Moine bouddhiste selon les textes du Theravāda*, Cerf, 1983, p. 153.

	nombre de règles	
	moines	moniales
1. Les fautes entraînant la déchéance	4	8
2. les fautes qui doivent être jugées par la communauté solennellement réunie	13	17
3. les fautes entraînant équivoque	2	–
4. les fautes entraînant la confession et l'abandon de l'objet indûment obtenu	30	30
5. la faute entraînant la confession	92	166
6. les fautes entraînant la déclaration	4	8
7. les préceptes de bonne conduite	75	75
8. les fautes entraînant l'apaisement	7	7
	227	311

En analysant ces huit catégories de fautes, nous pourrons mieux apprécier ce que vivent les moines (et les nonnes) bouddhistes aujourd'hui (du moins ceux qui suivent l'ancienne tradition) et aussi ce qu'ont vécu les moines d'autrefois, car la plupart de ces règles datent de la période du bouddhisme primitif, quand la communauté a été fondée par le Bouddha lui-même. Cette liste de fautes est très longue et nous ne prendrons que quelques exemples de chaque catégorie dans l'analyse qui suit.

Les règles les plus importantes – celles de la première catégorie qui excluent celui qui les transgresse – concernent les relations sexuelles, le vol, le meurtre et la vanité de perfections surhumaines. Les trois premières sont évidentes ; la dernière en revanche demande une explication. Le moine qui s'applique aux pratiques exigées par la Voie arrive tôt ou tard à un niveau de spiritualité tellement élevé qu'il acquiert tout naturellement certaines perfections « surhumaines ». Il peut, selon les textes anciens, voler dans le ciel comme un oiseau, marcher sur l'eau, passer à travers des murs, etc. Mais, puisque ces pouvoirs n'ont rien à voir en fait avec le but ultime du bouddhiste, il ne faut, en principe, ni se vanter de ces pouvoirs si on les possède, ni essayer de donner l'impression qu'on les possède si en fait ce n'est pas le cas. Agir ainsi serait contredire l'esprit même de détachement qui doit animer tous ceux qui s'engagent sur la voie bouddhique. Pour cette première catégorie de règles, il n'y a aucune marge de discussion, aucun jugement du *saṃgha* – le fait même de commettre ces actes met le responsable hors de la communauté[13].

La deuxième catégorie de fautes est laissée au jugement de la communauté, qui décide alors une période de pénitence qui corresponde à la gravité de l'offense ; la pénitence achevée, le moine est réintégré à la communauté. Ces règles concernent des offenses sexuelles mineures – le fait d'avoir touché une femme ou d'avoir parlé à une femme avec des paroles mauvaises, etc. D'autres concernent le logement, d'autres encore de fausses accusations contre les moines, ou encore des dissensions dans la communauté.

La troisième catégorie, celle des fautes entraînant équivoque, est assez limitée. Il s'agit de situations ambiguës dans lesquelles un moine peut se mettre délibérément – par exemple si un moine s'enferme dans une pièce avec une femme. On ne sait pas ce qui se passe à l'intérieur, mais le moine peut être accusé par la femme d'une offense très grave de la première ou de la deuxième catégorie. Encore une fois, c'est le *saṃgha* qui décide de la gravité de l'offense.

Les fautes de la quatrième catégorie sont celles qui entraînent la confession et l'abandon des objets indûment obtenus,

13. L'explication donnée ici de cette catégorie et de celles qui la suivent est fondée en large partie sur le huitième chapitre *(La régulation)* du livre de Wijayaratna, pp. 149-166.

reçus ou acquis. Ces règles ont donc été créées pour assurer la pauvreté des moines qui, en mendiant, auraient pu recevoir des choses de valeur. Parmi les trente règles de cette catégorie, il y en a dix qui traitent des vêtements, dix de l'usage de l'argent et du matériel qu'on peut utiliser pour fabriquer un tapis ou une natte, et dix du bol à aumône et des médicaments.

Parmi les règles de la cinquième catégorie, il y a principalement celles qui visent à une régulation des rapports entre les membres de la communauté, celles qui traitent des abus en ce qui concerne la nourriture, etc. Les transgressions de ces règles sont de nature moins grave – néanmoins elles doivent être confessées devant les autres moines au cours des cérémonies de confession publique.

Dans la sixième catégorie, se trouvent quatre règles concernant la manière dont les moines reçoivent de la nourriture. Un moine par exemple ne peut pas accepter de nourriture d'une famille qui serait trop pauvre pour partager ses biens.

Les règles qui constituent la septième catégorie concernent simplement la façon correcte de s'habiller, de manger, de marcher, de parler, etc. Elles sont destinées à donner des exemples de bonne conduite au reste de la société.

La dernière catégorie de règles n'est qu'une série de procédures destinées à l'apaisement, selon le genre de faute commise contre les règles des sept premières catégories. L'accusé par exemple peut protester de son innocence, dire qu'il était hors de lui, ou encore il peut confesser sa faute. Dans chaque circonstance, il existe des procédés différents pour résoudre le problème.

Tout cela forme le *Pāṭimokkha*. Le fait qu'il existe davantage de règles pour les femmes reflète bien l'attitude qui prévalait envers la femme, dans le *saṃgha*. La communauté bouddhique n'était pas vraiment misogyne – ceci était simplement destiné à éviter tout contact entre les moines et les moniales qui ne soit pas absolument essentiel. C'était aussi reconnaître que l'amour entre l'homme et la femme était parmi les passions et les désirs les plus forts, et donc les plus nuisibles pour celui qui voulait se libérer de la roue de la vie.

LES ORIGINES DES RÈGLES

En lisant les textes anciens qui traitent expressément de la vie monastique, nous découvrons la manière dont le Bouddha se serait prononcé sur les diverses règles qui se trouvent dans le *Pāṭimokkha*. Le plus souvent, elles étaient créées pour répondre à un problème nouveau auquel se heurtait la jeune communauté. Il suffira d'en regarder quelques exemples pour saisir que ces règles, loin d'être arbitraires, correspondaient bien à l'expérience quotidienne des moines.

Avec un premier exemple, nous découvrons le souci du Bouddha pour le bien-être des moines. À la différence d'autres ascètes de l'époque qui ne permettaient pas à leurs disciples d'avoir plus d'une seule robe, le Bouddha, se fondant sur sa propre expérience, leur en a permis trois (et la troisième est double) :

« En ce temps-là, ô moines, pendant les nuits froides, quand il y avait pluie et neige, j'étais en plein air vêtu d'une seule robe. Je n'ai pas senti le froid. Mais après la première partie de la nuit, j'ai senti le froid. J'ai mis sur moi une deuxième robe. Alors je n'ai plus eu froid. Et après la deuxième partie de la nuit, j'ai encore senti le froid. J'ai mis sur moi une troisième robe. Alors je n'ai plus senti le froid. À la fin de la nuit, au lever du soleil, dans l'éclat de la lumière, j'ai senti le froid. J'ai mis sur moi une quatrième robe (il s'agit là de la deuxième partie de la troisième robe). Alors je n'ai plus senti le froid. À ce moment-là, ô moines, voici ce que j'ai pensé : "Ceux qui vivent selon cette doctrine et cette discipline, ceux qui ont été fils de famille, même ceux qui sont susceptibles d'attraper froid et ceux qui ont peur du froid peuvent se préserver avec trois robes." Je vous permets, ô moines, trois robes[14]. »

Cette règle n'est pas en effet une restriction arbitraire ; c'est la décision prise par le Bouddha, face à la pression de ceux qui voulaient faire comme les autres ascètes, de mettre

14. Wijayaratna, p. 58.

l'accent sur le bien-être des moines plutôt que sur un ascétisme inutile.

Autre exemple intéressant : celui de la règle qui interdit aux moines de porter des parasols[15]. Au départ, la permission d'utiliser un parasol avait été accordée. Mais, en entendant la critique d'un autre ascète qui disait à un laïc bouddhiste : « Ami, voilà vos vénérables qui viennent avec des parasols comme de grands ministres », l'interdiction en a été faite, afin d'éviter le scandale. Le Bouddha a cependant toujours continué à permettre aux moines malades de s'en servir – même en dehors de la cour du monastère.

« BOUDDHISME NIBBANIQUE » ET « BOUDDHISME KARMIQUE »

Les deux exemples que nous venons de voir nous donnent une idée de la manière dont le *Pāṭimokkha* a été formé. Ils nous laissent entendre également que l'ascèse dans le bouddhisme ne peut jamais être une fin en soi. En effet, coupée de la discipline mentale, la vie ascétique perd tout son sens. Chaque règle est destinée d'une façon ou d'une autre à faciliter la tâche principale du moine – à savoir s'éveiller à la vérité fondamentale : tout est douloureux *(duḥkha)*, impermanent *(anitya)* et sans substance *(anātman)*. En effet, avant d'avoir réalisé cette vérité, personne ne peut espérer échapper au cycle des morts et des naissances et arrêter la roue de la vie. Dans les meilleures circonstances, celui qui s'adonne à une vie d'ascèse isolée de la discipline mentale peut créer du bon *karma*. Cela lui vaudra une renaissance peut-être comme *deva* – mais il restera toujours bloqué dans le monde du *saṃsāra*. Il sera incapable d'arriver au *nirvāṇa* qui est pourtant le but même de la vie religieuse bouddhique. C'est pourquoi d'ailleurs ce bouddhisme monastique est parfois appelé le « bouddhisme nibbanique », ce qui est un nom quelque peu artificiel utilisé pour le distinguer du bouddhisme des laïcs ou « bouddhisme karmique ». Cette distinc-

15. *Ibid.*, p. 70.

tion, qui n'est pas appréciée par tous, demande peut-être quelques mots d'explication.

Dans la première partie de ce chapitre, nous avons réfléchi sur le récit de la conversion du père de Yaśas qui, le premier, a choisi de ne pas devenir moine. Ce même récit, un peu plus loin, nous raconte la décision de Yaśas de suivre les cinq premiers des dix préceptes mentionnés plus haut, à savoir :

1) s'abstenir de détruire la vie,
2) s'abstenir de voler,
3) s'abstenir de fornication et de toute impureté,
4) s'abstenir de mentir,
5) s'abstenir des liqueurs fermentées, d'alcool et des boissons fortes.

Mais là s'arrêtent les responsabilités « disciplinaires » des laïcs. Il n'y a pas de *Pāṭimokkha*, pas de confession publique, etc., car les laïcs n'ont tout simplement pas la permission de participer comme tels à la vie religieuse officielle du *saṃgha*. Ils ne peuvent de toute façon pas y participer à cause de leurs propres responsabilités familiales et de leurs préoccupations séculières. Ils sont, bien sûr, encouragés à méditer ; bien que normalement l'attention et la concentration essentielles pour avancer dans la discipline mentale leur soient impossibles. Mais ne pas avancer dans cette discipline mentale veut dire aussi renoncer à la réalisation du *nirvāṇa* – dans cette vie du moins. Donc les laïcs ont toujours été pratiquement exclus du « bouddhisme nibbanique » – c'est-à-dire de la voie radicale qui ne vise rien d'autre que le *nirvāṇa* (*nibbana* en pāli).

Mais si dès le départ ils ont été exclus d'une participation active à la vie religieuse proprement dite du *saṃgha*, si le but ultime de la vie bouddhique a été réservé aux moines, comment expliquer le soutien évident que ces laïcs ont toujours apporté à la communauté ? En lisant les écritures, nous découvrons que des laïcs comme le père de Yaśas ont effectivement donné des terrains, des forêts entières, à la communauté ; qu'ils ont construit des monastères et nourri les moines. La réponse à notre question est simple : tout n'est pas joué en une seule vie. Nous nous trouvons encore une fois devant l'idée prédominante de l'époque du Bouddha, une idée qui continue à exercer une forte influence sur la pensée indienne, à savoir celle du *saṃsāra*. Le laïc qui s'est attaché au Bouddha peut espérer renaître dans une vie ultérieure où il deviendra moine et commencera à vivre pleinement la voie bouddhique. C'est pour cela qu'il fait des dons à la communauté (il sème des grains dans le « champ de mérite »), il respecte le Bouddha et tous ceux qui le suivent, et il essaie de mener les cinq préceptes abrégés laissés par le Maître pour les laïcs. Il se donne aussi, et cela est très important, à des œuvres que nous appellerions « caritatives », car, qu'il soit moine ou laïc, il est toujours appelé à vivre la solidarité humaine dans sa vie quotidienne.

En bref, le laïc essaie en quelque sorte de renverser la force du *karma* (d'où le nom de « bouddhisme karmique ») en faisant de tout petits pas qui, selon l'enseignement du Bouddha, auront leur effet dans l'avenir. C'est pourquoi le Bouddha, tout en sachant que tel homme ne pourra jamais véritablement comprendre les quatre nobles vérités dans cette vie, l'accepte comme il est, et fait tout pour que le grain de foi qui est au fond de lui, grandisse et devienne un jour, dans un avenir lointain, assez fort pour l'amener à la réalisation du *nirvāṇa*.

LA CRISE DU PREMIER *SAṂGHA*

Cette première communauté bouddhique qui s'est construite autour du Bouddha a continué à croître tout au long de la vie du Maître. Tous ceux qui ont été attirés par l'exemple du Bouddha et de ses disciples, tous ceux qui ont été interrogés par la parole du Bouddha, tous ceux qui ont sans cesse soutenu la communauté, ont vécu une expérience spirituelle exceptionnelle. Mais comme toute chose, cette expérience, liée si étroitement à la présence physique du Maître, ne pouvait être que fragile. Le jour approchait où le Bouddha lui-même disparaîtrait. Et ce jour arrivé, qu'adviendrait-il des trois joyaux du bouddhisme qui constituaient la base même de la foi bouddhique ? Il n'est pas difficile d'imaginer les différences d'opinion qui allaient surgir après la mort du Maître, sur le sens de chacun de ces joyaux.

Le premier joyau, le Bouddha, n'était tout simplement plus là – est-ce que prendre refuge dans le Bouddha pouvait vouloir dire la même chose qu'auparavant ? Le *dharma* restait, mais qui pouvait prétendre avoir le droit de l'interpréter – excepté le Bouddha maintenant disparu ? Et le *saṃgha* qui avait puisé son inspiration dans l'exemple du Bouddha pouvait légitimement s'interroger sur ce qui allait lui advenir. Voilà quelques-uns des problèmes auxquels les bouddhistes allaient devoir faire face tout au long des siècles qui ont suivi.

V

LA COMMUNAUTÉ EN CRISE

Les trois questions sur lesquelles le chapitre précédent s'est terminé sont en réalité trois façons de poser le problème principal auquel doivent faire face les disciples de n'importe quel grand maître spirituel – à savoir celui de la continuité. Plus concrètement, il s'agissait dans le cas des disciples du Bouddha de trouver le moyen de préserver ce que beaucoup de spécialistes considèrent comme l'enseignement de base du Bouddha, ou le « bouddhisme originel ». Ce chapitre, en analysant tout d'abord le problème de la succession et ensuite celui de la formation d'un canon d'écriture sainte, traitera du problème de la continuité de la tradition bouddhique sous ses aspects institutionnels et doctrinaux.

LE PROBLÈME DE SUCCESSION

Le problème qu'allait poser la recherche d'un successeur pour le fondateur du bouddhisme était bien sûr prévisible, mais il semble que cela n'ait absolument pas fait partie des préoccupations du Bouddha lui-même. Mais si, pour lui, l'avenir du *saṃgha* et donc de la doctrine même (car c'est au sein du *saṃgha* que cette doctrine est vécue) n'était pas cause de souci, il n'en allait pas de même pour ses disciples. Du vivant même du Bouddha, on trouve des germes de division au sein de la communauté. Et c'est le cousin du Bouddha, le moine Devadatta, qui, en faisant « pousser » ces germes, a provoqué ce qui est traditionnellement considéré comme le premier schisme bouddhique.

L'HISTOIRE DE DEVADATTA

L'histoire de Devadatta montre très clairement l'existence du problème de la continuité, ce qui en justifie une étude détaillée. Cela permettra également au lecteur de revoir un certain nombre de notions déjà vues dans les chapitres précédents mais sous une forme un peu abstraite. En même temps, nous découvrirons la géographie du bouddhisme, c'est-à-dire les endroits où se sont déroulés les événements principaux de la vie du Maître (*cf.* la carte de la page 109).

Le Bouddha et le roi Bimbisāra

Pour bien comprendre la véritable tragédie que représente cette histoire, il faut remonter dans le temps, jusqu'au moment où le Bouddha a quitté sa maison. Cela s'est passé, selon la tradition, à Kapilavastu, au pays des Śākya, non loin du lieu de naissance du Bouddha, Lumbinī. Pendant sa période de vie errante à la recherche de l'Éveil, le Bouddha s'est rendu à Rājagṛha, là où régnait le roi Bimbisāra qui est l'une des figures les plus tragiques de l'histoire de Devadatta.

En effet, lorsque ce roi a eu connaissance de la présence du sage du clan Śākya dans son royaume, il s'est déplacé pour le rencontrer. Et il a été si fasciné par Śākyamuni qu'il lui a offert tout son royaume pour qu'il accepte d'y rester. Mais Śākyamuni, qui avait déjà renoncé au pouvoir, a refusé. Il était pourtant très impressionné par ce roi qui était tout prêt à lui abandonner son royaume pour partager avec lui sa recherche de la vérité. Il a donc acquiescé bien volontiers quand le roi l'a imploré de revenir au moins à Rājagṛha une fois qu'il aurait enfin trouvé cette vérité. Cela a été entre ces deux hommes le commencement d'une amitié qu'ils allaient payer très cher, plus tard.

Le temps a passé et le Bouddha a fait l'expérience de l'Éveil à Bodh. Gayā. Après cette expérience, il s'est rendu à Sārnāth (là où se trouve le Parc des Gazelles) qui se situe à

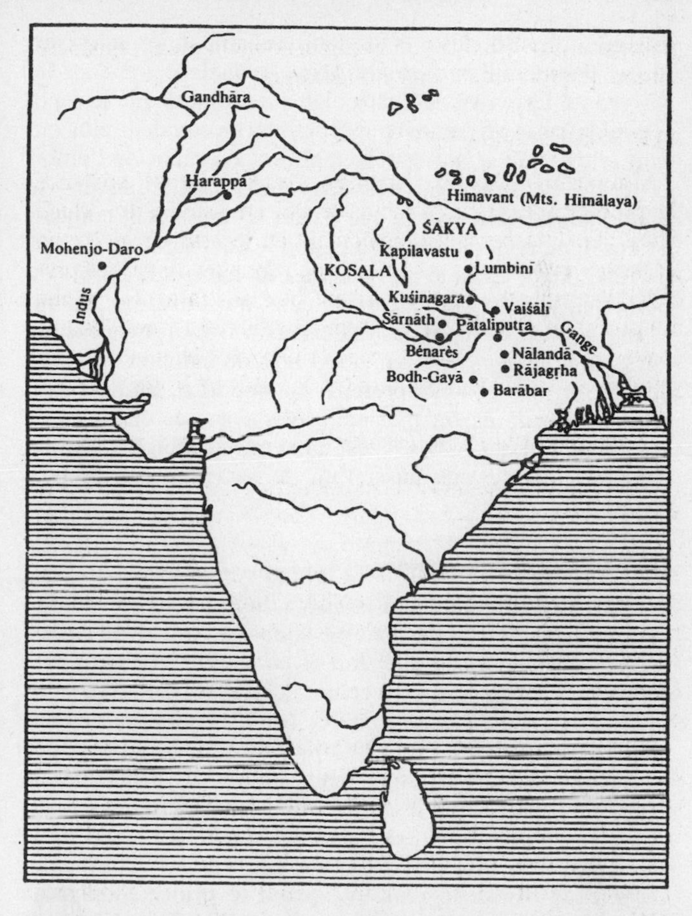

quelques kilomètres au nord de Bénarès. Il s'y est rendu afin de trouver là des auditeurs capables de profiter au maximum de sa prédication. Il n'avait pas oublié la promesse qu'il avait faite au roi, mais il s'agissait avant tout d'établir d'abord le *saṃgha*. Nous trouvons donc, entre les récits de l'expérience de l'Éveil et celui du retour à Rājagṛha, toute une série de conversions dont les éléments essentiels figurent sur la liste élaborée dans le chapitre précédent. Lorsqu'il est arrivé à

Rājagṛha, le Bouddha était donc accompagné, selon les *sūtras*, par un millier d'*arhats*, parmi lesquels le grand ascète Kāśyapa d'Uruvilvā. Kāśyapa était si renommé que le roi et le peuple en le voyant avec le Bouddha ne savaient plus qui était le disciple et qui était le maître. Conscient de l'ambiguïté de la situation, Kāśyapa s'est incliné devant le Bouddha, indiquant par là que c'était lui qui s'était converti à l'enseignement du Bouddha et non le contraire[1].

Ainsi donc, après avoir entendu eux-mêmes la parole du Bouddha, le roi et la plupart de ceux qui l'avaient accompagné, sont-ils devenus des fidèles laïcs. Bimbisāra a ensuite fait le don au *saṃgha* d'un grand bois de bambou qui allait devenir un des endroits préférés du Bouddha, un lieu où il allait d'ailleurs passer plusieurs fois, avec ses disciples, la longue saison des pluies. C'est ainsi que Bimbisāra, ami du Bouddha, est devenu aussi l'un de ses plus grands protecteurs.

Le Bouddha et Devadatta

Après la conversion de Bimbisāra, le Bouddha s'est dirigé vers la ville de Kapilavastu où son père, qui avait appris l'Éveil de son fils, l'attendait avec impatience. Les très émouvants récits de la conversion du père du Bouddha et de sa femme ne sont pas sans intérêt. Mais ce qui importe dans la présente analyse, c'est plutôt le fait qu'à Kapilavastu se sont convertis à l'enseignement du Maître beaucoup de princes Śākya – parmi lesquels son cousin, Devadatta.

Selon les écritures, les relations entre Devadatta et le Bouddha ont toujours été très mauvaises. Tout avait commencé beaucoup plus tôt, quand le prince Siddhārtha (c'était le nom du Bouddha avant son Éveil) avait gagné toute une série de tournois auxquels participaient les autres princes du clan Śākya. Ses victoires lui avaient mérité la main de la jeune et très belle Yaśodharā qui allait devenir la

---

1. Le récit de la conversion de Kāśyapa se trouve aux pages 91-92 de *En suivant le Bouddha*, et celui qui rapporte comment Kāśyapa a rendu hommage au Bouddha, à la page 98.

mère de son fils. Devadatta dès ce moment, est-il écrit, avait brûlé de jalousie.

Le Bouddha était, semble-t-il, très conscient de cette jalousie. Juste avant son expérience de l'Éveil, le Bouddha a été soumis à toute une série de tentations par Māra, le dieu de la mort, qui voulait tout faire pour distraire le Bouddha – pour briser sa concentration. Il a pris pour cela la forme d'un messager portant une lettre des princes Śākya qui expliquait comment Devadatta avait usurpé le royaume de Kapilavastu – comment il était entré dans le palais de Siddhārtha, avait pris ses biens et sa femme, et mis son père en prison. Les princes imploraient le Bouddha de revenir et de rétablir l'ordre et la paix. Si une telle action de la part de Devadatta n'avait pas été crédible, Māra n'aurait évidemment pas essayé de tromper le Bouddha de cette façon. Si cette ruse de Māra a échoué, ce n'est pas que le Bouddha n'y ait pas cru, mais plutôt parce qu'il n'avait vu dans ces événements que la confirmation de la vérité fondamentale – à savoir que ce sont le désir et la passion qui sont à la source de tout malheur. Ainsi a-t-il été encouragé à persévérer sur la voie de la libération totale. Mais cette histoire de la ruse de Māra montre indirectement ce que le Bouddha pensait de Devadatta. Elle permet aussi d'imaginer un peu ce que Devadatta, toujours poussé par la jalousie, était capable de faire.

Avec tous ces détails en toile de fond, on peut mieux apprécier ce qui s'est passé quand le Bouddha, vers la fin de sa vie, est revenu de nouveau au bois de bambou près de Rājagṛha. Un jour, alors qu'il enseignait, Devadatta le voyant vieux, lui a fait la proposition suivante :

« Seigneur, vaquez donc tranquillement à la méditation délicieuse de la Loi et confiez la communauté à ma garde ; j'en aurai soin. »

Le Bouddha a repoussé cette offre aussi audacieuse qu'intéressée en disant :

« Je ne confierais même pas la communauté ni à Śāriputra ni à Maudgalyāyana (deux disciples renommés et pour leur sagesse et pour leurs qualités d'organisateurs). Encore moins à toi, Devadatta, qui es si nul et si méprisable[2]. »

Ensuite le Bouddha a banni Devadatta de la communauté, ajoutant que ses paroles ne devraient jamais être reçues comme un enseignement.

Le complot contre le Bouddha et Bimbisāra

La réaction de Devadatta n'a évidemment pas été très cordiale ! Il voulait le pouvoir. Et, selon les écritures, il voulait faire souffrir le Bouddha. Il a donc rencontré le fils du roi Bimbisāra, qui s'appelait Ajātaśatru, avec en tête un plan véritablement diabolique. Devadatta a persuadé Ajātaśatru de tuer son père, qui était le protecteur le plus puissant du Bouddha, et d'usurper son trône, tandis que lui tuerait son maître et deviendrait alors le chef de la communauté.

Bimbisāra a découvert l'intention de son fils ; cependant, au lieu de le punir, il a simplement abdiqué et donné son royaume à son fils. Mais Devadatta a fait entendre à Ajātaśatru qu'en fait Bimbisāra réclamerait sans doute, un jour, à nouveau le pouvoir, si bien que le jeune roi a fait mourir son père en le privant de nourriture.

En même temps Devadatta essayait, lui, par tous les moyens, de tuer le Bouddha. Il a employé trente et un assassins pour cela, mais ces criminels ont été tellement impressionnés par le Bouddha qu'ils se sont convertis et sont entrés eux aussi dans la communauté. Ensuite Devadatta a décidé d'utiliser un éléphant féroce pour écraser le Maître pendant l'une de ses promenades dans les rues. Or cet éléphant, lui aussi, s'est incliné devant le Bouddha. Après ce deuxième échec, le cousin du Maître a alors semé les germes d'un schisme dans la communauté. Avec d'autres moines, il a demandé que le Bouddha établisse une règle beaucoup plus sévère, mais le Bouddha a refusé. (On retrouve là, la détermination du Bouddha d'éviter les excès afin de protéger le bien-être des moines.) Devadatta a saisi cette occasion pour

2. *Vinaya*, II, p. 188, cité par Lamotte, *Histoire du bouddhisme indien*, pp. 69-70.

accomplir son plan et diviser le *saṃgha*. Il est parti avec cinq cents moines et a commencé à prêcher avec l'intention d'agrandir cette branche schismatique de la communauté.

Un jour qu'il prêchait, Devadatta a vu, parmi ses auditeurs, Śāriputra et Maudgalyāyana, les deux moines si renommés pour leur sagesse. Certain qu'il pouvait les compter parmi ses sympathisants, Devadatta les a laissés parler aux cinq cents *arhats* pendant qu'il prenait un peu de repos. Mais Śāriputra et Maudgalyāyana ont, en fait, persuadé les autres de revenir au Maître. En apprenant cela, Devadatta est tombé malade de colère, et après neuf mois de souffrances terribles, il a pris la décision, du moins selon la tradition, de demander le pardon du Bouddha car il était certain que ce dernier, malgré tout, ne ressentirait nulle animosité envers lui. Les quelques disciples qui lui restaient l'ont amené à l'endroit où se trouvait le Bouddha et ont imploré une audience. Mais le Bouddha a simplement répondu :

« Devadatta ne verra pas le Bouddha – car ses crimes sont tellement graves qu'une dizaine ou une centaine ou même un millier de Bouddhas ne pourraient rien faire pour lui[3]. »

Cette réception peut sembler très froide, mais elle se comprend mieux si l'on se rappelle l'histoire de la malheureuse femme qui, à cause de son *karma*, ne pouvait pas voir le Bouddha. C'est la même dynamique de la loi karmique qui bloquait Devadatta dans son état mauvais. Car il avait commis lui-même, ou avait poussé d'autres à commettre, quatre des cinq péchés les plus graves qu'un bouddhiste puisse imaginer, à savoir : 1) tuer sa mère (il ne l'a pas fait lui-même, mais il n'était pas complètement innocent du fait qu'Ajātaśatru ait fini par faire mettre sa propre mère en prison où elle aussi est morte) ; 2) tuer son père – Devadatta était responsable de l'acte d'Ajātaśatru ; 3) faire du mal à un *arhat* – il le voulait avec passion (le Bouddha était compté

3. *Cf.* Ānanda K. Coomaraswamy, *Buddha and the Gospel of Buddhism*, New York, Harper Torchbooks, p. 71. La forme la plus simple de l'histoire de Devadatta se trouve dans le *Vinaya* (pāli), II, pp. 182-203. Dans les *Vinaya* plus tardifs, elle est beaucoup plus développée.

parmi les *arhats*), et le fait même de vouloir poser une action crée une rétribution karmique ; 4) faire couler le sang d'un Bouddha – il est aussi évident qu'il en était coupable ; 5) déséquilibrer l'harmonie du *saṃgha*.

Tous ces péchés méritent une renaissance dans l'enfer le plus affreux que l'imagination indienne ait pu dépeindre. Cela explique que le Bouddha n'ait rien pu faire pour lui alors qu'il se repentait et qu'il avait répété le triple refuge au moment où les flammes de cet enfer le consumaient. Le repentir dans cette histoire peut sembler peu efficace, mais il ne faut pas oublier que la loi du *karma* marche toujours dans les deux directions du mal et du bien. Et il est expliqué dans d'autres textes qu'à cause de son repentir et du fait qu'il avait pris refuge dans les trois joyaux, Devadatta, une fois la rétribution karmique de ses actes mauvais épuisée, arriverait à l'Éveil dans un avenir lointain.

Pour compléter cette histoire, il faut ajouter qu'Ajātaśatru dont le péché, dans la perspective bouddhique, était infiniment moins grave, s'est converti et est devenu à la fin, comme son père l'avait été, un grand protecteur de la loi bouddhique.

En lisant cette histoire entre les lignes, on peut deviner à quel point la communauté bouddhique était soucieuse de préserver sa continuité doctrinale et disciplinaire. Les problèmes qui existaient réellement entre le Bouddha et Devadatta montrent que cette question avait menacé la communauté dès son origine. Et le fait que les actes et le destin de Devadatta aient été dépeints en des termes si noirs, et qu'ils aient donné naissance à une véritable légende, nous aide à mieux saisir que cette difficulté a été amplifiée après la mort du Bouddha, à l'époque même où la communauté essayait de fixer la loi bouddhique dans sa forme définitive. Mais avant d'étudier l'histoire très importante de cette formation du canon bouddhique, il sera utile de revenir à l'époque qui a précédé la mort du Bouddha pour voir de nouveau à quel point le fondateur du *saṃgha* se souciait peu de l'aspect « hiérarchique » de l'avenir de la communauté.

LE BOUDDHA ET ĀNANDA

Ānanda, le disciple préféré du Bouddha, peu de temps avant la mort de son Maître près de Kuśinagara, pensait lui aussi au problème de la continuité de la communauté ; mais à la différence de Devadatta, son souci était complètement désintéressé. Il est important de considérer le contraste entre Devadatta et Ānanda car ce dernier, lui aussi, avait, selon la tradition, été vaincu par Siddhārtha au cours de la même série de tournois qui avait empoisonné l'esprit de Devadatta ; lui aussi était cousin du Maître et s'était converti avec les princes Śākya. Mais au lieu de s'opposer systématiquement au Bouddha, Ānanda s'était mis au service du Maître, ce qui lui a mérité cette louange sans pareille du Bouddha :

« Tous les Bouddhas du passé, disait le Bouddha aux moines, ont été servis et assistés par des disciples comme Ānanda, eux aussi. Tous les Bouddhas de l'avenir seront servis et assistés par des disciples comme Ānanda, eux aussi. Cependant, les disciples qui ont servi et assisté les Bouddhas du passé savaient ce dont leur maître avait besoin après que celui-ci le leur eût dit, tandis qu'à présent, Ānanda lève les yeux vers moi et il sait aussitôt ce dont le *Tathāgata* a besoin. Cela est une qualité propre à Ānanda qui n'avait jamais existé auparavant.

À présent, ajoute-t-il, mon Ānanda possède des qualités extraordinaires qui n'avaient jamais existé auparavant. Quand Ānanda entre en silence dans un groupe de moines, tous se réjouissent en le voyant. Quand il prêche la doctrine à ce groupe, ils se réjouissent tous en l'entendant. Ils contemplent son attitude pleine de dignité, et ils l'écoutent prêcher la doctrine sans se lasser[4]. »

Et c'est donc Ānanda, si estimé par le Bouddha, qui a exprimé au Maître l'espoir qu'il ne quitterait pas ce monde

4. Bareau, *En suivant Bouddha*, p. 264. Ce passage est tiré du *Mahāparinirvāṇa-sūtra (Sermon de la Grande Extinction Complète)* du Canon des *Dharmaguptaka*, une des « sectes » qui se sont développées au long des siècles qui ont suivi la mort du Bouddha.

sans laisser d'instructions à la communauté et sans désigner un successeur. Le Bouddha lui répondit en substance :

« Qu'attend de moi la communauté, ô Ānanda ? N'ayant jamais voulu la diriger ni la soumettre à mes enseignements, je n'ai point d'instructions à lui laisser. Je touche à ma fin. Après ma mort soyez à vous-mêmes votre propre île, votre propre refuge ; n'ayez point d'autre refuge[5]. »

En bref, le Bouddha ne voulait laisser que la loi, le *dharma* – la vérité qui gouverne toute chose et tout être, de l'intérieur. Il resterait alors à chacun à découvrir cette vérité, à faire sienne l'expérience de l'Éveil que le Bouddha lui-même avait faite. Et comme cette loi pénètre tout l'homme jusqu'au cœur, l'idée d'un magistère était étrangère à la pensée du Bouddha. Car un magistère sert à garder la pureté d'une révélation qui dépasse ce que l'homme peut arriver à saisir par sa propre force. Mais dans le bouddhisme une telle révélation n'a jamais existé. Cela explique en partie l'attitude du Bouddha en ce qui concerne la hiérarchisation du *saṃgha* car, en laissant la loi à la communauté, il lui a laissé tout ce qui était nécessaire pour que l'homme puisse se libérer totalement. Il suffirait de suivre la voie, de s'adonner aux pratiques déjà établies et de garder les préceptes de la communauté déjà fixés.

Il n'est pas difficile de voir qu'une telle attitude, qui semble ignorer la faiblesse humaine, allait immanquablement créer une situation propre à multiplier les schismes. C'est pourquoi la communauté, après la mort du Bouddha, s'est quand même attachée à préserver toute la pureté de la loi laissée par le Maître.

---

5. *Digha-nikāya*, II, p. 100, cité par Lamotte, p. 70.

LE SOUCI DE PRÉSERVER UNE CONTINUITÉ DOCTRINALE

LA DISPARITION DU BOUDDHA

Pendant quarante-cinq ans, le Bouddha, à travers sa prédication et l'exemple de sa vie, n'avait jamais cessé d'annoncer aux hommes la seule voie qui pouvait les amener à la libération totale. Puis à l'âge de quatre-vingts ans, il a senti que la fin était proche. Dans tous ses rapports avec ses disciples, il avait insisté sur le caractère impermanent de toute chose, en répétant à plusieurs reprises une formule qui résume très bien l'essence même des quatre nobles vérités – à savoir : « Tout ce qui est composé, est voué à la destruction. » Mais les disciples du Bouddha n'étaient que des hommes, et s'ils avaient passé leur vie à arracher l'un après l'autre tout désir et tout attachement qui puissent les lier au monde du *saṃsāra*, en réalité, mis à part quelques-uns, ils éprouvaient encore tous un attachement presque passionnel au Bouddha lui-même. Entendre donc de la bouche de celui qu'ils vénéraient tellement, et qui dans très peu de temps ne serait plus parmi eux : « Tout ce qui est composé (lui-même y compris) est voué à la destruction », les a plongés dans le désespoir. Le Bouddha, serein, continuait pourtant à insister sur cette vérité primordiale. Et à l'article de la mort, devant Ānanda et tous ceux qui lui étaient proches, le Bouddha n'a fait que répéter de nouveau la même formule en ajoutant : « Poursuivez votre but dans la sobriété » – après quoi, il est entré dans le *nirvāṇa* parfait.

C'est ainsi que le Bouddha a laissé entendre que seule la loi, ou *dharma*, comptait véritablement dans la lutte que chaque homme devait mener pour entrer lui-même dans le *nirvāṇa*. La disparition de celui qui avait si longtemps inspiré les disciples les a rendus plus conscients que jamais de la solitude qui est le lot de celui qui décide de suivre la voie bouddhique (solitude dans le sens que la responsabilité ultime de suivre cette voie revient à lui seul). Ceux qui, comme le Bouddha lui-même, étaient déjà libres de toute passion (c'est-à-dire les *arhats*) se sont comportés calmement au moment de la mort du Bouddha. Malgré leur chagrin, ils n'avaient qu'une seule pensée : « Toutes choses sont véritablement impermanentes. Comment serait-il possible qu'elles ne soient pas détruites ? » La plupart des disciples pourtant n'étaient pas assez avancés sur la voie et pleuraient désespérément, regrettant amèrement la perte terrible de leur Maître[6]. Les laïcs, qui ne comprenaient pas grand-chose de ce qu'avait enseigné le Bouddha, ont pourtant manifesté massivement leur attachement à sa personne à l'occasion de sa mort. Plusieurs rois se sont disputés pour garder les cendres du Bouddha. Finalement, pour éviter la guerre, ses cendres ont été partagées et envoyées à sept rois qui chacun ont élevé un *stupa*, c'est-à-dire un monument commémoratif, pour les conserver[7].

Il est très important de garder à l'esprit ces réactions diverses à la mort du Bouddha, car elles peuvent nous aider à mieux comprendre les directions qu'allait prendre le développement du bouddhisme dans les siècles qui ont suivi. Dans un premier temps, la loi ou *dharma* a régné, et c'est la voie de l'*arhat*, celle de l'homme saint et fort même devant la mort du Bouddha, qui représentait l'idéal du bouddhisme. Mais la perte du Maître tellement ressentie par un grand nombre de disciples s'est traduite peu à peu par une réflexion renouvelée sur la nature même du Bouddha aussi bien que sur celle de la voie bouddhique. La conception du Bouddha qu'avaient certains s'est en effet transformée au fur et à mesure que sa présence historique s'éloignait dans le passé. Ainsi certaines caractéristiques surhumaines ont-elles été attribuées au Bouddha, ce qui l'a mis à part du reste de l'humanité et a offert à l'homme, dans sa recherche de la vérité, la possibilité de s'appuyer sur un être supérieur. Et cela a ouvert à son tour les portes du bouddhisme au plus

6. La traduction française du récit du *Cullavagga* qui rapporte les diverses réactions des disciples à la perte du Maître se trouve dans Jean Przyluski, *Le Concile de Rājagṛha*, Librairie orientaliste Paul Geuthner, 1926, pp. 134-136.

7. Bareau *(En suivant Bouddha)* présente des passages du *Mahāparinirvāṇa-sūtra* qui rapportent ces événements (« La querelle des reliques », pp. 284-287, et « Le partage des reliques », pp. 287-288).

grand nombre, à tous ceux qui cherchaient désespérément un moyen d'apaiser leur soif spirituelle, mais à qui, en pratique, la voie difficile de l'*arhat* avait toujours été interdite. Il va sans dire qu'avec ces évolutions doctrinales, plusieurs écoles de pensée se sont développées au sein de la communauté bouddhique qui jusqu'alors, le cas de Devadatta mis à part, avait été remarquablement unie.

LE BOUDDHISME PRIMITIF

Quand on parle du bouddhisme vécu entre l'année 480 avant notre ère, date approximative de la mort du Bouddha, et environ 340 avant notre ère, date très approximative d'un concile qui a abouti à l'éclatement de la communauté bouddhique en plusieurs « sectes », on utilise le plus souvent le terme de « bouddhisme primitif ». Il faut reconnaître qu'il est très difficile de parler avec certitude de cette période car les sources que nous possédons datent de plus de deux siècles après ce concile qui a marqué le commencement de ce qu'on appelle le bouddhisme des sectes. Alors comment déterminer quelle était la doctrine fondamentale du bouddhisme primitif, la doctrine que beaucoup de chercheurs considèrent comme la plus authentiquement bouddhique à cause de sa proximité de la source même du bouddhisme ? Ou en d'autres termes, comment montrer la continuité entre la doctrine présentée dans les *sutras* et la doctrine enseignée par le Bouddha ? Afin de mieux répondre à cette question très difficile, il serait utile de regarder tout d'abord comment le canon des écritures saintes bouddhiques a été formé.

LA FORMATION DU CANON BOUDDHIQUE

Peut-être la meilleure façon de commencer cette réflexion serait-elle de reconstituer, autant que faire se peut, ce qui a dû se passer dans la communauté bouddhique juste après la mort du Bouddha. Si l'on pense aux textes du Nouveau Testament qui traitent de l'attitude des disciples du Christ juste après sa mort – comme le récit des « pèlerins d'Emmaüs » – cette tâche sera peut-être simplifiée. Comme les disciples du Christ sur la route d'Emmaüs « s'entretenaient », selon les mots de l'Évangile, « de tout ce qui s'était passé », ceux du Bouddha ont certainement passé des heures, des jours voire des semaines à parler en petits groupes, ici et là, de leurs souvenirs du Maître et de tout ce qu'il avait dit[8]. Chacun parmi eux avait sans doute quelque chose de particulier à ajouter. Et l'ensemble de tous ces « dits » et « faits » du Bouddha a formé un fonds d'informations où ont pu puiser les générations suivantes pour mieux connaître le Bouddha et son message[9].

Dans un premier temps, inspirée par le souvenir toujours vivant du Maître, et soutenue par le témoignage des disciples directs du Bouddha, la communauté n'a pas, semble-t-il, souffert de véritables schismes. Mais le temps a passé et il était inévitable que se crée une certaine diversité d'opinions concernant la doctrine. Car, et il faut toujours garder cela à l'esprit, à cette époque il n'y avait pas de canon de textes sacrés qui soit bien fixé, ni d'autorité centrale qui puisse se prononcer sur l'orthodoxie ou l'hétérodoxie d'une position doctrinale donnée[10]. Chaque maître pouvait puiser à ce fonds commun de sources laissé par ceux qui avaient vu et entendu le Bouddha, et y prendre ce qu'il estimait essentiel, laissant de côté d'autres choses considérées comme de moindre importance. On voit là comment le terrain a été préparé peu à peu pour l'apparition du bouddhisme des sectes. Car chaque secte ou école (on trouve les deux termes, utilisés souvent sans distinction, dans les ouvrages sur le bouddhisme de cette époque) n'était au départ qu'une association spirituelle de moines qui suivaient l'enseignement d'un maître exceptionnellement doué. C'est avec le grand schisme du temps du concile de Pāṭaliputra (environ 340 avant notre ère) que ces associations, auparavant très proches les unes des autres, se sont figées sur leurs propres

8. *Cf.* André Bareau, *Les Premiers Conciles bouddhiques*, PUF, 1955, p. 29. (Pour en savoir davantage sur cette question, lire le chapitre de Bareau qui traite du concile de Rājagṛha, pp. 1-30.)

9. *Ibid.*

10. En ce qui concerne le développement des « sectes », la meilleure étude est celle d'André Bareau : *Les Sectes bouddhiques du Petit Véhicule*, École française d'Extrême-Orient, 1955.

positions, mettant ainsi fin à la période du bouddhisme primitif.

Le bouddhisme des sectes s'est caractérisé par des spéculations souvent très arides qui ont, selon l'analyse de certains, complètement obscurci le message fondamental du Bouddha. Mais une chose très positive a marqué cette période et c'est l'effort fait pour présenter la doctrine bouddhique et le code monastique sous une forme qui serait normative pour tous ceux qui, à l'avenir, pourraient vouloir suivre la voie bouddhique[11]. Le Bouddha lui-même, il faut le noter, ne faisait le plus souvent que répondre aux questions que les disciples lui posaient de temps en temps. Il y a eu quelques grands sermons mais le Maître n'a jamais organisé la totalité de son enseignement de manière systématique. Le fonds de témoignages laissé par les disciples directs du Bouddha avait sans doute aussi un caractère un peu informel. Chaque école, en puisant dans ce fonds commun, a donc établi son canon et mis en ordre les enseignements du Bouddha et ses commentaires sur le code monastique. Il est très difficile de reconstruire une véritable histoire du développement de ces canons car nous nous trouvons démunis de sources fiables. L'une des raisons principales de ce manque est l'habitude indienne de l'époque de confier les enseignements religieux à des récitateurs qui avaient la charge de les transmettre oralement, génération après génération, si bien que la plus grande partie de ces traditions orales n'a été fixée par écrit que vers le premier siècle de notre ère.

Dans la formation du canon bouddhique, le fonds existant de « dits » et de « faits » du Bouddha a donc servi de base. Ce fonds, dont nous ignorons la forme, restait commun à tous ceux qui appartenaient à la communauté bouddhique, et il n'y a apparemment pas eu de problème pendant quelques générations. Chaque école cependant a peu à peu voulu affirmer la validité de ses propres thèses sur la loi bouddhique et, pour ce faire, a arrangé ce fonds, ou la partie qui lui

11. Pour quelques réflexions sur ces controverses et leur effet sur le développement de la doctrine bouddhique, *cf.* André Bareau, *Le bouddhisme indien*, dans *Les Religions de l'Inde*, III, Paris, Payot, 1985, p. 93 *sq.*

convenait, sous forme d'un canon qui devenait normatif pour tous ceux qui voulaient suivre la voie au sein de cette école.

Le premier concile

Pour donner une authenticité et une autorité indiscutables à leur propre canon, chaque école y a incorporé un récit du déroulement du premier concile bouddhique qui avait eu lieu, selon la tradition, à Rājagṛha peu de temps après la mort du Bouddha[12]. C'est là où les moines les plus proches du Bouddha se seraient réunis afin d'établir définitivement le canon de l'écriture sainte bouddhique. Ānanda, à cause du lien étroit qui avait toujours existé entre le Bouddha et lui, aurait raconté devant l'assemblée tout ce qu'il avait entendu de la bouche de son Maître. Et avec l'assentiment de l'ensemble des moines qui étaient présents au concile, la doctrine authentique du Bouddha aurait ainsi été fixée dans une série de *sūtras*. C'est pourquoi d'ailleurs ces *sūtras* commencent d'habitude par les mots : « Ainsi ai-je entendu à un certain moment. Le Maître habitait à tel ou tel endroit, etc. » Le « je » ici est évidemment Ānanda. En ce qui concerne la discipline, un autre disciple, Upāli, aurait récité les règles qui, encore une fois avec l'assentiment du concile, seraient devenues normatives.

Comme pour la plus grande partie de l'histoire du bouddhisme primitif, ce que nous connaissons du Concile de Rājagṛha est loin d'être historiquement vérifiable. Nous n'avons que ces récits créés quelques siècles après la date supposée de l'événement en question. Qu'un tel concile ait eu lieu est hautement probable. Que lors de ce concile un effort ait été fait pour rassembler tous les enseignements du Bouddha n'est pas improbable[13]. Cela aurait été tout à fait naturel et expliquerait l'existence du fonds commun de « dits » et de « faits » du Bouddha mentionné plus haut. Que le concile ait eu lieu immédiatement après la mort du

12. Jean Przyluski, dans son œuvre *Le Concile de Rājagṛha*, Paris, Librairie orientaliste Paul Geuthner, 1926-1928, présente les textes principaux qui rapportent ce qui s'est passé au premier concile bouddhique.

13. Bareau, *Les Premiers Conciles bouddhiques*, p. 29.

Bouddha et que les choses se soient passées de la manière présentée ci-dessus est beaucoup moins sûr et cela pour plusieurs raisons.

D'abord, il est peu probable que seuls deux disciples aient pu prendre la responsabilité de raconter tout ce que le Bouddha avait dit pendant sa longue période de prédication. Il est moins probable encore que la communauté ait accepté comme décisif le témoignage de deux hommes seulement. En l'absence de toute certitude à cet égard, il vaudrait peut-être mieux retenir l'image de tous les disciples partageant dans de petits groupes, un peu partout, leurs propres souvenirs de ce qu'avait dit le Bouddha pendant sa vie. Le travail d'un concile comme celui de Rājagṛha aurait été, dans cette perspective, de rassembler les témoignages de tous ces groupes.

La deuxième raison que nous avons de mettre en doute l'exactitude de ces récits est le fait que chaque école possédait son propre canon et que chacun de ces canons était différent[14]. Une telle situation n'aurait jamais pu exister si, au commencement de la tradition bouddhique, un seul canon avait été établi et reconnu par tous les disciples comme normatif.

La troisième raison pour laquelle nous ne pouvons accepter comme tels les récits du concile de Rājagṛha est que les canons que les diverses sectes essayaient d'ancrer dans les origines mêmes de la tradition bouddhique contenaient des ouvrages qui ne pouvaient pas avoir été écrits pendant la période du bouddhisme primitif. Le canon bouddhique en effet est normalement divisé en trois parties, d'où le nom traditionnel de *tripiṭaka* ou « trois corbeilles ». On trouve dans le canon « la corbeille des textes », ou *sūtrapiṭaka*, qui contient les enseignements propres du Bouddha – ce qui aurait donc été raconté par Ānanda ; ensuite il y a « la corbeille de la discipline », ou *vinayapiṭaka*, qui contient tout ce qui concerne la vie monastique ; enfin on trouve « la corbeille de la doctrine suprême » ou *abhidharma piṭaka*. Ce

14. *Cf.* Lamotte, *Histoire du bouddhisme indien*, p. 140 *sq.* sur ce blème.

dernier est un regroupement de textes qui reprennent l'enseignement du Bouddha de manière beaucoup plus systématique afin d'en faire ressortir le sens le plus profond. Cette troisième « corbeille » n'a rien à voir avec les premières tentatives qui avaient été faites pour rassembler les paroles du Bouddha car on y trouve des œuvres très érudites traitant de problèmes qui ne se sont posés à la communauté que beaucoup plus tardivement.

Un télescopage d'événements

Chaque récit concernant le concile de Rājagṛha semble donc être un télescopage (semblable dans sa dynamique à celui qui caractérise les récits de conversions) de tout le long processus par lequel les souvenirs disparates des disciples directs du Bouddha sont devenus un canon d'écriture sainte bien organisé et capable de présenter systématiquement l'enseignement bouddhique dans son intégralité à ceux qui s'y intéressent.

À plusieurs reprises dans cette analyse, il a été mentionné que chaque école avait son propre canon. Malheureusement un seul de ces canons existe encore aujourd'hui sous sa forme originelle. C'est celui de l'école du *Theravāda*, ou de l'école des anciens. Les autres écoles, soit environ une vingtaine, ont toutes disparu ne laissant que des fragments de leurs canons. Fort heureusement, il existe d'autres sources qui nous permettent de reconstruire en partie le contenu de ces canons.

LA DOCTRINE FONDAMENTALE DU BOUDDHISME PRIMITIF

Ces quelques réflexions sur la formation du canon bouddhique, ou des canons bouddhiques, nous permettront maintenant de répondre à la question qui a été posée plus haut : « Comment déterminer la doctrine fondamentale du bouddhisme primitif si les seules sources que nous possédions datent de plus de deux siècles après le commencement du bouddhisme des sectes ? »

En fait, l'essentiel de la réponse à cette question a déjà été donné de manière indirecte. Au fond, il s'agit de savoir ce qui a vraiment compté pour les fidèles du bouddhisme primitif, ce qui les a nourris dans leur vie spirituelle tout au long de la voie qui mène à l'Éveil. En d'autres termes, il faut déterminer, autant que faire se peut, ce qui était considéré comme absolument fondamental dans le fonds commun de « dits » et de « faits » du Bouddha. Le problème évident est que nous n'avons pas accès direct au fonds en question. Mais les grands maîtres qui ont inspiré les associations spirituelles mentionnées plus haut ont déjà fait l'essentiel de ce travail en en choisissant ce qu'ils estimaient être le plus important. Et les écoles ont continué le travail de leurs fondateurs en établissant des canons qui privilégient les textes contenant les doctrines de base du Bouddha. Il y a, bien sûr, des différences entre les canons en question, car chaque grand maître, et donc chaque école, avait sa propre manière de regarder les choses. Mais il faut dire que ce qui est commun à tous ces canons est considérable, ce qui a donné, aux hommes des générations beaucoup plus tardives, la possibilité de connaître la doctrine bouddhique dans les premiers stades de son évolution. C'est la garantie, en quelque sorte, d'une certaine continuité entre l'enseignement original du Bouddha et l'enseignement bouddhique tel qu'il apparaît dans les écritures bouddhiques.

Les premiers chapitres de ce livre ont traité de la vie et de la doctrine du Bouddha, et ce qui y est dit sur les trois joyaux du bouddhisme, les quatre nobles vérités, le chemin octuple, etc., représente en fait un petit aperçu de ce qu'on peut trouver dans les textes principaux communs aux canons établis au long des siècles qui ont suivi la mort du Maître. Le lecteur a donc déjà pu percevoir ce qu'était la doctrine bouddhique dans sa forme primitive. Il lui reste maintenant à voir comment cette doctrine était vécue au sein de la communauté bouddhique primitive, et comment, avec le passage du temps, cette doctrine et l'idéal qu'elle offrait à l'homme se sont obscurcis, du moins selon certains, derrière un véritable écran de spéculations arides, ce qui a créé une situation favorable au développement d'une forme nouvelle du bouddhisme, le Mahāyāna ou Grand Véhicule.

VI

LA MATURATION ET L'EXPANSION DU BOUDDHISME

Celui qui poursuit des études bouddhiques ressent souvent, après un certain temps, le besoin de prendre du recul afin de mettre un peu d'ordre dans la masse des notes qu'il a recueillies sur des notions si étrangères à sa propre expérience religieuse et à la manière occidentale de penser. Il se peut que le lecteur aussi veuille revoir de manière plus « ordonnée » nombre de notions qui ont été introduites dans les premiers chapitres de ce livre. Cela l'aidera à mieux connaître et le bouddhisme originel du temps du Bouddha et le bouddhisme primitif qui s'est développé après sa mort, tout en restant très proche de sa doctrine. L'approche historique que suit ce livre se prête bien à une telle « révision » puisque les membres du *saṃgha* eux-mêmes ont, semble-t-il, ressenti ce besoin de mieux organiser les divers aspects du *dharma* laissé par le Bouddha, aussi bien que la règle de vie de ceux qui voulaient s'engager sur la voie. Cela se reflète dans la création de la troisième des trois « corbeilles » – l'*abhidharma piṭaka* (« la corbeille de la Loi suprême ») qui reprend l'enseignement du Bouddha sous une forme systématique afin d'arriver à une connaissance encore plus profonde. En d'autres termes, la communauté, plus mûre d'avoir surmonté la crise qui l'avait frappée avec la mort du Bouddha, voulait mieux définir, dans tous ses détails, la voie qui mène à l'Éveil. Cette définition a pris la forme de « la voie de l'*arhat* ».

C'est l'analyse de cette voie qui sera l'objet de la première partie de ce chapitre. Les différences d'opinions qui se sont produites au sein de la communauté en ce qui concerne le sens de la voie de l'*arhat* sont devenues de plus en plus marquées avec le passage du temps. Environ deux siècles après la disparition du Maître, à la suite du concile de Pātaliputra, elles ont pris une forme définitive. Le résultat en a été le commencement du bouddhisme des sectes – qui sera le sujet de la deuxième partie du chapitre. Enfin, dans la troisième partie, le lecteur verra comment le bouddhisme s'est étendu jusqu'aux frontières de l'Inde, a franchi ces frontières et s'est répandu partout en Extrême-Orient, devenant ainsi une religion véritablement universelle, non seulement de droit mais de fait.

L'IDÉAL DE L'*ARHAT*

Il est indispensable de traiter de la voie de l'*arhat* car tous les bouddhistes, dès le début du bouddhisme et jusqu'au commencement du bouddhisme du Mahāyāna (le Grand Véhicule), ont été appelés à suivre cette voie. Pendant la période du bouddhisme des sectes également, l'*arhat* est resté l'idéal de tout bouddhisme, même si les diverses écoles n'étaient plus tout à fait d'accord sur tous les aspects de ce que représentait cet idéal. Aujourd'hui c'est ce même idéal qui continue à inspirer les bouddhistes à Sri Lanka et dans les pays du Sud-Est asiatique. Et puisque, tout au long des siècles qui ont suivi la mort du Bouddha, les grands maîtres ont tout intégré à cette voie, en l'analysant ici nous allons revoir évidemment nombre de points déjà traités dans les chapitres précédents.

Le lecteur trouve ci-contre et pour l'aider à mieux suivre cette analyse, un schéma qui montre l'« orientation générale » de la voie de l'*arhat*. Dans ce schéma, il voit une représentation graphique de ce qui se passe dans la vie de celui qui s'y engage. Avant d'en examiner les détails, il serait bon d'indiquer ce que le schéma représente de manière globale. Ainsi deviendra-t-il clair que, derrière la complexité appa-

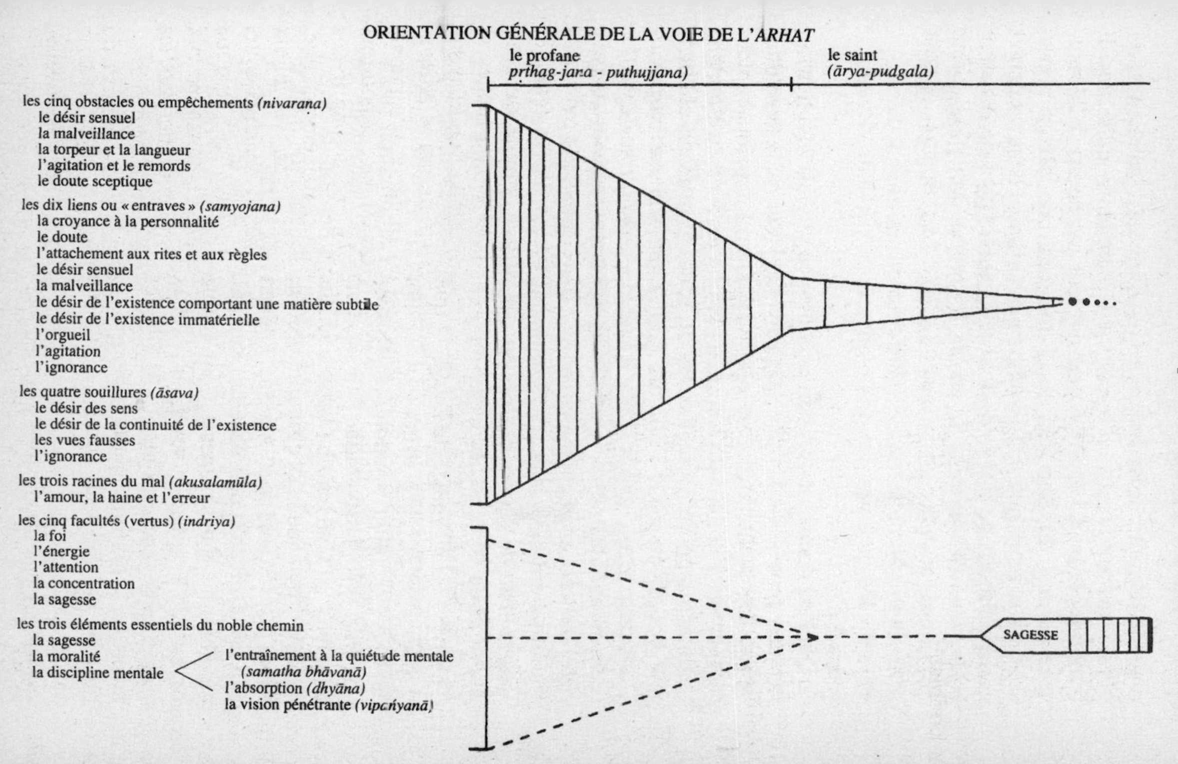
ORIENTATION GÉNÉRALE DE LA VOIE DE L'*ARHAT*
le profane
prthag-jana - puthujjana)
le saint
(ārya-pudgala)
les cinq obstacles ou empêchements *(nivarana)*
le désir sensuel
la malveillance
la torpeur et la langueur
l'agitation et le remords
le doute sceptique
les dix liens ou « entraves » *(samyojana)*
la croyance à la personnalité
le doute
l'attachement aux rites et aux règles
le désir sensuel
la malveillance
le désir de l'existence comportant une matière subtile
le désir de l'existence immatérielle
l'orgueil
l'agitation
l'ignorance
les quatre souillures *(āsava)*
le désir des sens
le désir de la continuité de l'existence
les vues fausses
l'ignorance
les trois racines du mal *(akusalamūla)*
l'amour, la haine et l'erreur
les cinq facultés (vertus) *(indriya)*
la foi
l'énergie
l'attention
la concentration
la sagesse
les trois éléments essentiels du noble chemin
la sagesse
la moralité
la discipline mentale
l'entraînement à la quiétude mentale
(samatha bhāvanā)
l'absorption *(dhyāna)*
la vision pénétrante *(vipaśyanā)*
SAGESSE

rente de la multiplicité des termes techniques, il y a une simplicité extraordinaire, et c'est cette simplicité qu'il faut toujours garder à l'esprit si l'on ne veut pas perdre le message central du Bouddha dans une forêt de détails non essentiels, mais pourtant extrêmement utiles. C'est un peu comme l'étude de la théologie systématique dans la tradition chrétienne. Si l'on perd de vue la simplicité de l'Évangile, cette étude n'a plus aucun sens véritable. Mais si l'Évangile reste au centre de la vie de celui qui fait des études théologiques, les pensées les plus abstraites peuvent devenir fécondes.

Quel est donc le sens fondamental de ce schéma ? La ligne du haut représente la voie que suit celui qui veut devenir *arhat*. Le point de départ est à gauche et représente le moment où l'homme du commun commence à s'intéresser à l'enseignement du Bouddha. En dessous, se trouve d'abord tout ce qui empêche l'homme d'atteindre son but ultime. Dans un premier temps il n'y a que cet aspect, très négatif (cela est indiqué et par la proximité des lignes à droite de la liste de ces empêchements et par leur longueur). C'est l'homme enfoncé dans son ignorance. En dessous de cette longue liste de choses qui pèsent sur l'homme désireux de liberté et de vérité, se trouve ce qui peut aider l'homme dans sa quête de l'Éveil. Au début de sa quête, ces éléments sont à peine présents dans la vie de l'homme. La voie de l'*arhat*, donc, c'est l'affaiblissement graduel et l'élimination finale de tout facteur limitatif dans la recherche spirituelle de l'homme – et, en même temps, une intensification de divers aspects libérateurs de l'homme qui se fondent tous dans la vertu primordiale de la sagesse. On arrive à l'état de l'*arhat* (à l'extrême droite du schéma) quand il ne reste dans la vie de l'homme que la sagesse, tout attachement aux choses de ce monde ayant été complètement éliminé. Il y a, bien sûr, une interdépendance entre ces deux mouvements dans le sens que la diminution des aspects négatifs facilite l'intensification des éléments positifs – et que chaque avancée dans les divers éléments positifs rend encore plus faible la prise qu'ont les passions... sur l'homme.

LE SENS DU TERME *ARHAT*

Avant de regarder de plus près tous les éléments qui se trouvent dans ce schéma, il faut réfléchir au sens du terme *arhat*. Ce terme, selon certains, vient du sanscrit *arhati* qui a le sens d'« être digne de » ou « qui mérite ». Selon d'autres, il vient des mots *ari*, ou « ennemi », et *han*, ou « tuer » – le *arhat* est donc « un tueur de l'ennemi », l'ennemi étant les passions et les désirs qui séparent l'homme de l'Éveil (donc tout ce qui se trouve dans la première partie du schéma). En fait, ces deux interprétations sont complémentaires car, en effet, l'*arhat*, qui est l'homme idéal et le saint parfait du bouddhisme ancien, est celui qui est digne de vénération parce qu'il a arraché – ou tué – l'une après l'autre toute passion. Il est celui qui, selon d'autres sources, a accompli tout ce qu'il fallait. Il attend simplement la désintégration des cinq *skandha* pour réaliser, comme le Bouddha lui-même l'a fait, le *nirvāṇa* parfait. Il n'est donc pas étonnant que cette voie pour arriver à l'Éveil et au *nirvāṇa* ait été appelée tout simplement la voie de l'*arhat*.

LE BOUDDHA COMME *ARHAT*

La grandeur de cet idéal est soulignée par le fait que, dans les textes les plus anciens de la tradition bouddhique, le Bouddha lui-même était compté parmi les *arhats*. La seule différence entre lui et les autres était qu'il avait découvert la vérité et avait été le premier à suivre jusqu'au bout la voie menant à la délivrance[1]. Les autres *arhats* ont appris la vérité de la bouche du Bouddha et l'ont seulement suivi sur cette voie. C'est pourquoi, dans certains textes bouddhiques, on note souvent que celui qui aspire à l'état d'*arhat* est appelé *śrāvaka* ou « auditeur », ce qui souligne effectivement en quoi celui qui devient *arhat* diffère du Bouddha. En ce qui concerne le « contenu » de l'Éveil, il n'y a pas de différence entre celui du Bouddha et celui des *arhats*, du moins dans la

1. André Bareau, *Recherches sur la biographie du Bouddha dans les sūtrapiṭaka et les vinayapiṭaka anciens : de la quête de l'Éveil à la conversion des Śāriputra et de Maudgalyāyana*, p. 392.

tradition la plus ancienne. Dans les deux cas, il s'agit de la connaissance profonde des quatre nobles vérités, de la loi de production conditionnée et de ce qui en découle.

L'ENGAGEMENT DÉFINITIF DANS LA VOIE

Sur la voie de l'*arhat* il y a un point (situé en haut du schéma et au milieu) où l'homme du commun (ou le profane – *pṛthag-jana*), devient un « saint » *(ārya)*. Là, l'homme s'engage définitivement dans la voie menant au *nirvāṇa*. Cela veut dire qu'une fois que le pratiquant a progressé sur le chemin jusqu'à ce point, bien précisé dans tous les traités scolastiques, il vit sa recherche avec une telle intensité qu'il lui devient impossible de régresser, de retomber à des stades inférieurs et tout se passe plus naturellement sur la voie. Les éléments positifs deviennent prépondérants dans sa vie, alors qu'aussi longtemps qu'il était resté un homme du commun, c'est le poids des éléments négatifs qui était le plus important. Cette étape sur la voie correspond à « l'acquisition du fruit de la vie religieuse » qui figurait dans la liste d'éléments qui forment le cœur même de l'expérience de conversion bouddhique.

LES ÉLÉMENTS QUI EMPÊCHENT L'ASPIRANT D'AVANCER

La première chose qu'on peut constater en regardant rapidement la partie supérieure du schéma est la quantité de répétitions qu'il y a dans les diverses classifications des éléments qui travaillent contre l'homme engagé sur la voie. Ces répétitions représentent des manières différentes d'expliciter en quoi consiste l'obstacle principal qui bloque l'homme dans le monde du *saṃsāra*, à savoir le désir (et bien sûr l'ignorance foncière de la véritable nature des choses, qui lui est inséparable). Et cela devient de plus en plus évident au fur et à mesure qu'on examine chacun des éléments concernés.

Les cinq empêchements

La première classification est celle des « cinq obstacles » ou « cinq empêchements »[2]. Ce sont essentiellement les choses qui « empêchent » l'homme de sortir de son ignorance. D'abord, il y a le désir sensuel qui s'exprime à travers tous les sens et qui ne permet pas à l'homme de s'adonner aux pratiques méditatives nécessaires pour avancer sur le chemin de l'Éveil. Ensuite, il y a la malveillance, qui peut trop facilement devenir de la haine et qui, elle aussi, écarte l'homme de la possibilité de se concentrer sur l'objet de méditation. Troisièmement, il y a la torpeur et la langueur qui rendent la voie difficile. Le quatrième « empêchement », c'est l'agitation et le remords. L'esprit agité est en effet incapable de se concentrer sur les vérités qui forment la base même de tout progrès sur la voie. Pendant la méditation, le pratiquant saute d'un sujet à un autre, incapable d'approfondir sa compréhension de l'un ou de l'autre. Il est aussi souvent distrait par le remords à propos des erreurs commises dans le passé, ce qui empire encore sa situation. Le dernier « empêchement » est le doute sceptique qui, dans le concret, vide les vérités enseignées par le Bouddha de leur efficacité.

Les dix liens

En dessous des cinq « empêchements », il y a les dix « liens » ou « entraves ». Ils ont reçu ce nom car ils lient l'homme au monde du *saṃsāra*. Le premier « lien » est la croyance en un soi permanent. À la lumière de tout ce qui a été dit plus haut sur la doctrine du non-soi, il n'est pas difficile de comprendre à quel point cette croyance constitue un obstacle à la véritable libération. Ensuite, il y a le doute, qui correspond au dernier des cinq empêchements. Le troisième lien est l'attachement aux rites et aux règles et il est particulièrement néfaste, car dans le bouddhisme le salut ne peut venir de l'extérieur. C'est la transformation intérieure de l'esprit ou de la pensée qui est nécessaire et cela exige une

2. *Cf.* Schnetzler, *La Méditation bouddhique*, p. 81 *sq.*

pratique intense de la méditation. Les règles peuvent aider à préparer le chemin, mais celui qui s'y attache ne peut plus avancer. Les quatrième et cinquième liens sont le désir sensuel et la malveillance, déjà vus dans le cadre des cinq empêchements. Le sixième et le septième, c'est-à-dire le désir de l'existence comportant une matière subtile et celui d'une existence immatérielle, ont l'air un peu mystérieux. La clef de leur compréhension se trouve dans l'aperçu de la cosmologie bouddhique présenté au chapitre I. Car si l'on regarde de très près la constitution du triple monde, on verra que ces deux existences correspondent aux mondes des dieux ou *deva*. Le désir de renaître comme *deva* ne semble pas en soi mauvais, mais il ne faut pas oublier que les *deva* aussi sont liés au cycle des morts et des naissances. Le désir même de devenir un *deva* (peu importe qu'il s'agisse d'un *deva* du monde des « formes » ou du monde « sans formes » – c'est-à-dire d'un monde constitué de matière subtile ou d'un monde au caractère immatériel) bloque donc l'homme dans le *saṃsara*. Le bien-être expérimenté dans ces états peut aveugler l'être sur sa véritable situation. C'est pourquoi le fait de naître comme homme a toujours été considéré comme un privilège par les bouddhistes. L'homme, en effet, fait constamment l'expérience, et de manière poignante, de l'impermanence de toute chose. Et c'est ce qui le laisse plus ouvert à l'expérience authentique de l'Éveil. Le huitième lien est celui de l'orgueil, lequel est un obstacle sur la voie du salut dans n'importe quelle religion. L'orgueil dans l'analyse bouddhique est pourtant particulièrement néfaste car au fond il s'agit d'un attachement à un soi qui n'est qu'une illusion. Ensuite, il y a l'agitation, le quatrième des cinq empêchements. À la fin de cette liste de liens se trouve l'ignorance, celle-là même qui constitue la première partie de la roue de la vie et qui est, avec le désir qui en découle, la cause principale de toute souffrance.

Les quatre souillures

La troisième classification indiquée sur le schéma est celle des quatre « écoulements » qui sortent de l'homme et le souillent – d'où le nom de « souillures ». La première souillure est le désir des sens (déjà vu). Ensuite il y a le désir de la continuation de l'existence (lié bien sûr à l'illusion de l'existence d'un soi permanent). Une troisième souillure vient de certaines manières d'analyser la réalité qui écartent de la sagesse. Or, seule la sagesse permet à l'homme de voir les trois caractères de toutes choses – l'impermanence, la souffrance et l'insubstantialité du soi. La quatrième souillure est l'ignorance, et là aucun commentaire supplémentaire n'est nécessaire.

Les trois racines du mal

La dernière classification est celle des trois racines du mal : l'amour (car l'amour est attachement), la haine et l'erreur. Ce sont ces racines qui constituent le centre de la roue de la vie. Aussi longtemps qu'elles continuent d'exercer une influence sur l'homme, la roue de la vie continue à tourner, entraînant ainsi l'homme dans le tourbillon vertigineux de ce monde.

LES ÉLÉMENTS QUI AIDENT L'HOMME SUR LA VOIE

Les quatre groupements des éléments négatifs représentent ce qui, en l'homme, doit disparaître s'il veut se libérer du monde du *saṃsāra* – les ennemis qui doivent être « tués » pour que celui qui suit la voie devienne un *arhat*. Ce n'est pas une tâche facile, mais à ceux qui s'y attellent, il est donné tout un arsenal de moyens efficaces que le Bouddha lui-même a mis au point. Les ressources cachées au fond de tout être peuvent aussi l'aider dans sa lutte. Tout cela est présenté dans la deuxième partie du schéma, celle qui montre quelques-uns des éléments positifs les plus importants de la voie de l'*arhat*.

Les cinq facultés

En tête de cette liste se trouvent les cinq « facultés » ou vertus, les forces spirituelles qui peu à peu arrivent à dominer et à façonner, d'une certaine manière, tous les actes de l'homme. Ces cinq facultés – la foi, l'énergie (ou l'effort), l'attention, la concentration et la sagesse – sont donc à la base du développement de la vie spirituelle des hommes qui s'engagent sur la voie de l'*arhat*. En elles plongent aussi les racines des divers développements qui se sont produits au sein de la tradition bouddhique, et cela jusqu'à nos jours. Quand par exemple une partie significative de la communauté, sous l'influence du milieu religieux indien dans lequel elle se trouvait, a commencé à mettre l'accent sur la faculté de la foi, toute une tradition s'est établie – à savoir le *bhakti* bouddhique[3] ou le bouddhisme de la foi, dont la forme la plus claire en est l'amidisme. En Chine et au Japon, l'accent mis sur la concentration a donné naissance à la tradition zen. Et l'accent mis sur la sagesse a été la base du développement de plusieurs écoles de pensée qui ont profondément marqué toute l'histoire du bouddhisme. Ces quelques exemples sont mentionnés ici seulement pour donner au lecteur une idée de la manière dont le bouddhisme a pu se développer en une pluralité de traditions tout en partant de la même base. Il y a bien sûr beaucoup d'autres raisons à ces développements, et elles seront traitées plus loin. Pour le moment, il faut revenir au schéma et regarder attentivement chacune de ces cinq facultés.

La foi

Les termes sanscrit et pāli *(śraddhā/saddha)* qui désignent la première faculté sont traduits habituellement par le terme de « foi ». Cela peut poser des problèmes de compréhension à ceux qui appartiennent à d'autres traditions, comme le christianisme, où la foi reste tout au long de la vie une vertu essentielle, et a un sens bien défini dont une dimension, mais bien évidemment pas la seule, est l'assentiment donné à certaines vérités qui dépassent les capacités intellectuelles de l'homme. Il est vrai que la foi bouddhique,

3. Ce terme, qui dans un contexte hindou indique la dévotion qu'ont des fidèles à une divinité donnée, est appliqué par certains aux cultes développés au sein du Mahāyāna envers des Bouddha et *bodhisattva* (*cf.* les chapitres VII à IX).

si on la regarde du point de vue intellectuel, est aussi un assentiment donné à des doctrines qui ne sont pas immédiatement vérifiables par le fidèle. Mais ces doctrines ne dépassent pas les capacités qu'a l'homme de les comprendre. Et au fur et à mesure que le fidèle s'adonne aux pratiques prescrites par le Bouddha, cette foi se transforme en une connaissance spirituelle – ou, en d'autres termes, elle se confond avec la vertu de sagesse. (Ce processus est indiqué sur le schéma juste en face de la liste des éléments positifs.) Mais avant que cette foi se transforme en sagesse, elle s'intensifie.

L'aspect intellectuel de la foi, en effet, n'est pas le plus important. La foi *(śraddhā/saddha)* est plutôt une « confiance », confiance en le Bouddha, et donc en son enseignement, et en la communauté qui incarne, pour ainsi dire, cet enseignement dans la vie quotidienne. Et on retrouve là encore les trois joyaux dans lesquels tout bouddhiste prend refuge. Cette confiance est, bien sûr, quelque chose qui peut et doit s'accroître chaque jour. C'est à travers elle que la conviction de l'efficacité des pratiques bouddhiques s'intensifie également, ce qui permet au fidèle de s'y appliquer avec de plus en plus d'enthousiasme. Un autre aspect de cette foi est la joie sereine qui soutient le fidèle dans son effort. Mais l'ennemi mortel de cette foi est évidemment le doute qui figure parmi les cinq empêchements et les dix liens. C'est dans cette opposition entre la foi et le doute qu'on peut voir de quelle manière l'intensification des éléments positifs correspond obligatoirement à une diminution de ceux qui sont négatifs, et *vice versa*.

L'énergie, l'attention et la concentration

La deuxième des cinq facultés est l'énergie. Cela correspond au cinquième des huit aspects du chemin octuple, c'est-à-dire à l'effort juste. Il s'agit de l'énergie permanente dépensée afin d'éviter et de surmonter les choses mauvaises, et de développer et de maintenir les choses bonnes.

Les facultés d'attention et de concentration correspondent elles aussi à des aspects du chemin octuple (les septième et huitième), et forment la base de la discipline mentale par laquelle le fidèle bouddhiste arrive à voir les choses dans leur réalité.

La sagesse

La cinquième faculté, vertu par excellence, dans le sens que tout vise à son développement, est la sagesse (*prajñā* en sanscrit – *paññа* en pāli). Plus haut, nous avons vu que cette *prajñā* était une vision claire et précise ayant pour objet les trois caractères des choses (l'impermanence, la douleur et l'insubstantialité). Dans le développement de cette vertu, il existe quatre stades, ou peut-être serait-il exact de parler de quatre types de sagesse dont seul le dernier est la vraie sagesse visée par la voie de l'*arhat*[4].

Le premier type de sagesse (on pourrait presque mettre le mot entre guillemets) est celle du fidèle qui entend la doctrine du Bouddha sans pourtant la comprendre. L'auditeur dans ce cas possède jusqu'à un certain point la vérité, mais il ne la maîtrise nullement. Il ne peut que mettre sa confiance en le Bouddha et en la véracité de son enseignement.

Après une période plus ou moins longue selon ses capacités, l'auditeur commence à saisir, au niveau purement intellectuel, le sens de la vérité. Cela présente une étape très importante et constitue un deuxième type de sagesse – mais elle est encore loin d'être la vraie sagesse[5].

Ensuite, il y a la sagesse qui est le fruit de la contemplation. Le fidèle commence à voir les choses comme elles sont, sans se référer à des enseignements qui lui resteraient extérieurs. En d'autres termes, c'est une sagesse qui commence à devenir autonome.

Le quatrième type de sagesse, celle qui libère définitivement, est la sagesse directe et totalement purifiée de tous les éléments négatifs qui peuvent arrêter l'homme dans sa quête de la vérité. Elle est fondée sur la vue pénétrante qui domine complètement la vie du fidèle, à tel point qu'il peut affirmer solennellement : « J'ai compris les vérités saintes, détruit la

4. Ces quatre types de sagesse sont présentés par Lamotte dans son *Histoire du bouddhisme indien*, pp. 48-51.

5. *Ibid.*, p. 50.

renaissance, vécu la vie pure, accompli le devoir – il n'y aura plus désormais de nouvelles naissances pour moi[6]. » En bref, c'est la sagesse de l'*arhat*, de celui qui a fait tout ce qu'il fallait pour atteindre l'Éveil.

Les trois éléments essentiels du noble chemin

Le deuxième groupement d'éléments qui aident l'homme à avancer sur son chemin spirituel a déjà été présenté dans le cadre de l'analyse de la quatrième noble vérité, le noble chemin octuple. Il s'agit de la sagesse (la compréhension juste et la pensée juste), de la discipline morale (la parole juste, l'action juste et le moyen d'existence juste) et de la discipline mentale (l'effort juste, l'attention juste et la concentration juste).

En ce qui concerne la sagesse, il n'est pas nécessaire d'ajouter à l'analyse déjà faite de la faculté ou vertu de sagesse. Le rôle indispensable de cette vertu, et de son exercice, est déjà clair. La discipline morale, pour sa part est la condition *sine qua non* de la vie méditative et de la discipline mentale qui font naître en l'homme la sagesse, et le font ainsi avancer vers la réalisation de son but véritable. Cette discipline morale vise donc à l'élimination, ou du moins à la diminution des passions qui lient (*cf.* les dix « liens ») l'homme à ce monde d'illusion. C'est en contrôlant autant que possible les sensations capables de le distraire de son vrai but que l'homme commence à créer la tranquillité essentielle à la méditation.

La discipline mentale

La discipline mentale, quand elle est soumise à une analyse plus minutieuse, doit être considérée sous deux aspects (indiqués sur le schéma) : l'entraînement à la quiétude mentale ou « tranquillité-méditation » et la vue ou vision pénétrante. L'entraînement à la quiétude mentale se fait à travers la pratique de l'attention et de la concentration. Avec l'attention, toutes les sensations du pratiquant sont soigneusement

6. *Ibid.*

analysées pour qu'il puisse les voir lucidement et de manière désintéressée, détachée – ce qui seul peut lui permettre de former des pensées sûres. Cette analyse faite, le fidèle est prêt à s'adonner efficacement à la pratique de la concentration, par laquelle il unifie tout son esprit et tout son effort en un seul point. Cette concentration peut mener le pratiquant aux différents états d'absorption pendant lesquels il peut être temporairement libéré des liens et de ses autres limites. C'est le caractère temporaire de cette libération qui pose problème aux pratiquants de ce genre de méditation. Car tôt ou tard l'expérience se termine. Souvent comparées à des oasis sur le chemin, ces expériences peuvent encourager le fidèle à continuer sa poursuite de la vérité. Mais il faut à tout prix éviter de s'y attacher, car dans ce cas elles aussi se transforment en des liens qui bloquent l'homme dans le cycle du *saṃsāra*. À cette lumière, pour celui qui se lance sur la voie bouddhique, l'importance d'un maître spirituel expérimenté devient évidente.

Or, la raison d'être de l'entraînement à la quiétude mentale est de préparer l'homme à la méditation proprement bouddhique, qui s'appelle « la vision pénétrante ». De par sa nature même, cette vision profonde révèle toute chose, et surtout l'expérience intérieure du pratiquant lui-même, comme impermanente, douloureuse et sans substantialité. C'est donc par l'intensification de cette vision et de la sagesse, préparée bien sûr par l'entraînement à la quiétude mentale, par la discipline morale et par l'exercice des cinq facultés, que l'homme peut arriver à l'Éveil.

Il n'est pas difficile de voir que celui qui pratique la méditation de la vue pénétrante suit une voie assez aride. C'est pourquoi il est encouragé à pratiquer souvent les méditations que l'on appelle les *brahma vihāra* – littéralement « les demeures de Brahma ». Ce sont des méditations sur l'amour bienveillant, la compassion, la joie sympathique, et l'équanimité ou sérénité[7]. Il est important de garder à l'esprit ce

7. Sur la manière de pratiquer ces quatre méditations, *cf.* G. Constant Lounsbery, *La Méditation bouddhique – Étude de sa théorie et de sa pratique selon l'École du sud*, Adrien Maisonneuve, 1979, pp. 109-124. On y

conseil très ancien, sinon on peut avoir une image un peu déformée du bouddhisme comme d'une religion très froide. Au long de ces méditations, le bouddhiste est encouragé, selon les mots de Rahula, « à étendre amour universel, illimité et bienveillance sur tous les êtres vivants, sans discrimination ». (C'est cette idée de non-discrimination qui distingue cet amour de celui qui se trouve parmi les trois racines du mal ; les mots en sanscrit pour ces deux « types » d'amour sont d'ailleurs entièrement différents – *metta* [l'amour bienveillant et sans attachement ni discrimination] et *rāga* [l'amour de celui qui s'attache à l'objet de son désir].) Le bouddhiste est poussé ensuite à cultiver une « compassion pour tous les êtres qui souffrent, qui sont en difficulté, ou dans l'affliction ». Et puis il doit avoir une « joie sympathique pour le succès, le bien-être et le bonheur des autres ». Finalement, il doit cultiver une vraie « équanimité dans toutes les vicissitudes de la vie[8] ». Ce sont ces quatre méditations qui équilibrent la vie bouddhiste et qui permettent de comprendre comment cet idéal de l'*arhat* a pu pendant des siècles attirer tant de gens en recherche d'une vérité spirituelle authentiquement libératrice.

Mais cette voie de l'*arhat*, mobilisatrice des forces spirituelles les plus profondes de l'homme, n'a pu échapper à certaines tendances spéculatives qui peu à peu l'ont vidée de son dynamisme originel. Les diverses manières d'interpréter l'idéal de l'*arhat* qui en ont découlé, ont créé au sein de la communauté des divisions plus ou moins sérieuses. Et ce sont ces divisions qui allaient donner naissance, plus tard à un véritable schisme et ouvrir la période du bouddhisme des sectes.

---

trouve aussi des explications qui touchent les autres aspects de la méditation traités plus haut.

8. *Cf.* Rabula, *L'Enseignement du Bouddha d'après les textes les plus anciens*, p. 104.

LE BOUDDHISME DES SECTES

La meilleure manière de comprendre comment les choses se sont développées à l'époque où se sont formées les sectes ou écoles (c'est-à-dire vers le milieu du IVe siècle avant notre ère) est d'essayer de se mettre, autant que possible, à la place de ceux qui l'ont vécu. Vers la fin de la période du bouddhisme primitif, un nombre significatif de moines ont pris conscience du fait que la voie de l'*arhat*, telle qu'elle était conçue à l'époque, ne pouvait pas répondre aux besoins spirituels de la vaste majorité des hommes. Elle était, en un mot, trop exigeante. Les moines qui ressentaient les choses de cette façon étaient, si l'on peut se risquer à utiliser une analogie discutable, les « libéraux » au sein de la communauté bouddhique – on pourrait dire aussi qu'ils avaient une attitude plus pastorale vis-à-vis du grand nombre. Le problème devant lequel ils se trouvaient était le suivant : comment élargir la voie étroite de l'*arhat* sans faire de compromis en ce qui concerne la doctrine fondamentale du bouddhisme ? La difficulté résidait dans le fait que tout ce qui touchait à l'idéal de l'*arhat* touchait le cœur même du bouddhisme primitif. Mais ne rien faire pour ouvrir les portes de la voie bouddhique aux gens, impliquait de laisser le bouddhisme devenir de plus en plus élitiste. C'est ce dilemme qui a ouvert la voie à la première grande division qui se soit produite au sein du *saṃgha*.

MAHĀDEVA ET LE CONCILE DE PĀTALIPUTRA

C'est, paraît-il, à Pātaliputra qu'un moine très respecté, appelé Mahādeva, a osé suggérer publiquement que l'*arhat* n'était pas en fait aussi parfait que la communauté l'avait imaginé auparavant. Selon lui, l'*arhat* pouvait avoir des rêves érotiques, était encore sujet à l'ignorance et aux doutes, et avait besoin, lui aussi, de l'aide d'autres maîtres pour avancer sur la voie de la délivrance[9].

---

9. Il y avait en fait cinq points de doctrine sur lesquels Mahādeva divergeait de la tradition. Pour les détails sur cette question, *cf.* Lamotte, *Histoire du bouddhisme indien*, pp. 300-305.

Au XXe siècle, ces points pourraient sembler sans grande importance – mais il ne faut pas oublier que jusqu'alors la perfection absolue et la pureté de l'*arhat* n'avaient jamais d'aucune manière été mises en question. Dire que l'*arhat* pouvait avoir des rêves érotiques signifiait qu'en fait il n'avait pas déraciné toute passion, qu'il n'avait pas accompli tout ce qu'il fallait sur la voie menant à l'Éveil. Dire que l'*arhat* était sujet à l'ignorance et aux doutes, et qu'il avait besoin d'aide, voulait dire qu'il n'avait pas vraiment pénétré jusqu'au cœur des quatre nobles vérités. Et pis encore, le tout semblait mettre en question la perfection du Bouddha car, dans la tradition primitive, le Bouddha lui-même était reconnu comme *arhat*.

En prenant cette position, Mahādeva, et tous ceux qui pensaient comme lui, ont effectivement ouvert la voie de l'*arhat* à ceux qui étaient, spirituellement parlant, moins doués. En baissant la barre, en quelque sorte, de l'idéal de l'*arhat*, Mahādeva l'a rendu plus accessible. Mais la réaction à cette innovation ne s'est pas fait attendre. En 340, le premier concile de Pataliputra[10] a été convoqué pour essayer de résoudre les difficultés, théoriques et pratiques, qu'un tel enseignement pouvait poser à la communauté bouddhique. Le concile n'a finalement rien pu faire et s'est terminé sur la constatation d'une rupture irrémédiable au sein de la communauté.

LES « LIBÉRAUX » ET LES « TRADITIONNALISTES »

La majorité de ceux qui étaient présents au Concile s'est prononcée en faveur de Mahādeva, et donc d'une libéralisation du bouddhisme. Ce groupement a été connu dès lors sous le nom du *mahāsaṇghika*, ou « membres de la grande assemblée ». Cette école des *mahāsaṇghika* a engendré plusieurs autres écoles qui elles aussi, généralement, ont suivi une ligne plutôt libérale. Ces écoles, par exemple, interprétaient de manière très large les règles disciplinaires. Comme Mahādeva, elles continuaient aussi à mettre en doute la per-

---

10. *Cf.* Bareau, *Les Premiers Conciles bouddhiques*, pp. 88-111.

fection de l'*arhat*. En même temps elles ont peu à peu attribué au Bouddha des qualités « supra-mondaines », ce qui a ouvert la porte à des spéculations ultérieures sur la nature du Bouddha, lesquelles allaient aboutir au développement de la bouddhologie classique du Mahāyāna.

Les adversaires de cette nouvelle tendance se sont retranchés derrière l'idéal de l'*arhat* comme il avait toujours été compris depuis le temps des « anciens ». Ce groupement a pris le nom de *sthavira*, ce qui veut simplement dire « les anciens ». Comme l'école des *mahāsaṇghika*, celle des *sthavira* a elle aussi engendré plusieurs écoles qui, en général, ont suivi une ligne très conservatrice. Une de ces écoles était le Theravāda (la tradition des « anciens ») et c'est la seule qui ait résisté aux ravages du temps et qui subsiste encore aujourd'hui.

C'est ainsi que le passage s'est fait du bouddhisme primitif au bouddhisme des sectes. Exposer en détail les multiples différences qui séparent les diverses sectes qui se sont développées après la première rupture de la communauté à Pātaliputra, dépasserait largement le cadre d'un livre d'introduction au bouddhisme. Il suffira d'indiquer que chaque école avait sa vision propre de presque tous les éléments de l'enseignement bouddhique traité plus haut[11]. Ces différences venaient des intuitions particulières des maîtres les plus érudits, des diverses manières, selon le lieu ou l'époque, dont le *dharma* était prêché, reçu et donc vécu. Cependant il ne faut pas imaginer qu'à cause de ces différences, souvent très importantes, les adhérents des diverses sectes aient toujours vécu dans la tension et l'animosité. Ils avaient, bien sûr, leurs propres idées sur certains points de doctrine sur lesquels il n'était pas question de faire des compromis. Mais le fait d'être bouddhiste était premier pour eux, ce qui permettait à des moines de sectes différentes de poursuivre leurs études dans le même monastère. Bareau compare ces sectes

11. Pour une analyse en profondeur des différentes doctrinales entre les diverses écoles du bouddhisme à cette époque, *cf.* Bareau, *Les Sectes bouddhiques du Petit Véhicule*, École française d'Extrême-Orient, Librairie d'Amérique et d'Orient, 1955.

aux sectes protestantes qui tout en différant, parfois beaucoup, en ce qui concerne la doctrine ou le culte, n'en sont pas moins unies solidement au sein du mouvement œcuménique[12].

Le fait que toutes ces sectes aient été plus ou moins unifiées dans leur diversité par leur attachement aux trois joyaux (le Bouddha, le *dharma* et le *saṃgha*) est un des facteurs principaux qui expliquent pourquoi le bouddhisme, à la différence d'autres mouvements religieux de la même époque, est devenu une religion universelle. Un autre facteur sans lequel le bouddhisme n'aurait peut-être jamais franchi les frontières de l'Inde est le soutien que lui a apporté le grand empereur Aśoka vers le IIIe siècle avant notre ère.

L'EXPANSION DU BOUDDHISME

En suivant les déplacements du Bouddha et de ses disciples, tels qu'ils sont décrits dans les écritures saintes, on peut constater qu'au départ le bouddhisme était plus ou moins limité, géographiquement parlant, au nord-est de l'Inde, c'est-à-dire au royaume de Magadha. À cette époque, donc, toutes les villes importantes dans l'histoire du développement du bouddhisme se trouvaient relativement proches les unes des autres.

Après le concile de Pātaliputra, il semble que les diverses sectes aient commencé à répandre le message du Bouddha un peu dans toutes les directions, mais il est très difficile d'en juger avec précision, à cause du manque de documentation fiable de cette époque-là. C'est à partir du règne d'Aśoka que nous trouvons les preuves d'un véritable mouvement missionnaire très important qui a donné au bouddhisme l'élan qui allait en faire une religion mondiale, à la différence par exemple du jaïnisme qui est resté un phénomène religieux essentiellement indien, et cela jusqu'à nos jours.

---

12. Bareau, *Conciles*, p. 7.

L'EMPEREUR AŚOKA

Selon la légende, Aśoka, roi entre 268 et 233 avant notre ère, aurait été extrêmement cruel, ne reculant devant rien pour étendre son pouvoir. Ses conquêtes sur les royaumes voisins avaient abouti ainsi à d'horribles massacres. Mais, saisi par le remords, il avait cherché désespérément un moyen d'apaiser sa conscience, et c'est sa rencontre avec un moine bouddhiste qui lui avait procuré cette paix. Il s'était donc converti au bouddhisme et était ainsi devenu le premier grand protecteur de la loi bouddhique.

Parmi les trente édits et inscriptions gravés par Aśoka sur le roc ou sur les piliers, et qui constituent une mine d'informations sur l'Inde de cette époque, trois traitent expressément du bouddhisme. Il s'agit de l'édit du Bhrada, du rescrit de Kauśāmbī et de l'inscription de Rummindei[13]. Puisque ces édits et inscriptions sont les plus anciens témoins que nous possédions de ce qu'était le bouddhisme et de la place qu'il a occupée dans la vie indienne au IIIe siècle avant J.-C., il sera intéressant d'étudier très brièvement chacun d'entre eux[14].

L'édit de Bhadra a été promulgué en l'an 13 du règne d'Aśoka, soit en 255 avant J.-C., quelques années après la conversion du roi. L'édit commence par une formule traditionnelle de salut bouddhique dans lequel le roi souhaite à la communauté « peu de tourments, et séjour confortable ». Ensuite, il y a une profession de foi dans les trois joyaux, ce qui était normal pour un laïc quel que soit son rang. Et puis le roi donne des conseils spirituels aux religieux et aux laïcs. Il recommande spécifiquement la lecture et l'étude du recueil intitulé *Sept sermons sur la loi*. Un accent particulier y est apparemment mis sur la discipline morale (avec un éloge du *Pāṭimokkha*), sur les récitations psalmodiées et sur l'importance des trois silences du corps, de la parole et de l'esprit. Toutes ces recommandations sont faites en vue d'une longue durée de la loi bouddhique dans son royaume.

---

13. Lamotte, *Histoire*, p. 256.

14. Sur les inscriptions bouddhiques du roi Aśoka, *cf.* Lamotte, *Histoire*, pp. 256-261.

(Mais le texte conseillé dans cet édit n'est malheureusement pas connu ; il n'est même pas inclus dans les listes des divers canons établis par les sectes bouddhiques. On ne peut rien en dire de plus.)

Il y a ensuite le rescrit de Kauśāmbī, publié vers la fin du règne d'Aśoka. Dans ce rescrit, le roi s'adresse aux religieux et aux religieuses pour insister sur l'importance de l'unité dans le *saṃgha*. On découvre là combien les divisions survenues au concile de Pāṭaliputra étaient devenues préoccupantes – surtout pour un roi qui souhaitait voir régner l'harmonie religieuse dans son royaume.

Enfin, il y a une inscription de caractère privé qui commémore des visites du roi au Lumbini, là où est né le Bouddha, et au *stupa* d'un Bouddha antérieur, à Nigali Sagar.

Dans les autres édits, qui se trouvent beaucoup plus loin de la capitale, Aśoka parle de substituer la victoire de la loi *(dharma)* au règne de la contrainte et de la violence, ce qui semble donner raison à ceux qui reconnaissent la main d'Aśoka derrière le mouvement missionnaire bouddhique de l'époque. Et pourtant il ne semble pas que le *dharma* dont il s'agit ici soit la loi du Bouddha, car aucune mention n'y est faite des quatre nobles vérités, du noble chemin octuple, etc. D'ailleurs, dans les édits et inscriptions explicitement bouddhiques, Aśoka utilise le terme *saddharma* (la bonne loi) pour parler du deuxième des trois joyaux. Le *dharma* d'Aśoka, selon l'analyse de Lamotte, n'était que « l'expression, sous sa forme la plus universelle, des grands principes de la loi naturelle : il apprend à se comporter comme il convient, selon la règle antique – éviter le péché, pratiquer la vertu et exercer les devoirs de la solidarité humaine »[15]. Il n'y a donc rien de spécifiquement bouddhique dans ce *dharma*.

Cela étant, il faut chercher ailleurs les véritables causes de l'élan missionnaire de l'époque, tout en gardant à l'esprit que c'est la politique d'Aśoka qui a incontestablement créé les conditions sans lesquelles cet élan se serait certainement éteint bien avant que les missionnaires bouddhistes aient franchi les frontières de l'Inde.

15. *Ibid.*, pp. 249-250.

LES CAUSES DE L'ÉLAN MISSIONNAIRE

La première cause de cet élan missionnaire se trouve à l'intérieur même de la doctrine bouddhique. En effet, la vérité découverte par le Bouddha dans son expérience d'Éveil exige sa propagation. Juste après son expérience, le Bouddha a été tenté de ne pas partager cette vérité, ce qui a déclenché un torrent d'imprécations venant de Brahma et des autres dieux qui, eux, étaient conscients du besoin qu'avait tout être vivant d'entendre la parole libératrice de la loi bouddhique. Sensible à ce besoin, le Bouddha a donc fait tourner la roue de la loi. Et l'analyse faite de cette image de la roue de la loi (au chapitre III) indique à quel point le bouddhisme, de par sa nature même, est missionnaire. Car une fois mise en mouvement, la roue de la loi ne peut s'arrêter avant d'avoir avancé dans toutes les directions jusqu'aux limites de l'univers.

Cet élan missionnaire se voit très clairement dans les paroles suivantes adressées par le Bouddha à ses disciples :

> « Ô moines, je suis libéré de tous les liens humains et divins, et vous aussi, vous en êtes libérés. Mettez-vous en route, et allez pour le bien de beaucoup, pour le bonheur de beaucoup, par compassion pour le monde, pour l'avantage, pour le bien, pour le bonheur des dieux et des hommes. Ne suivez pas à deux le même chemin. Prêchez la loi qui est bienfaisante en son début, bienfaisante en son milieu, bienfaisante en sa fin ; prêchez-la dans son esprit et dans sa lettre ; exposez, dans la plénitude de sa pureté, la pratique de la vie religieuse. Il y a des êtres qui, de nature, ne sont pas aveuglés par la passion : ceux-là se convertiront à la loi. Quant à moi, j'irai à Uruvilvā, le bourg du chef d'armée, pour prêcher la loi[16]. »

Une deuxième cause de l'élan missionnaire a été l'activité intellectuelle considérable qui a marqué le développement du bouddhisme des sectes. La diversité des idées qui ont pro-

16. *Vinaya*, I, 20-21 (cité par Lamotte, *Histoire*, p. 325).

voqué le concile de Pātaliputra et qui ont continué à forcer les bouddhistes à creuser leur propre tradition, créait le risque de plonger le bouddhisme dans une scolastique aride, ce qui est arrivé en nombre de lieux. Mais elle a aussi été le signe d'une grande vitalité qui ne pouvait qu'accélérer la propagation de la loi dans toutes les directions, en Inde d'abord et puis dans d'autres pays.

LES PREMIÈRES MISSIONS

C'est au Sri Lanka que les missionnaires bouddhistes ont connu leurs plus grands succès. Le fils d'Aśoka s'y est rendu lui-même, selon la tradition, afin d'y introduire la loi bouddhique. Le fait que cette île soit devenue un État bouddhique témoigne de l'ampleur de ce succès. Il explique aussi pourquoi la chronique des rois se confond avec une « histoire » du bouddhisme qui remonte à l'époque de Dīpaṃkara, le Bouddha qui, d'innombrables périodes cosmiques plus tôt, avait prophétisé que celui qui avait étendu son manteau devant lui deviendrait lui-même le Bouddha de notre époque, Śākyamuni. La forme du bouddhisme qui s'est implantée définitivement au Sri Lanka est celle du Theravāda – l'école des « anciens », fidèle à la voie de l'*arhat*, et c'est la seule qui ait pu survivre aux ravages du temps, ce qui en fait la source la plus importante de notre connaissance du bouddhisme ancien. Depuis Sri Lanka et les côtes orientales de l'Inde, le message s'est propagé plus tard vers les pays du Sud-Est asiatique. Dans un livre d'introduction à la pensée bouddhique, il est impossible de traiter les développements du bouddhisme dans tous ces pays. Cela demanderait une étude de la culture et de l'histoire religieuse de chacun d'entre eux. En général, dans la plupart des pays concernés, c'est le bouddhisme du Theravāda qui a dominé et qui continue d'ailleurs à guider ces peuples dans leur recherche spirituelle[17].

Au nord-ouest de l'Inde, à Ghandara, les missionnaires bouddhistes ont rencontré la pensée grecque – et aussi l'art

---

17. Pour étudier le développement du bouddhisme dans les divers pays d'Extrême-Orient, *cf. Le Monde du bouddhisme*, sous la direction de Henri Bechert et Richard Gombrich, Bordas, 1984 – *Présence du bouddhisme*,

hellénique. Le *Milindapañha* (les questions de Milinda)[18] reflète les résultats de cette rencontre et montre comment le bouddhisme s'est adapté à une autre manière de regarder les choses. Mais ce qui a le plus influencé le bouddhisme a été l'art grec. C'est au moment où ils sont arrivés dans la région de Ghandara que les bouddhistes ont commencé à représenter le Bouddha en personne. Avant, il avait souvent été représenté, par exemple, par les empreintes de ses pieds, ou par l'arbre de *bodhi* sous lequel il s'était éveillé aux quatre nobles vérités. Cette nouvelle manière de représenter le Bouddha a eu des répercussions partout dans le monde bouddhique et allait beaucoup aider les missionnaires.

De Ghandara, la loi bouddhique s'est propagée en Asie centrale. Et là cette nouvelle doctrine a rencontré les croyances et pratiques de tribus nomades qui peuplaient toute la région. À quel point la doctrine bouddhique a-t-elle été influencée par le nouveau milieu religieux dans lequel elle se trouvait, à quel point l'a-t-elle influencé, il est difficile de le savoir. Ce qu'on sait, c'est que le bouddhisme, une fois introduit, a été transmis par les marchands de ces tribus tout au long de la route de la soie, à l'ouest jusqu'à la Méditerranée et à l'est jusqu'en Chine.

À l'Ouest, le bouddhisme n'a guère connu de succès, comme le montre son absence presque totale dans l'histoire religieuse et intellectuelle du Moyen-Orient et de l'Occident. À l'Est, en revanche, il est devenu le système de pensée le plus répandu.

Le premier signe d'une présence bouddhique en Chine date du commencement de notre ère. Mais on peut penser que le bouddhisme avait déjà pénétré la Chine depuis deux siècles, car beaucoup de marchands étrangers, de réfugiés politiques et autres, venus d'Asie centrale, habitaient là. Or, le bouddhisme avait pénétré les pays d'où, au milieu du

---

sous la direction de René de Berval, Gallimard, 1987 (réimpression) – *Histoire des religions*, I et III, *Encyclopédie de la Pléiade*, Gallimard, 1970 et 1976.

18. *Cf. Les questions de Milinda – Milinda Pañha*, traduit du pāli avec introduction et notes par Louis Finot, publié en 1983 par Éditions Dharma.

IIIe siècle avant notre ère, étaient venus ces immigrés. De plus, beaucoup de Chinois avaient sans doute eu l'occasion d'entendre l'enseignement du Bouddha au cours de leurs propres voyages en Asie centrale.

En tout cas, il existe des documents qui attestent que, dès l'an 65 après J.-C., une communauté bouddhique existait en Chine. C'est là qu'ont commencé, plus tard, les premières tentatives de traduction des textes du bouddhisme du Petit Véhicule (la voie de l'*arhat*), suivies vers le milieu du IIe siècle par un travail beaucoup plus systématique.

Avec ces quelques mots sur la première expansion du bouddhisme hors de l'Inde, le lecteur pourra avoir une idée de la zone d'influence de cette tradition, vers le IIe siècle de notre ère. Cela le préparera à l'étude d'un mouvement tout à fait nouveau qui, après le Ier siècle de notre ère, a pris une importance considérable dans le *saṃgha* et parmi le peuple. Il s'agit du bouddhisme du Mahāyāna, ou du Grand Véhicule. Le chapitre suivant traitera de quelques-unes des grandes idées qui ont fait de ce nouvel enseignement un type de bouddhisme tellement différent de la tradition ancienne que les missionnaires mahayanistes sont allés jusqu'à exiger de ceux qui étaient fidèles à l'ancienne tradition une nouvelle conversion.

VII

LE BOUDDHISME DU GRAND VÉHICULE (I)

Le premier pas vers l'ouverture du *saṃgha* à des gens un peu moins doués spirituellement parlant, avait déjà été fait, comme cela a été mentionné dans le chapitre précédent, moins de deux siècles après la mort du Bouddha. En effet, les écoles « libérales » telles que le Mahāsaṇghika, ont soutenu cette cause tout au long des siècles qui ont suivi le concile de Pātaliputra et les missionnaires bouddhistes ont apporté alors le message du Bouddha au Nord et au Nord-Est jusqu'en Chine, au Sud jusqu'à l'île de Lanka et, par-delà la mer, aux pays du Sud-Est asiatique. Mais il faut noter que malgré l'activité intellectuelle qui a accompagné cet élan missionnaire, et malgré le mouvement « libéral », il n'y avait pas eu à ce moment-là de coupure véritable avec la tradition qui, dans toute sa diversité (il y avait une vingtaine d'écoles différentes), se fondait toujours sur l'idéal de l'*arhat*.

Et puis, d'une manière difficile à expliquer, a surgi vers le Ier siècle de notre ère un mouvement apparemment tout à fait nouveau dans le monde bouddhique. À travers toute une série de *sūtras* rédigés en sanscrit à partir de cette époque, on constate des développements doctrinaux extraordinaires. Ces *sūtras*, dans la plupart des cas, ne se trouvent pas dans les canons les plus anciens, et notamment dans le canon pāli des Theravādins qui reste la source privilégiée de notre connaissance du bouddhisme primitif. D'où proviennent-ils donc ? Voilà la question que tout le monde se pose, mais qui reste sans réponse claire du point de vue scientifique puisque nous ne possédons aucun document qui pourrait nous montrer comment l'ancienne tradition a pu, en si peu de temps, donner naissance à un enseignement si différent. En effet, seulement quelques décennies séparent la mise par écrit des canons pāli de celle de ces nouveaux *sūtras*. Mais si ces *sūtras* ne viennent pas de l'ancienne tradition, d'où viennent-ils ? Et d'où viennent les doctrines exposées dans ces *sūtras* ? Ces questions seront abordées dans le chapitre suivant. Mais il faut d'abord que le lecteur se familiarise un tant soit peu avec ces nouvelles doctrines.

LE MAHĀYĀNA (GRAND VÉHICULE) ET LE HĪNAYĀNA (PETIT VÉHICULE)

L'APPEL À UNE NOUVELLE CONVERSION

Pour commencer cette étude, il sera bon d'examiner quelques textes tirés des *sūtras* du Mahāyāna. Ainsi pourra-t-on plus facilement saisir à quel point ce nouveau mouvement représente une rupture avec l'ancienne tradition.

Le premier texte vient du *Sūtra du Lotus de la Bonne Loi* (connu le plus souvent sous le simple nom de *Sūtra du Lotus*). Ayant écouté le Bouddha parler de leur destinée, les *arhats* font cette confession :

« Alors ces cinq cents *arhats*, ayant entendu de la bouche du Bouddha la prédiction qui leur annonçait qu'ils parviendraient un jour à l'état suprême de bouddha parfaitement accompli, contents, satisfaits, joyeux, l'esprit transporté, pleins de joie, de satisfaction et de plaisir, se rendirent à l'endroit où se trouvait le Bouddha ; et s'y étant rendus, ils parlèrent ainsi, après avoir salué ses pieds en les touchant de la tête : "Nous confessons notre faute, ô *Bhagavat* (Bienheureux – digne de respect), nous qui imaginions sans cesse dans notre esprit que nous pouvions dire : 'Voici pour nous le *nirvāṇa* complété' ; c'est, ô *Bhagavat*, que nous ne sommes pas instruits comme il faut. Pourquoi cela ? C'est que, quand il nous fallait arriver à la perfection des bouddhas dans la science du *Tathāgata*, nous nous sommes trouvés satisfaits de la science ainsi limitée que nous possédons[1]." »

Le second texte vient d'un *sūtra* moins connu en Occident et dont nous ne possédons que la traduction chinoise *(Le sūtra de la sagesse dont la lumière se répand dans toutes les directions)* :

« Un ver luisant – ou tout autre animal lumineux – ne pense pas que sa lumière puisse illuminer le continent de *Jambudvīpa*, ou rayonner au-dessus de lui. De la même manière, les auditeurs et les *pratyeka buddha* (bouddhas-pour-soi) ne pensent pas devoir, après avoir obtenu la plénitude de l'Illumination, conduire tous les êtres au *nirvāṇa*. Mais le soleil, lorsqu'il s'est levé, rayonne sur tout le *Jambudvīpa*. De la même manière, un bodhisattva, lorsqu'il a accompli les pratiques qui mènent à la plénitude de l'Illumination de la bouddhéité, conduit d'innombrables êtres au *nirvāṇa*[2]. »

Ces deux passages peuvent, à la lumière de tout ce qui a été vu jusqu'ici sur la profondeur de l'idéal de l'*arhat*, sembler un peu énigmatiques. La première chose à noter est leur attitude très négative envers les *arhats*. Dans le premier passage, ils reconnaissent eux-mêmes qu'ils ne sont pas instruits comme il le faut – qu'ils s'étaient, à tort, satisfaits d'une science limitée. Autrement dit, en choisissant de suivre la voie de l'*arhat*, il se sont trompés. Et c'est le Bouddha qui, en leur expliquant qu'ils pouvaient et devaient tendre à l'état suprême d'un bouddha parfaitement accompli, ouvre leurs yeux à une nouvelle vérité apparemment beaucoup plus profonde que les quatre vérités connues par tout *arhat*. Ces *sūtras* appellent donc tout homme à se convertir à une nou-

1. Burnouf E., trad., *Le Lotus de la Bonne Loi*, nouvelle édition, Bibliothèque orientale, vol. IX, Paris, Librairie orientale et américaine, 1925, pp. 127-128.

2. La traduction est ici fondée sur la traduction anglaise d'un passage de ce *sūtra* qui se trouve dans *Buddhist Texts, Through the Ages*, édité par Edward Conze, I. B. Horner, David Snellgrove et Arthur Waley (New York et Evanston, Harper and Row Publishers, 1964), p. 119.

velle voie qui veut amener à un Éveil plus élevé que celui de la voie de l'*arhat*. On voit à quel point cette nouvelle division au sein de la communauté est plus sérieuse que celle de l'époque du concile de Pātaliputra.

Le deuxième texte cité est beaucoup plus concret dans la comparaison de ces deux voies. La lumière, c'est-à-dire la qualité de l'Éveil de l'*arhat*, est comparée à celle d'un ver luisant tandis que celle de ceux qui obtiennent la plénitude de l'Éveil est comparée au soleil. Ce passage précise aussi que celui qui suit la nouvelle voie veut, en même temps, conduire tous les êtres vivants au *nirvāṇa*. Cela montre combien les maîtres de cette nouvelle tradition étaient soucieux d'éviter l'élitisme qui, à leurs yeux, avait rendu la voie de l'*arhat* inaccessible au grand nombre. Personne n'était plus laissé à l'écart du salut.

LES DIFFÉRENCES DOCTRINALES

Pour mieux apprécier l'exigence de cet appel à la conversion lancé par les adhérents du Mahāyāna, il serait nécessaire d'étudier en profondeur les différences précises qui séparaient (et séparent encore aujourd'hui) ces deux grands courants du bouddhisme. Dans ce livre, il suffira de parler en détail des différences principales qui concernent les quatre points suivants : 1) la nature du Boudha lui-même ; 2) la qualité de son Éveil ; 3) la voie qui mène à l'Éveil ; 4) la possibilité pour l'homme d'arriver à cet Éveil. Ce sont d'ailleurs quatre points que nous avons déjà perçus, de manière plus ou moins explicite, dans les deux textes cités plus haut.

La nature du Bouddha

L'image du Bouddha qu'avaient les toutes premières générations de bouddhistes était extrêmement sobre puisque le Maître restait à taille humaine. Les moines n'étaient invités qu'à suivre son exemple. André Bareau, dans une étude approfondie sur la biographie du Bouddha, dit ceci :

« Le Bouddha apparaît toujours comme un personnage

bien humain, un chef de secte, un maître sage qui communique à ses disciples les découvertes qu'il a faites, et les invite à suivre exactement ses traces. L'Éveil lui-même n'est nullement défini comme une expérience propre au Bienheureux, mais au contraire comme une étape décisive sur la voie de délivrance, étape par laquelle sont obligés de passer les moines qui veulent atteindre le salut, puisqu'elle est la condition nécessaire et immédiate de l'acquisition du *nirvāṇa*... Le Bouddha est compté parmi les *arhats* dans les énumérations effectuées par les *Vinaya* au fur et à mesure que la communauté s'accroît, et rien ne distingue vraiment la carrière des saints disciples de celle du Maître si ce n'est le fait – sur lequel on n'insiste nullement – que celui-ci l'a découverte et l'a suivie le premier[3]. »

Les « trois corps » du Bouddha

Le Mahāyāna, qui est né plus de quatre siècles après la mort du Bouddha, et qui était beaucoup plus ouvert aux besoins spirituels de l'homme du commun, a eu tendance à dépouiller le Bouddha historique de tout ce qui était contingent, afin d'arriver à l'essence même de la bouddhéité[4]. Śākyamuni a été considéré comme une manifestation de ce qui est appelé, dans la bouddhologie du Mahāyāna, le corps d'essence du Bouddha – le *dharma-kāya* – ou encore « le corps de la Loi ». C'est la nature parfaite du Bouddha et elle est absolument illimitée. Les manifestations de cette nature parfaite, telle que Śākyamuni, sont faites pour les hommes et constituent, selon la même bouddhologie, ce qui s'appelle le *nirmāṇa-kāya* – ou le corps de métamorphose. C'est à travers ce corps, qui n'est qu'une apparition, que l'homme

3. André Bareau, *Recherches sur la biographie du Bouddha dans les Sūtrapiṭaka* et *les Vinyapiṭaka anciens : de la quête de l'Éveil à la conversion des Śāriputra et de Maudgalyāyana*, p. 392.

4. Pour une étude approfondie de la bouddhologie du *Mahāyāna*, *cf.* l'article « Busshin » dans le *Hōbōgirin (Dictionnaire encyclopédique du bouddhisme d'après les sources chinoises et japonaises)*, Maison franco-japonaise, Tokyo, 1930, pp. 174-185. Notre analyse doit beaucoup au travail des chercheurs qui ont rédigé ce « Dictionnaire ».

peut toucher, pour ainsi dire, le mystère ultime du *dharma-kāya*.

Un troisième coprs du Bouddha est le *saṃbhoga-kāya* – c'est-à-dire le « corps de jouissance », rayonnant de lumière, qui manifeste, à travers diverses marques, le fruit des actes méritoires accomplis par un Bouddha au cours de toutes ses existences antérieures. Ce *saṃbhoga-kāya*, pour Conze, est le Bouddha dans son « corps glorifié ». Expliquant la différence entre le corps de métamorphose et le corps de jouissance, il dit ceci :

« Quand il circulait comme un être humain, Śākyamuni naturellement ressemblait à tout être humain. Mais ce corps humain ordinaire du Bouddha (c'est le *nirmāṇa-kāya*) n'était rien d'autre qu'une manière de revêtement extérieur qui cachait et enveloppait à la fois sa vraie personnalité, et qui était tout à fait accessoire et quasi négligeable. Ce n'était nullement l'expression adéquate de l'être propre du Bouddha. Cachée derrière cette coquille extérieure, il y avait une autre espèce de corps (le *saṃbhoga-kāya*) différent à beaucoup d'égards de celui du commun des mortels et visible seulement à l'œil de la foi[5]. »

Puis Conze explique qu'il s'agit là du corps de jouissance avec ses trente-deux marques du surhomme dont la plupart sont déjà connues de ceux qui aiment l'art bouddhique[6]. Il faut seulement remarquer qu'à côté des marques qui peuvent être représentées dans l'iconographie (tels les symboles tracés sous la plante des pieds du Bouddha, la couleur de son corps [or], la longueur de ses bras, la protubérance qui couronne sa tête, la touffe de poils blancs qui pousse entre ses sourcils, etc.), il en existe d'autres qui ne se prêtent guère à une représentation plastique (le Bouddha a par exemple la voix brahmique, une capacité extraordinaire à savourer les aliments, etc.).

Avant de terminer ces quelques mots sur la nature du

---

5. Edward Conze, *Le Bouddhisme dans son essence et son développement*, p. 41.

6. Sur les « marques », *cf.* la note n° 9, p. 31.

Bouddha dans la tradition du Mahāyāna, il faut encore noter que cette théorie des trois corps du Bouddha a entraîné quantité de spéculations. Mais l'essentiel pour ceux qui découvrent ce domaine, c'est la distinction fondamentale qu'il faut faire entre le *dharma-kāya* – cette essence de la bouddhéité –, le *nirmāṇa-kāya* – qui est toujours une manifestation pour l'homme du *dharma-kāya* (e.g. Śākyamuni) – et le *saṃbhoga-kāya* – ou corps « glorifié » des Bouddhas – qui, tous les trois, allaient devenir les objets de la vénération de tous les fidèles bouddhistes. Mais le *dharma-kāya*, décrit comme « l'absolu ineffable nettoyé de tout caractère »[7], a une existence réelle et absolument inconditionnée, tandis que le *nirmāṇa-kāya* et le *saṃbhoga-kāya*, eux, n'en étant que des manifestations, ont une existence conditionnée. Tout cela deviendra plus clair au fur et à mesure que le lecteur découvrira les autres doctrines du Mahāyāna.

La qualité de l'Éveil

La bouddhologie qui s'enracine dans les *sūtras* du Mahāyāna, souligne donc la perspective transcendantale de la nature fondamentale du Bouddha. Et en cela on ne peut que constater une rupture avec l'ancienne tradition. Une fois la nature du Śākyamuni comprise dans cette perspective transcendantale, il était impossible de ne pas repenser tout ce qu'on avait cru concernant la qualité de son Éveil – deuxième des quatre points sur lesquels l'ancienne tradition et le Mahāyāna diffèrent de manière radicale.

La *bodhi*, ou Éveil, qui consistait en la connaissance des quatre nobles vérités et de tout ce qui en découle logiquement – comme la loi de la production conditionnée – convenait parfaitement bien à l'image d'un Bouddha de taille humaine, tel que Śākyamuni apparaissait dans l'ancienne tradition. Cette *bodhi* pouvait être envisagée par d'autres êtres humains hautement doués, comme les *arhats*. D'ailleurs il a été dit plus haut que, dans le bouddhisme ancien, il n'y avait pas de différence entre le Bouddha et ces

---

7. *Hōbōgirin*, p. 175.

arhats en ce qui concernait la qualité ou la profondeur de leur expérience d'Éveil. La seule différence était que le Bouddha avait été le premier à découvrir la vérité.

Mais dans la nouvelle perspective, celle de Śākyamuni comme manifestation du corps d'essence du Bouddha, il est évident qu'une connaissance limitée à ce que l'homme pouvait atteindre par son intelligence humaine, ne convenait pas. Car si Śākyamuni, au fond de lui-même, était identique au corps d'essence du Bouddha, à cet absolu ineffable, son Éveil ne pouvait concerner moins que la connaissance directe et totale du mystère de l'existence même, et donc de tout aspect de la réalité. Cet Éveil est qualifié de suprême et parfait, et c'est cette suprême et parfaite *bodhi* qui devient le nouveau but pour l'homme en recherche de la vérité. Cette différence devient plus claire si on revient à ce que le Bouddha avait dit dans le Bosquet à Kauśāmbī. Le lecteur se rappelle certainement cette scène. Le Bouddha avait pris quelques feuilles en main et avait demandé aux moines si c'étaient ces quelques feuilles ou plutôt toutes celles du Bosquet qui étaient les plus nombreuses. La réponse a bien sûr été : « Peu nombreuses les feuilles tenues en main ; très nombreuses celles de tous les arbres. » Puis le Bouddha a expliqué qu'il avait beaucoup appris dans son expérience d'Éveil, mais qu'il enseignait peu. Il n'a enseigné effectivement que ce qui était essentiel pour atteindre le *nirvāṇa*, pour éteindre tout désir et ainsi échapper au monde du *saṃsāra*. Le reste était inutile à l'homme.

Dans l'ancienne tradition, on se satisfait de cet essentiel, et donc du seul but de se libérer du cycle des naissances et des morts. Dans le Mahāyāna, en revanche, on met l'accent sur la totalité de la connaissance du Bouddha et, en le suivant, on veut tendre vers une vérité beaucoup plus vaste – celle qui correspond à « toutes les feuilles de tous les arbres du Bosquet ». Si dans les *sūtras* du Petit Véhicule le Bouddha n'a parlé, selon l'analyse mahayanique, que d'une vérité limitée, c'est parce que l'homme n'était pas encore prêt à accepter la grandeur de sa vocation. Mais c'est dans les *sūtras* du Mahāyāna que toute la vérité est offerte à l'homme, ce qui lui permet d'arriver à l'Éveil parfait.

La voie qui mène à l'Éveil

D'une part, il existe donc deux visions de la nature du Bouddha, l'une mettant l'accent sur le caractère exclusivement humain de Śākyamuni et l'autre sur sa nature transcendante – et à chacune de ces visions correspond une idée de la qualité ou de la profondeur de l'Éveil, la *bodhi* « simple » dans le premier cas, et dans le second une *bodhi* suprême et parfaite qui est en fait l'omniscience. D'autre part, si l'homme est appelé à réaliser en lui-même l'Éveil que le Bouddha a réalisé, se pose alors un problème assez grave au niveau de la pratique bouddhique : quelle voie faut-il suivre pour arriver au but proposé par le Bouddha ?

Dans la tradition ancienne, ce problème ne se posait pas pour les raisons déjà indiquées. Le seul but proposé à l'homme était la sagesse, la vue pénétrante. Cette vue pénétrante permettait à l'homme de voir et de comprendre que toute chose est impermanente, douloureuse et sans véritable substance. Toute une discipline éthique et mentale avait été élaborée afin de créer et puis de renforcer cette manière de regarder les choses. Il existait donc une voie, celle de l'*arhat*, tout à fait apte à amener l'homme à la réalisation de l'Éveil.

Mais une fois que la nature de cet Éveil a été interprétée de manière radicalement différente, la voie de l'*arhat* est devenue complètement inutile. Suivre la voie de l'*arhat* pour arriver à l'Éveil suprême et parfait équivalait, pour utiliser une image plus moderne, à essayer d'aller en Amérique par voie ferroviaire. Que faire donc pour offrir à l'homme une voie valable lui permettant réellement d'arriver à la connaissance suprême qui était, dans cette perspective nouvelle, celle du Bouddha, et qui devait devenir celle de tout être vivant ? Pour répondre à cette question, les mahayanistes ont mis l'accent sur le fait que, depuis le début du bouddhisme, trois voies menant à l'Éveil avaient été reconnues. Il y avait celle du *pratyeka buddha* (les bouddhas-pour-soi), celle du *śrāvaka* (les auditeurs) et celle du bodhisattva (les êtres en quête d'Éveil suprême).

Le bouddha-pour-soi

Le *pratyeka-buddha* est celui qui arrive à l'Éveil par ses propres moyens, comme le Bouddha lui-même l'avait fait. Mais une fois éveillé, il refuse de partager avec d'autres le fruit de son expérience. Si Śākyamuni avait cédé à la tentation de ne pas prêcher, il aurait été simplement un *pratyeka-buddha*, et le bouddhisme tel que nous le connaissons n'aurait jamais existé. Ce qui sépare donc le bouddha-pour-soi du Bouddha, est son désintérêt total pour le salut des autres êtres vivants et son indépendance de la communauté bouddhique. Cette voie bien sûr a été rejetée par les mahayanistes à cause de son caractère anti-social et à cause de la nature imparfaite de l'Éveil vers lequel elle tendait.

L'auditeur

La voie du *śrāvaka* est simplement celle de l'*arhat*. Le mot *śrāvaka* – ou auditeur – souligne le fait que l'*arhat* n'arrive à l'Éveil que parce qu'il écoute l'enseignement du Bouddha. Et c'est précisément en cela qu'il diffère du bouddha-pour-soi et du Bouddha. Son but est simplement de se libérer du *saṃsāra*. Dans les conflits entre le Hīnayāna et Mahāyāna, l'*arhat* était aussi accusé d'être égoïste, indifférent au sort d'autrui, jugement qui est sans doute un peu sévère. En effet, les moines de la tradition ancienne, et donc des *arhats*, avaient travaillé avec beaucoup d'enthousiasme pour que la parole salvatrice du Bouddha soit répandue partout en Inde et même dans les pays voisins. De toute façon, cette voie, comme celle du bouddha-pour-soi, a été rejetée par les mahayanistes comme inutile pour l'homme qui est appelé à un Éveil beaucoup plus vaste et à un idéal qui tend au salut de tout homme.

Le bodhisattva

Il reste donc la voie du bodhisattva – celle que le Bouddha lui-même a suivie tout au long de sa carrière spirituelle qui avait commencé il y a d'innombrables périodes cosmiques dans le passé. Le lecteur se rappellera l'histoire du jeune

Sumedha qui avait pris la décision de devenir Bouddha et qui, à travers des vies et des vies, avait amassé des mérites pour, enfin, naître au nord de l'Inde dans notre monde, il y a vingt-cinq siècles. C'est là la voie offerte par le Mahāyāna. L'homme qui souhaite arriver à la vérité suprême doit faire comme Sumedha. Il doit se lancer sur la voie du bodhisattva. Il doit véritablement suivre le même chemin que le Bouddha lui-même.

On peut se demander pourquoi, si cette voie du bodhisattva avait été reconnue dès le début même de la tradition bouddhique, il a fallu attendre cinq siècles pour que des maîtres éminents suggèrent qu'elle était ouverte à l'homme. C'est que dans un premier temps la voie du bodhisattva avait été considérée comme quelque chose de si extraordinaire et si exigeant qu'elle était complètement hors de la portée de tous, exception faite de très rares individus qui, comme Śākyamuni, peuvent sortir à la surface du vaste océan du *saṃsāra* une fois tous les *x* millions d'années. En bref, il valait mieux viser moins haut, se satisfaire d'une connaissance tout à fait capable de libérer l'homme du monde du *saṃsāra*, et laisser la voie du bodhisattva de côté, tout en la respectant infiniment. Les mahayanistes, en revanche, n'ont pas hésité à dire que cette voie du bodhisattva était en fait ouverte à tous. Et cela nous amène au quatrième point qui divise les deux grands courants de la pensée et de la pratique bouddhiques.

La possibilité pour l'homme d'arriver à l'Éveil

La possibilité pour l'homme d'arriver à l'Éveil suprême pose aux mahayanistes une nouvelle difficulté. En effet, si l'idéal de l'*arhat* avait été considéré par beaucoup comme inaccessible à l'homme du commun, celui du bodhisattva n'était-il pas encore plus hors d'atteinte ? La réponse du Mahāyāna à cette question est simple. Expliquer comment ils y sont arrivés l'est beaucoup moins. Dans ce chapitre, nous examinerons donc leur réponse et, dans le suivant, quelques éléments des bases philosophiques qui la justifient.

La position de base du Mahāyāna est que tout homme peut

et va arriver à cet Éveil suprême parce qu'au fond de lui-même chaque homme participe à ce qui s'appelle le *buddhatā* – ou « nature de bouddha[8] ». Et cette nature ne peut que se réaliser. Cette idée qui n'est pas facile à saisir le sera peut-être davantage si l'on compare de façon très générale ce qui se passe le long des voies offertes respectivement par l'ancienne tradition et par le Mahāyāna. Dans le bouddhisme primitif, celui qui suit la voie de l'*arhat* devient un Éveillé après s'être adonné à de longues pratiques de discipline morale et mentale. En un sens, il constuit peu à peu son Éveil. À la fin de ce processus, il arrive à un état qui est foncièrement différent de l'état dans lequel il était quand il s'est lancé sur le chemin. Dans le Mahāyāna, celui qui se lance sur la voie du bodhisattva ne devient pas un Bouddha dans le même sens que celui qui se lance sur la voie de l'*arhat* devient un *arhat*. Car en fait l'Éveil suprême et parfait n'est, pour le pratiquant, que la réalisation pleine de ce qu'il a toujours été au fond de lui-même. C'est la réalisation ou actualisation de cette « nature de bouddha » *(buddhatā)* à laquelle tout être vivant participe. Le fait de « devenir Bouddha » est donc alors le fait de découvrir que la nature de l'homme est, et a toujours été une avec l'essence même de la bouddhéité – le corps d'essence du Bouddha. Se lancer sur la voie du bodhisattva est le moyen par lequel on puisse espérer réaliser la vérité de sa propre nature. Et c'est ce qui explique l'urgence de se convertir du Hīnayāna au Mahāyāna.

Les adhérents du Mahāyāna pensaient qu'en acceptant l'Éveil d'un *arhat*, l'homme risquait de se contenter d'un état nettement inférieur à celui auquel il aurait pu et aurait dû aspirer. Il y a donc souvent, dans les *sūtras* du Mahāyāna, le désir de « secouer » les *arhats* – de les réveiller de leur inertie spirituelle –, ce qui a déjà été perçu dans les passages cités plus haut.

8. Sur cette « nature de bouddha », *cf.* l'article *Busshō*, du *Hōbōgirin*, pp. 185-187.

LES TERMES DE « MAHĀYĀNA » ET DE « HĪNAYĀNA »

À la lumière de ce qui vient d'être dit, il n'est pas difficile d'imaginer pourquoi ce nouveau mouvement s'est appelé le Grand Véhicule. La voie de l'*arhat*, selon les mahayanistes, n'était utile qu'au petit nombre de ceux qui voulaient traverser le fleuve du *saṃsāra* pour arriver sur l'autre rive, celle du *nirvāṇa*. C'était donc vraiment un « Petit Véhicule ». La voie du bodhisattva, elle-même conçue en termes beaucoup plus positifs, était capable de transporter sur l'autre rive tous les êtres vivants. D'où le nom de Grand Véhicule. Il va sans dire que ces appellations ont été créées par les adhérents du Mahāyāna. Il faut ajouter qu'aujourd'hui le terme du Hīnayāna a pratiquement perdu le sens péjoratif qu'il a eu pendant de longs siècles. Toutefois, beaucoup de chercheurs préfèrent utiliser à sa place le terme *Theravāda*, car seule cette école continue la tradition ancienne que visait à l'origine le terme de Hīnayāna.

LA PARABOLE DU « FILS PRODIGUE »

Pour terminer ce chapitre qui ne fait que présenter le Mahāyāna dans ses plus grandes lignes, il sera intéressant de voir comment les différences entre le Grand Véhicule et le Petit Véhicule ont été montrées sous forme d'une parabole. Il s'agit d'une parabole qui est aussi connue dans le monde bouddhiste (d'appartenance mahayanique) que l'est celle du « fils prodigue » (*Luc*, 15) dans le monde chrétien. Cette parabole donnera coprs, pour ainsi dire, à l'histoire du commencement du Mahāyāna. Pour mieux en profiter le lecteur est invité à se mettre, autant que possible, à la place de ceux qui l'ont écoutée dans le passé lointain en Inde et en Chine, ou de ceux qui l'entendent et la méditent aujourd'hui même au Japon.

La parabole en question se trouve dans le *Sūtra du Lotus*[9], qui est peut-être le *sūtra* le plus vénéré de tous les textes du Mahāyāna. Cette parabole sort de la bouche des *arhats* qui

9. Cette parabole se trouve au chapitre IV du *Sūtra du Lotus*, pp. 62-74 dans la traduction de Burnouf.

décrivent leur propre situation au Bouddha. Ils racontent donc l'histoire d'un homme qui dans sa jeunesse quitte son père et fuit dans un autre pays. Avec le passage du temps sa situation devient de plus en plus désespérée. Il erre dans toutes les directions, cherchant de quoi se vêtir et se nourrir. Et puis, de manière inattendue, il se retrouve dans son pays d'origine.

Son père, qui depuis le premier jour a cherché son fils, en vain, s'est établi dans une ville. Il est devenu très riche et le montant de ses biens est incalculable. Mais il regrette toujours la perte de son fils. Il n'en parle à personne alors qu'il n'a qu'un désir – donner tout à son enfant.

Le fils, qui vit toujours dans la misère, arrive un jour dans la ville de son père. Sans le reconnaître, il voit son père de loin. Sa richesse l'impressionne tellement qu'il fuit, pris de panique, certain qu'il ne pourra jamais trouver de travail près d'un homme d'un tel rang.

Le père, cependant, a reconnu son fils et, avec grande joie, se dit qu'enfin il a trouvé celui à qui il va pouvoir tout donner. Il envoie des serviteurs rattraper son fils et l'amener auprès de lui. Mais son fils, qui ne comprend rien de ce qui se passe, est terrifié. Il proteste de son innocence en criant qu'il n'a rien fait de malhonnête. Les serviteurs le poursuivent, ce qui effraie davantage le pauvre fils. Certain qu'il va finir en prison ou mourir, il s'évanouit.

Le père, voyant tout cela de loin, dit à ses serviteurs qu'en fait il n'a pas besoin de cet homme pitoyable. Il donne l'ordre de le laisser en liberté. Pourquoi ? Parce qu'il connaît la disposition intérieure de son fils. Il sait bien que la splendeur de sa situation l'a terriblement angoissé. Il ne dit à personne que l'homme qu'il a vu était son fils, et ses serviteurs obéissent à ses ordres. Le fils, en revenant à lui, apprend qu'il est libre et s'en va joyeusement jusqu'à un village où il espère trouver un peu de nourriture.

Mais le père a un plan pour attirer l'attention de son fils. Il lui envoie deux serviteurs mal habillés qui l'invitent gentiment à venir travailler avec eux pour un salaire deux fois plus élevé que d'habitude. Comme le travail en question est de nature très humble, il accepte. En voyant son fils, le père est saisi de compassion pour lui. Il s'habille de haillons, se couvre de poussière et, une pelle à la main, s'approche des ouvriers. Ainsi approche-t-il son fils sans l'effrayer. Par la suite, il lui demande de rester chez lui car il a besoin d'un serviteur fidèle. Il va même jusqu'à lui dire qu'il voudrait le considérer comme son fils. Il lui donne son nom. Mais le fils se considère toujours comme un très humble ouvrier. Et pendant longtemps il continue à accomplir ses basses besognes. Toutefois pendant ce temps une certaine confiance entre le père et le fils s'établit.

Quand le père tombe malade, il demande à son fils de gérer ses affaires. Le fils accepte, mais il est toujours convaincu de son état d'inférieur. Les rapports entre père et fils deviennent de plus en plus intimes et enfin le père dit la vérité à son fils devant tout le monde. Le fils, qui est alors prêt, accepte cette vérité inattendue avec grande joie, émerveillé que des trésors incalculables lui appartiennent sans même qu'il les ait recherchés.

En réfléchissant à cette parabole (dont l'explication sera donnée dans le prochain chapitre) le lecteur comprendra mieux pourquoi le bouddhisme du Mahāyāna a pu attirer tellement de gens assoiffés d'un message qui leur donnerait de l'espoir dans leur recherche spirituelle. En même temps, on peut se demander comment les adhérents de cette nouvelle tradition, apparemment si différente du bouddhisme ancien, ont pu, avec beaucoup de conviction et d'authenticité, se dire bouddhistes. C'est ce que le prochain chapitre tentera d'expliquer.

VIII

LE BOUDDHISME DU GRAND VÉHICULE (II)

Dans l'introduction générale au bouddhisme du Grand Véhicule (Mahāyāna) qui a été faite au chapitre précédent, l'accent a été mis sur les éléments principaux qui le différencient du bouddhisme ancien, ou Petit Véhicule (Hīnayāna), et qui concernent la nature du Bouddha, la qualité de son Éveil, la voie qui mène à l'Éveil, et la possibilité pour l'homme d'arriver à cet Éveil. Dans ce chapitre, après avoir analysé le problème de l'authenticité des textes du Mahāyāna, et donc le problème de la continuité de la doctrine bouddhique, nous allons reprendre en profondeur les mêmes points. Mais cette fois, nous allons nous placer dans l'optique des mahayanistes et essayer de comprendre comment et pourquoi ils peuvent considérer leur doctrine comme l'expression pleine d'une vérité qui n'avait été, auparavant, que partiellement révélée par le Bouddha, et non pas comme une coupure radicale avec ce qu'il avait enseigné aux premiers disciples, plus de 400 ans avant le tout début de la pensée mahayanique. Mais en premier lieu, nous allons reprendre la parabole du fils prodigue pour en tirer quelques leçons qui pourront nous aider à mieux apprécier la profondeur du nouvel enseignement. L'analyse de cette parabole ne s'écarte nullement du plan de ce chapitre car le lecteur va redécouvrir, au cœur de cette histoire très émouvante, les quatre points qu'il a déjà rencontrés plus haut et avec lesquels, au fil des pages, il va continuer à se familiariser.

LE SENS DE LA PARABOLE DU FILS PRODIGUE

La parabole raconte donc l'histoire des retrouvailles d'un père et de son fils, parti au loin. Le père, l'apercevant sur le chemin du retour, l'a tout de suite reconnu et a voulu, comme le père dans la parabole du fils prodigue en *Luc,* l'embrasser et partager avec lui toute sa richesse, laquelle avec le temps était devenue considérable. Mais le fils a eu peur devant la puissance de ce père que, lui, n'avait pas reconnu. Il s'est enfui dans un petit village tranquille. Le père a donc dû employer toutes sortes de stratagèmes pour attirer son fils chez lui. Et après de longues années d'apprivoisement, cet homme riche, pour qui le fils travaillait paisiblement et qu'il respectait comme un père, a pu enfin révéler à celui qu'il aimait la vraie nature de leur relation. En apprenant que celui qu'il vénérait tellement était en vérité son propre père, le fils s'est réjoui, émerveillé par la richesse aussi extraordinaire qu'inattendue qui lui revenait de droit.

Le sens de cette parabole, et le lecteur l'a peut-être déjà deviné, est le suivant : le fils est, bien sûr, l'homme peu à peu amené à réaliser qu'au fond de lui-même il partage la nature du Bouddha. Le Bouddha, comme le père dans la parabole, prépare l'homme en lui enseignant d'abord une vérité partielle qui lui soit assimilable, à savoir l'enseignement du Hīnayāna – ou la voie de *l'arhat* – et il finit par lui offrir la pleine vérité du Mahāyāna, qu'il n'aurait jamais pu accueillir comme telle sans cette période de préparation sagement prévue.

Cette parabole est importante car elle montre assez succinctement les quatre points principaux qui différencient la pensée mahayanique de la tradition qui l'a précédée. Tout d'abord il y a le Bouddha. À première vue, il ne semble pas que le Bouddha dépeint dans cette parabole soit d'une nature supérieure à celle du Bouddha historique vénéré par les adhérents du Hīnayāna. Mais si on lit le *Sūtra du Lotus* dans son intégralité, on verra clairement que le Bouddha Śākyamuni y est en fait considéré comme ne faisant qu'un avec le Bouddha éternel. Il y transcende donc totalement l'idée qu'on avait de lui auparavant. Et cette stature donne évidemment un poids particulier à tous les enseignements de ce *sūtra*.

Le deuxième point concerne la nature de l'Éveil auquel l'homme est appelé. La richesse du père, aussi vaste qu'inattendue, montre en effet le caractère extraordinaire de l'Éveil envisagé dans le Mahāyāna. Or, et c'est le troisième point, la voie du bodhisattva, qui permet la pleine réalisation de la bouddhéité que chacun porte en soi, est seule capable d'amener à l'Éveil suprême. Elle est donc de loin supérieure, toujours dans l'analyse mahayanique, à celle de *l'arhat*. Ce dernier, comme le fils qui se serait contenté de rester dans la position d'un humble serviteur auprès d'un maître qu'il n'aurait pas reconnu comme son véritable père, se contente d'une connaissance très limitée des quatre nobles vérités et d'un *nirvāṇa* conçu en termes essentiellement négatifs.

Enfin, il y a la notion de « nature de bouddha » (le *buddhatā)* à laquelle l'homme – tout homme – participe, et qui tôt ou tard, dans cette vie ou dans une autre, se manifestera, ouvrant ainsi la voie à un épanouissement total, qui est celui de la bouddhéité.

LE MAHĀYĀNA COMME « EXPRESSION PLEINE » DE LA VÉRITÉ

Vue de l'extérieur, la pensée mahayanique, qui est en quelque sorte concrétisée dans les positions mentionnées ci-dessus, semble peu conciliable avec l'enseignement ancien qui avait prévalu au sein de la communauté pendant des siècles, et qui avait été soigneusement conservé dans les divers canons établis entre le IVe et le Ier siècle avant notre ère. C'est pourquoi les maîtres du Hīnayāna n'ont rien fait pour intégrer ces nouveaux enseignements à la doctrine du Bouddha qu'ils pensaient être les seuls à détenir dans son authenticité. Le Mahāyāna a été purement et simplement rejeté, ou plutôt ignoré. Les adhérents du Mahāyāna, en revanche, sentaient très fort le besoin de montrer comment chacune de leurs doctrines remontait à Śākyamuni lui-même.

Ils savaient bien en effet que, sans ce lien direct avec le Bouddha, ils ne pouvaient prétendre être authentiquement bouddhistes. Comment ont-ils donc concilié ce qui était apparemment inconciliable ?

La première clé de la réponse à cette question se trouve dans le fait que, dès l'origine, le talent pédagogique extraordinaire du Bouddha avait été unanimement reconnu. Dès sa première prédication, il avait en effet manifesté sa capacité à sonder les cœurs de ses auditeurs afin de leur parler en des termes qui leur soient assimilables. Les mahayanistes ont donc constamment fait appel à la technique d'enseignement du Bouddha pour expliquer comment il avait pu exprimer, devant des auditeurs différents, des idées qui pouvaient sembler contradictoires. Pour eux tout était clair : le Bouddha, dans les *sūtras* reconnus par les diverses écoles du Hīnayāna, avait prêché une doctrine inférieure, incomplète ou provisoire. Reconnaissant qu'il l'avait employée pour stimuler ses auditeurs et pour les lancer sur la bonne voie, les mahayanistes ont donc accordé à cet enseignement une valeur positive bien que relative. Cette position de base vis-à-vis de la doctrine du Hīnayāna se retrouve très clairement dans la parabole. Le père a délibérément caché la vérité suprême à son fils jusqu'au moment favorable. Tout ce qu'il dit dans un premier temps n'est qu'un moyen de faire avancer son fils sur le chemin – mais un moyen très astucieux et absolument nécessaire pour qu'il arrive à accepter la vérité.

Aucun maître du Mahāyāna n'aurait donc qualifié l'enseignement du Hīnayāna de faux ou de mauvais. Dire cela aurait été se couper de la tradition bouddhique, et des termes comme « incomplet » ou « provisoire » leur ont été préférés. En effet, tout enseignement qui fait avancer le fidèle vers la vérité suprême doit être respecté. Les mahayanistes pensaient seulement (et pensent encore) que l'heure était venue de prêcher cette vérité qui avait été cachée pendant des siècles, car l'homme était enfin en mesure de la recevoir. Les *sūtras* du Hīnayāna sont donc inclus dans les canons établis par le Mahāyāna, et cela exprime bien la continuité qu'on veut y voir entre les doctrines de la tradition ancienne et les nouvelles doctrines mahayaniques.

LE PROBLÈME DE L'AUTHENTICITÉ DES TEXTES MAHAYANIQUES

Il est évident que la validité de la position mahayanique est étroitement liée au problème de l'authenticité des *sūtras* qui contiennent cette vérité suprême. Car si ces *sūtras* ne sont que fabrication pure, faite plusieurs siècles après la mort du Bouddha, le Mahāyāna se trouve apparemment sans moyen de démontrer que ses doctrines remontent véritablement jusqu'à Śākyamuni. En fait, cette authenticité n'a pas été sérieusement mise en doute par les érudits du Mahāyāna avant la fin du XIXe siècle. C'est à cette époque que, ayant découvert les méthodes de recherche utilisées dans le domaine des études bouddhiques en Occident, le milieu mahayanique a été plongé dans une période d'intense réflexion. Nombre de chercheurs occidentaux en effet, s'appuyant sur des études philologiques quasi inconnues en Extrême-Orient, ne reconnaissaient comme authentiques que les *sūtras* du canon ancien.

L'expérience de beaucoup de bouddhistes, face à cette mise en question de leurs écritures saintes, a été très semblable à celle des chrétiens occidentaux lorsqu'ils ont appris que les paroles de l'Évangile n'étaient peut-être pas les *ipsissima verba* du Christ. Pour les bouddhistes aussi, le fait de se rendre compte que les doctrines enseignées dans les *sūtras* du Mahāyāna n'avaient jamais été énoncées comme telles par le Bouddha lui-même a été un choc profond.

Trois réponses au problème

Face à cette crise, il y a eu trois réactions dans le milieu bouddhique. La première a été la condamnation de ces nouvelles idées par ceux qui ne pouvaient tout simplement pas assimiler ce qui leur semblait mettre en question la base même de leur foi. Ils se sont retranchés derrière des légendes du type de celle qui raconte comment les *sūtras* du Mahāyāna avaient été confiés, du temps du Bouddha lui-même, à des *nāgas* (espèces de dragons aquatiques, gardiens des trésors souterrains ou sous-marins) qui les avaient gardés cachés jusqu'à l'époque du grand maître Nāgārjuna (IIe siècle de notre ère)[1]. Ce dernier aurait retrouvé ces *sūtras* dans les palais sous-marins des *nāgas* et les aurait mémorisés afin de pouvoir enfin présenter à l'homme la pleine vérité enseignée par le Bouddha. D'autres faisaient appel à de très anciennes lignées de patriarches, les faisant remonter jusqu'au Bouddha lui-même. Le tout était destiné à réaffirmer que les paroles des écritures bouddhiques venaient véritablement du Bouddha. C'était donc une réponse un peu primitive mais qui ne nous est pas inconnue au sein de notre tradition chrétienne.

La deuxième réaction a été de se mettre à une étude sérieuse de la formation du canon mahayanique pour vérifier si la critique très catégorique des Occidentaux était bien fondée. Or, nous avons déjà vu que l'ancien canon du Hīnayāna avait été établi peu à peu au long des quatre siècles qui avaient suivi la mort du Bouddha, et qu'il n'avait été écrit que vers le Ier siècle de notre ère. Selon les études faites par des mahayanistes dont le sérieux scientifique ne peut être mis en doute, les principaux *sūtras* de leur tradition semblent avoir été mis par écrit très peu de temps après. La question qu'ils ont donc posée à ceux qui mettaient en doute l'authenticité de ces textes est la suivante : n'est-il pas possible – et même probable – que ces *sūtras,* eux aussi, ne représentent que le stade final d'une tradition orale qui remonte également jusqu'au temps du Bouddha ou peu après ? N'est-il pas possible que le Bouddha qui, même selon les textes les plus anciens du canon hinayanique, avait hésité à divulguer la vérité aux hommes, l'ait partagée dans sa totalité avec un petit groupe de disciples qui, eux, l'ont transmise aux autres générations jusqu'à l'époque où l'homme s'est enfin montré prêt à l'entendre tout entière ? Devant de telles questions, il est difficile d'en rester à un rejet catégorique des *sūtras* mahayaniques.

Mais qu'il soit possible d'établir l'authenticité, ou du

1. Les dates exactes de sa vie ne sont pas connues, mais nous savons qu'il vécut durant la deuxième moitié du IIe siècle et la première moitié du IIIe. Lui-même était converti du bouddhisme du Hīnayāna et il devint l'un des vrais grands penseurs du Mahāyāna. Il fut estimé au point d'être considéré comme le fondateur de huit écoles bouddhiques.

moins l'ancienneté, des textes du Grand Véhicule ne pouvait satisfaire complètement ceux qui voulaient découvrir la vraie relation entre le bouddhisme du Hīnayāna et celui du Mahāyāna. Ils ont donc accepté, comme principe de base – et nous en arrivons à la troisième réaction –, que les paroles du Bouddha qui se trouvaient dans leurs *sūtras* n'étaient pas authentiques. Mais au lieu d'abandonner ces textes, ils ont analysé méticuleusement le développement intellectuel du bouddhisme depuis son commencement et ont abouti à la position suivante : bien que le bouddhisme du Grand Véhicule ne soit pas l'enseignement direct du Bouddha historique, il représente néanmoins un développement nécessaire de la pensée du Bouddha. En d'autres termes, le bouddhisme du Mahāyāna se trouvait déjà à l'état embryonnaire dans le bouddhisme originel et devait suivre son processus naturel de croissance.

Cette position rétablit effectivement la crédibilité du Mahāyāna en dépassant totalement le problème de l'authenticité des *sūtras* mahayaniques. En effet, la valeur de ces textes ne tient plus au fait de savoir s'ils contiennent ou non une vérité parfaite révélée directement par le Bouddha à un petit nombre et cachée à la multitude pendant des siècles, mais plutôt au fait que ces *sūtras* présentent aux fidèles la plénitude d'une doctrine mûrie à travers le temps et devenue ainsi beaucoup plus riche et nuancée. Dans la pratique, on peut cependant constater que cette deuxième analyse ne diffère guère de la première. En effet, qu'il soit considéré comme une vérité suprême révélée par le Bouddha ou comme une doctrine arrivée à sa plénitude, l'enseignement du Mahāyāna est toujours perçu comme supérieur à celui du Hīnayāna et exige donc une conversion de la part de ceux qui veulent entrer dans la voie véritable.

L'ÉVOLUTION DE LA DOCTRINE BOUDDHIQUE

Il est impossible, dans une introduction au bouddhisme, de montrer en détail tous les liens qui existent entre les doctrines du Mahāyāna et celles du bouddhisme primitif. En donner quelques exemples pourtant, aidera le lecteur à mieux saisir comment et pourquoi les adhérents du Mahāyāna peuvent se dire authentiquement bouddhistes. Il se familiarisera en même temps avec le processus de l'évolution doctrinale au sein de la tradition bouddhique. Nous allons donc reprendre les quatre points que le lecteur connaît déjà bien, à savoir : 1) la nouvelle appréciation de la nature du Bouddha lui-même ; 2) la nature de son Éveil ; 3) l'accent mis sur la voie du bodhisattva ; 4) la participation de tout homme à la « nature de bouddha ».

La nature du Bouddha

Au chapitre précédent, la théorie des trois « corps » du Bouddha, qui constitue la pièce maîtresse de la bouddhologie du Mahāyāna, a déjà été introduite. Rappelons rapidement qu'il y a tout d'abord le corps d'essence du Bouddha *(dharma-kāya)*, essence même de la bouddhéité, absolu ineffable. Ensuite il y a le corps de métamorphose *(nirmāṇa-kāya)*, manifestation pour l'homme du *dharma-kāya*. Le troisième corps est le corps de rétribution *(saṃbhoga-kāya)*, corps « glorifié » ou « lumineux » dans lequel celui qui suit la voie avec ardeur peut reconnaître les diverses marques extraordinaires qui témoignent de tout le mérite qu'avait amassé le Bouddha tout au long de sa carrière spirituelle.

Il y a là une rupture certaine avec l'image du Bouddha que présentait l'ancienne tradition. C'est pourquoi d'ailleurs cette bouddhologie du triple corps du Bouddha n'a jamais été reconnue au sein de la pensée hinayanique ; et pourtant les mahayanistes eux-mêmes considèrent que la théorie des trois corps est certes une évolution de la doctrine originelle, mais une évolution tout à fait logique. Afin de mieux comprendre encore la dynamique de la pensée mahayanique, nous allons essayer maintenant de nous placer dans l'optique des maîtres de ce nouveau mouvement et revenir avec eux aux origines de la pensée bouddhique pour y chercher les bases sur lesquelles ils ont pu construire leur théorie[2].

En analysant ce qui s'est passé juste après la mort du

2. Pour les détails concernant cette évolution doctrinale, *cf. Hōbōgirin*, p. 175 *sq.*

Bouddha, nous trouverons les premiers indices qui pourront nous aider à comprendre cette évolution. Dès cette époque-là, et donc extrêmement tôt dans l'histoire du bouddhisme, se fait jour la tendance à substituer à la personne du fondateur du bouddhisme, la loi, ou *dharma,* qu'il avait laissée pour toute l'humanité. Et le mot qui désigne l'ensemble des enseignements du Bouddha est précisément celui de *dharma-kāya* – le corps de la loi. C'est le même mot qui dans le Mahāyāna allait prendre un sens beaucoup plus profond et signifier le corps d'essence du Bouddha. Dès le début il existait donc une distinction claire entre le corps physique, et donc impermanent, du Bouddha historique – corps qui a disparu au moment où le Maître est entré dans l'état du *nirvāṇa* parfait – et le corps de la loi, du *dharma.* Ce corps de la loi, dans un premier temps, désignait donc, nous l'avons déjà dit, l'ensemble de l'enseignement laissé par le Bouddha. Mais, en tant qu'expression de la vérité ultime, il échappait aux trois marques qui caractérisent toute existence dans le monde du *saṃsāra,* à savoir la souffrance, l'impermanence, et l'insubstantialité. On pourrait dire, en d'autres termes, que ce mot de *dharma-kāya,* dans la tradition la plus ancienne, exprimait déjà une certaine nuance transcendante.

Pendant la période du bouddhisme primitif, il semble que cette position ne se soit pas beaucoup développée. Et pourtant, le besoin spirituel de transcendance qui avait donné naissance à cette première distinction entre le corps physique du Bouddha et le corps de la loi, a continué à exercer son influence sur la communauté bouddhique. Plus tard, avec le commencement du bouddhisme des sectes, une véritable évolution de la pensée s'est produite en ce qui concerne la nature du Bouddha, sans pourtant qu'il s'agisse d'une coupure nette avec l'ancienne tradition. Pour simplifier, disons que, dans les écoles les plus libérales formées après le concile de Pātaliputra, s'est développée l'idée suivante : si l'ensemble des enseignements du Bouddha, c'est-à-dire le corps de la loi *(dharma-kāya),* transcende véritablement les limites du *saṃsāra,* n'est-il pas logique que celui qui a découvert cette vérité et qui l'a façonnée de manière qu'elle soit accessible à l'homme soit aussi, dans une certaine mesure, transcendant ou – pour utiliser les termes de ces écoles – surhumain, ou supra-mondain ?

La réponse donnée a été positive. Quelques écoles ont professé que tout dans la personne du Bouddha était surnaturel, d'où la tendance dans certains *sūtras* à multiplier les récits de miracles. D'autres ont fait une distinction entre deux corps du Bouddha, l'un humain et l'autre surnaturel ; or, dans l'état de *nirvāṇa* parfait, seul le corps humain, et donc les éléments conditionnés du Bouddha, ont disparu. Les éléments sublimes du corps surhumain, qui s'étaient manifestés temporairement dans le Śākyamuni de ce monde, persistent, eux, en dehors des contingences de la personnalité humaine. On approche ainsi peu à peu de la position mahayanique, et on voit que tout repose sur une profonde réflexion à propos de la nature du Bouddha Śākyamuni.

Avançons maintenant un peu dans notre analyse et examinons une autre position ancienne qui a beaucoup renforcé cette tendance à mettre en avant les aspects surnaturels du Bouddha. Selon les *sūtras* les plus anciens, Śākyamuni, dont l'Éveil s'est réalisé en notre monde dans un contexte historiquement vérifiable, avait commencé sa recherche spirituelle d'innombrables *kalpas* auparavant quand, devant le Bouddha Dīpaṃkara, il avait annoncé sa détermination de devenir un bouddha. Śākyamuni n'était donc qu'un bouddha parmi toute une série dont le nombre varie selon les *sūtras*. L'authenticité et l'ancienneté de cette idée de l'existence successive de plusieurs bouddhas sont incontestables. On peut noter par exemple que l'empereur Aśoka avait, selon son propre témoignage, réparé un *stupa* (monument construit ou pour contenir des reliques ou pour commémorer un événement important) consacré à Koṇāgamana, l'avant-dernier des bouddhas qui avaient précédé Śākyamuni, et que ce *stupa* se trouve à peu de distance de Kapilavastu. Le même Aśoka dit aussi que le bouddha Kāśyapa, prédécesseur immédiat de Śākyamuni, est intimement associé à la ville de Kasi, c'est-à-dire Bénarès.

Il n'est pas nécessaire de retenir tous ces noms mais il est essentiel de garder à l'esprit ce que les mahayanistes ont bien remarqué, c'est-à-dire que tous ces bouddhas avaient fait l'expérience du même Éveil que Śākyamuni, et qu'ils étaient tous, comme lui, consacrés à une vie de prédication afin de sauver tous les êtres vivants de ce monde. En réfléchissant à cette vérité reconnue par tous, les maîtres mahayanistes ont avancé l'idée que la présence de chacun de ces bouddhas ne pouvait être que la manifestation pour l'homme de l'essence de la bouddhéité – ce qui correspond au corps d'essence – le *dharma-kāya* de la théorie mahayanique des trois corps. On peut être d'accord ou non avec ce raisonnement, mais il est difficile de considérer les doctrines mahayaniques concernant la nature du Bouddha comme de pures fabrications de l'imagination. Il est clair en effet que c'est véritablement à partir de la doctrine du Hīnayāna que la bouddhologie du Mahāyāna s'est développée, même si, vue de l'extérieur ou de manière isolée, elle semble très différente.

L'Éveil du Bouddha

Le deuxième point que nous allons reprendre afin de mieux voir comment le Mahāyāna se situe par rapport aux anciennes doctrines, concerne la conception que l'on se fait de l'Éveil du Bouddha, et donc de celui auquel chaque homme est appelé. Pour commencer, il faut revoir quelques notions déjà traitées dans les chapitres sur les quatre nobles vérités et le chemin octuple. À plusieurs reprises, il a été indiqué que l'Éveil, à l'époque du bouddhisme primitif, était la réalisation profonde des vérités fondamentales de l'impermanence de toute chose, de l'universalité de la souffrance et de la non-substantialité de toute forme d'existence (doctrine de l'*anātman*). En d'autres termes, celui qui est éveillé comprend non seulement intellectuellement, mais avec tout son être, que toute réalité composée d'agrégats, lui-même y compris, est vide. Et avec la parfaite compréhension de cette vérité, l'homme atteint l'état du *nirvāṇa*. Il ne lui reste qu'à attendre le moment où les divers éléments constitutifs de son existence se disperseront définitivement, c'est-à-dire la dernière mort dans le cycle des naissances et des morts dont il était auparavant prisonnier. Le mot sanscrit pour ce vide ou cette vacuité est *śūnya*, et le fait d'« être vide » est appelé le *śūnyatā*. La prise de conscience de cette vacuité du soi est le résultat de l'acquisition graduelle, et jusqu'à la perfection, de la vertu de sagesse *(prajñā)* atteinte par une fidélité sans faille aux pratiques de la voie de l'*arhat*, ou du noble chemin octuple. L'Éveil était donc à taille humaine, si l'on peut dire, dans le sens qu'il était à la portée de quiconque était capable de suivre la voie de l'*arhat*.

Dans le Mahāyāna, la conception de l'Éveil est beaucoup plus vaste, mais les deux mêmes termes de *śūnyatā* et *prajñā* sont souvent utilisés pour en parler. Toutefois le sens de ces deux mots a considérablement évolué.

La première chose à constater en ce qui concerne le sens du terme *śūnyatā* est que, dans le Mahāyāna aussi, toute réalité composée est considérée comme vide ou non substantielle. Mais les mahayanistes ne s'arrêtent pas là dans leur analyse. Ils poussent leur réflexion plus loin, jusqu'à dire que même les éléments, les composants eux-mêmes des phénomènes passagers sont vides. Il y a donc un glissement important qui mène de l'affirmation de la vacuité du soi à celle de la vacuité de toutes choses et de tous les éléments qui les composent. S'appuyant sur cette position, les maîtres du Mahāyāna ont tous fait d'immenses efforts pour sonder les profondeurs du mystère de cette vacuité dans laquelle se résout toute réalité composée et individualisée. Ils ont abouti à l'idée que la vacuité était la seule vraie réalité et que cette réalité était au-delà de toute dualité. La vacuité est, en quelque sorte, dans le Mahāyāna, l'essence même de tout, ce tout restant toujours *un* malgré des apparences illusoires de multiplicité. Cela veut dire que toute chose est identique à cette réalité que l'homme ne peut jamais décrire. C'est la vacuité, mais c'est aussi le tout. Ou encore, c'est le corps d'essence du Bouddha (nous y reviendrons). Et ne pas avoir pleine conscience de ce qu'il est au fond de lui-même est, pour l'homme, l'ignorance la source de tout malheur. Et cette ignorance se manifeste dans le fait de regarder les choses exclusivement sous l'aspect de leur multiplicité, dans l'attachement au soi, aux désirs, etc. Cette ignorance, selon les mahayanistes, préside même à l'effort fait par ceux qui suivent la voie de *l'arhat* pour obtenir un Éveil qui ne rend pas compte de la vraie nature de toute chose.

Cependant le fait de cultiver la vertu de sagesse *(prajñā)* aide l'homme à dissiper l'ignorance foncière qui l'emprisonne. Il ne s'agit plus de la sagesse qui avait été si estimée dans le bouddhisme primitif mais de celle qui ouvre sur la vérité suprême et fait passer celui qui la cultive au-delà des apparences dualistes jusqu'à l'Éveil suprême, celui du Bouddha, qui sera aussi un jour celui de tout être vivant. Étant donné l'importance de cette sagesse, il n'est pas étonnant que le Mahāyāna soit parfois appelé « la nouvelle école de sagesse ». Cette appellation montre à la fois la nouveauté du Mahāyāna et le fait que la position mahayanique s'est développée à partir du fonds doctrinal du bouddhisme primitif.

La voie du bodhisattva

En ce qui concerne les deux derniers points de l'évolution de la doctrine bouddhique – c'est-à-dire l'importance primordiale donnée à la voie du bodhisattva et la notion que tout homme participe à la « nature de bouddha » –, point n'est besoin d'ajouter grand-chose à ce qui vient d'être vu. En effet, cette évolution est étroitement liée à tout ce qui vient d'être dit sur la notion de l'Éveil dans le Mahāyāna. Il suffira donc de préciser que ceux qui ont établi l'Éveil suprême comme but de la recherche spirituelle de l'homme ont aussi pris conscience que la seule voie qui puisse les y acheminer était celle du bodhisattva. C'était bien la voie que le Bouddha lui-même avait suivie. Cette voie présentée aux hommes par le Mahāyāna était donc aussi ancienne que le bouddhisme lui-même, et en cela réside la continuité réelle avec l'ancienne tradition. L'innovation du Mahāyāna a été d'ouvrir à tout le monde cette voie qui, dans le passé, avait été réservée à de très rares individus comme Śākyamuni et ses prédécesseurs.

L'accès universel à la bouddhéité

Pour les hinayanistes, effectivement, seuls en pratique les êtres très doués spirituellement sont capables de pénétrer le sens des quatre nobles vérités et d'échapper ainsi définitivement au *saṃsāra*. Pour les mahayanistes, tout homme sans exception, en théorie et en pratique, peut et va inévitablement atteindre l'Éveil suprême. Qu'il soit moine ou laïc, et il y a là quelque chose de neuf, chaque homme peut réaliser sa vraie nature, la « nature de bouddha ».

La logique sous-jacente à cette position fondamentale du Mahāyāna est très simple et nous avons déjà tous les éléments nécessaires pour la saisir. Elle peut être résumée comme suit :

Premièrement, derrière les innombrables bouddhas qui peuplent les univers eux aussi innombrables, il y a une seule réalité absolue et transcendante – le corps d'essence du bouddha *(dharma-kāya)* – qui est absolument UN.

Deuxièmement, les choses composées et tous leurs éléments sont illusoires dans le sens qu'ils n'ont aucune existence indépendante, aucune existence propre. Ils sont, de par leur nature même, vides. Derrière la multiplicité apparente des phénomènes, il n'y a donc comme réalité véritable que la vacuité, qui est en dehors de toute dualité. Cette réalité aussi ne peut qu'être UNE. Voir cette vérité, c'est voir les choses comme elles sont.

Troisièmement, cette vacuité ne peut être qu'identique au corps d'essence du Bouddha : il est impossible en effet de concevoir deux réalités ultimes puisque la vérité est l'unité de toutes choses. En d'autres termes, la véritable nature de toute chose, et donc de tout homme, est le *dharma-kāya*. Et cette nature est telle qu'elle ne peut rester pour toujours obscurcie par l'ignorance qui caractérise la pensée dualisante. De par son essence, elle doit se manifester tôt ou tard. Voilà en un mot pourquoi tout homme peut arriver et arrivera à l'Éveil suprême du Mahāyāna.

Ceux qui se lancent sur la voie de *l'arhat* le font dans l'espérance de transcender leur condition humaine (impermanente, sans substantialité et douloureuse) en cheminant vers le *nirvāṇa,* état complètement hors de tout ce qui peut être expérimenté dans ce monde du *saṃsāra.* Dans le Mahāyāna, les choses se passent différemment. L'homme se lance sur la voie du bodhisattva, l'être qui vise à l'Éveil suprême. Il ne transcende pas sa condition humaine, il en pénètre la véritable nature. Il prend conscience de ce qu'il est, de ce qu'il a toujours été et de ce qu'il sera toujours de par sa participation au corps d'essence du Bouddha. Il ne lui est donc plus nécessaire de sortir du monde du *saṃsāra* pour devenir Bouddha. Il réalise sa bouddhéité innée, dans cette vie même.

Tout ce que nous avons vu jusqu'ici sur la nature du Bouddha, la qualité de son Éveil, la voie du bodhisattva et l'accès universel à la bouddhéité montre comment les doctrines du Mahāyāna, dans leur nouveauté même, demeurent indissociables du fonds ancien du bouddhisme. Il nous reste maintenant à voir comment cette nouvelle tradition, en s'adaptant à divers milieux religieux et culturels tout au long de son histoire, s'est divisée elle-même en plusieurs courants qui vivent encore de nos jours.

IX

LES MULTIPLES FORMES DU BOUDDHISME EN EXTRÊME-ORIENT

Quiconque fait une étude approfondie de l'histoire du bouddhisme se rend compte très tôt de la multiplicité des écoles auxquelles cette tradition a donné naissance à travers les siècles. En lisant le chapitre VI sur la maturation et l'expansion du bouddhisme, le lecteur a découvert la division qui s'est produite entre des écoles « libérales » et d'autres plus « traditionalistes » lesquelles, étant très attachées à l'ancienne interprétation de la voie de *l'arhat,* refusaient tout compromis qui aurait pu la transformer. Cette diversité au sein du bouddhisme du Hīnayāna s'est manifestée dans le monde toujours grandissant du bouddhisme pendant les siècles qui ont suivi la disparition du Maître. Mais la seule école qui ait pu résister aux ravages du temps a été le *Theravāda* (celle des « anciens »), et c'est elle qui domine aujourd'hui dans les pays du Sud-Est asiatique. Le résultat en est une grande unité dans ces pays, au niveau de la pratique et de la doctrine. Cela, bien sûr, n'exclut nullement les différences culturelles, politiques et autres, qui donnent à chacune de ces communautés bouddhistes une spécificité que le lecteur pourra découvrir en se référant aux livres indiqués dans la note 17 du sixième chapitre (p. 149).

Aux chapitres VII et VIII, nous avons vu comment s'était produite la déchirure, apparemment irréparable, entre le bouddhisme du Hīnayāna et celui du Mahāyāna ; c'est d'ailleurs une division qui persiste aujourd'hui. Mais de la même façon que le bouddhisme du Hīnayāna s'est éparpillé en diverses écoles, celui du Mahāyāna, au fur et à mesure qu'il se développait en Inde et se répandait à travers la Chine, la Corée, le Japon et le Tibet, a pris diverses formes qui pourraient faire oublier qu'elles s'inspirent toutes des principes de base communs que nous avons vus dans les chapitres précédents. À la différence du bouddhisme du Hīnayāna dont seule l'école du *Theravāda* est toujours vivante, la plupart de ces multiples écoles mahayaniques sont encore bien présentes et continuent d'offrir aux hommes plusieurs voies qui leur permettent de « devenir » Bouddha en réalisant leur « nature de Bouddha ». Pour mener à son terme ce « premier regard sur le bouddhisme », il sera donc bon de donner au lecteur quelques indications qui pourront l'aider à saisir pourquoi et comment le Mahāyāna a pu engendrer une telle diversité. En effet, il va probablement rencontrer ces formes de bouddhisme de plus en plus souvent au cours de ses lectures, de ses voyages, ou ici même en France.

LES GRANDES TENDANCES DU MAHĀYĀNA

Tout d'abord il est clair qu'il serait impossible de présenter au lecteur une histoire du développement du bouddhisme du Mahāyāna dans chacun des pays où il a été introduit. Une telle approche en effet, qui serait idéale, exigerait un volume consacré à chacun des pays en question. Nous nous trouvons ainsi face aux mêmes limites qui nous ont obligé à abréger notre étude de l'expansion du bouddhisme dans les pays du Sud-Est asiatique (chapitre VI). Nous allons donc mettre l'accent sur les tendances essentielles du Mahāyāna, dont l'une ou l'autre (ou plusieurs à la fois) ont pu le mieux combler les aspirations spirituelles d'un peuple particulier. Nous allons essayer de voir en quoi ces tendances diffèrent, et aussi en quoi elles se ressemblent. Le tout doit permettre au lecteur de mieux se repérer dans le monde du bouddhisme et de mieux profiter de ses lectures sur l'évolution qui s'est faite dans l'un ou l'autre pays qui l'intéresserait plus spécialement.

Les trois tendances que nous allons examiner tour à tour, mais qui ne peuvent être complètement isolées les unes des autres, sont les suivantes : 1) la tendance « sapientielle », 2) le bouddhisme de la foi, et 3) la tendance tantrique. Il se peut qu'en lisant les explications qui suivent, le lecteur ne voie plus où se trouve l'unité dans ces approches apparemment si variées. Qu'il garde à l'esprit que les écoles qui incarnent ces tendances ne font qu'offrir à l'homme des moyens différents d'arriver à un but commun. Chacune d'elles, consciente de l'urgence d'annoncer le message central du Bouddha concernant la véritable nature de l'homme, présente une méthode estimée par ses fondateurs comme plus efficace que les autres pour aider l'homme à prendre conscience de la vérité et cela aussi tôt que possible[1]. Autrement dit, chaque école met en lumière l'une ou l'autre implication que la doctrine de base du Mahāyāna peut avoir pour l'homme dans sa quête spirituelle. Mais tout cela deviendra plus clair au fur et à mesure que nous avancerons dans cette étude.

LA TENDANCE « SAPIENTIELLE »

La tendance « sapientielle », qui est née en même temps que le mouvement mahayanique, met en vedette, pour ainsi dire, la méditation sur la vacuité de toutes choses. Il s'agit d'une méditation qui doit mener à l'acquisition de la sagesse la plus haute. Pour les maîtres de cette tendance, seule l'analyse de cette vacuité peut permettre à l'homme de saisir les choses dans leur vérité absolue, à la profondeur de conscience où s'évanouissent les distinctions causées par notre habituelle manière de penser, toujours dualisante, qui ne nous laisse percevoir que la vérité que l'on qualifie de conventionnelle, de provisoire ou encore de « vulgaire ». À travers cette analyse, l'homme arrive peu à peu à saisir que

1. Edward Conze, *Le Bouddhisme dons son essence et son développement*, p. 17.

la vacuité, à laquelle toute chose, et donc tout homme, participe, ne fait qu'un avec la nature de bouddha. Et cette conscience constitue l'Éveil suprême qui libère l'homme de toute illusion. Percevant l'unité absolue de la réalité, il comprend que règne l'in-différence et peut reconnaître que la distinction entre les choses comme entre les individus n'est que très relative. L'autre, celui qui souffre dans ce monde éphémère, n'est pas différent de soi-même, ni du Bouddha.

Parmi les écritures saintes du bouddhisme, les *sūtras* qui donnent toute sa dimension à cette tendance « sapientielle » sont les plus longs[2]. Cela peut sembler assez paradoxal dans la mesure où ces *sūtras* « parlent » de ce dont on ne peut en principe rien dire, à savoir la vacuité, la réalité absolue qui, de par sa nature même, échappe à toute description discursive. Pourquoi donc tant de paroles si elles risquent de tomber dans la futilité ? Pour la simple raison que le caractère ineffable de cette réalité permet seulement de la suggérer. Dans ces *sūtras,* on enchaîne donc des listes sans fin de ce que la vacuité n'est pas. Et c'est en lisant ces textes et en les méditant qu'on peut arriver peu à peu à sentir ce qu'elle peut être – sans jamais pouvoir le dire véritablement.

Les deux grandes écoles mahayaniques indiennes nées de cette tendance sont celles du *Madhyamaka* (Voie du Milieu) fondée au IIIe siècle de notre ère par Nāgārjuna, et du *Vijñānavāda*[3], l'école de « rien que conscience », fondée un peu plus tard par Asaṅga[4].

---

2. Un des grands ouvrages de cette littérature est accessible en français. Il s'agit du *Traité de la Grande Vertu de Sagesse (Mahāprajñāpāramitāśāstra)* de Nāgārjuna traduit par Étienne Lamotte. (T. I et II, Louvain, Bibliothèque du Muséon, vol. XVIII, 1944, 1949. T. III, IV et V, Publ. de l'Institut orientaliste de Louvain, 1970, 1976, 1980.)

3. Cette école est aussi appelée le Yogācāra.

4. Asaṅga, qui vécut pendant le IVe siècle, appartenait à l'une des écoles du Hīnayāna dans sa jeunesse. Sous l'influence du maître Maîtreya, il s'est converti au Mahāyāna et a commencé à enseigner les doctrines du *Yogācāra.* Son frère, Vasubandhu, fut lui aussi l'un des grands maîtres de l'époque.

Le Madhyamaka *(voie du Milieu)*

Dans ces derniers chapitres, la vacuité a été exprimée en termes de réalité absolue, au-delà de toute dualité. Or, en Occident, nous avons tendance à la classer alors comme une sorte de monisme métaphysique. Il semble que cela ait aussi été un danger au temps de Nāgārjuna car il a toujours maintenu fermement que la vérité suprême était aussi au-delà de toute idée moniste. La Voie du Milieu est une dialectique très rigoureuse niant la validité de toute négation comme de toute affirmation posée sur la nature de la vacuité. Conze décrit très bien cette attitude de Nāgārjuna quand il dit :

« La vacuité est la non-différence entre oui et non ; la vérité nous échappe quand nous disons "c'est" et quand nous disons "ce n'est pas" – mais elle se tient quelque part entre les deux. L'homme qui "vit dans la vacuité" n'a d'attitude, soit positive soit négative, vis-à-vis de rien. La doctrine de Nāgārjuna n'est pas un principe unitaire métaphysique, elle définit une attitude pratique de non-affirmation qui seule peut assurer une paix durable. Rien n'est plus étranger à la mentalité du sage que de combattre ou de disputer pour ou contre quelque chose[5]. »

La doctrine de la vacuité n'était donc pas la base d'une théorie que Nāgārjuna aurait soutenue contre d'autres. C'était plutôt un moyen de se débarrasser de toute théorie. L'attachement même à la vacuité en tant que théorie était dans cette perspective aussi méprisable, sinon plus, que l'attachement à n'importe quelle vue fausse. La rigueur de l'application de cette dialectique à toute pensée sur la vacuité reflète bien ce qu'on trouve dans l'une des grandes collections de *sūtras* du Mahāyāna – le *Ratnakūṭasūtra (Sūtra de l'Amas de Joyaux)*. Là, s'adressant à l'un de ses grands disciples, le Bouddha dit :

« Ô Kashyapa, ceux qui s'emparent de la vacuité prennent refuge dans la vacuité, ceux-là, je les déclare perdus, pervertis. Certes, Kashyapa, mieux vaut une vue de la personna-

5. Edward Conze, p. 156.

lité aussi haute que le mont Sumeru qu'une vue de la vacuité chez celui qui s'attache au non-être. Pour quelle raison ? C'est que la vacuité sert à échapper à tous les points de vue ; par contre celui qui a pour point de vue cette vacuité, je le déclare inguérissable[6]. »

Ces quelques lignes donneront au lecteur une idée de la direction qu'allaient suivre les grands maîtres de cette « Voie du Milieu » tout au long des siècles qui ont suivi son instauration par Nāgārjuna.

Le Vijñānavāda *(L'école de « rien que conscience »)*

À l'opposé de l'école de Nāgārjuna, il y avait celle d'Asaṅga – le *Vijñānavāda* ou école de « rien que conscience ». Cette école jugeait la dialectique de Nāgārjuna purement négative. Pour les adhérents du *Vijñānavāda,* la réalité suprême n'était rien d'autre que pure conscience, d'où le nom de l'école. Cette pure conscience était au-delà de toute dualité, comme l'était la vacuité pour Nāgārjuna. Mais au lieu de se soumettre à l'utilisation méthodique de la dialectique afin d'éviter toute idée fausse sur la véritable nature de la réalité, les maîtres de cette école ont insisté sur la nécessité de la discipline du yoga, qui pouvait aider l'homme à dissiper progressivement toute illusion et à saisir qu'il ne faisait qu'un avec la conscience pure. Et quelle était l'illusion qu'il fallait dissiper ? C'était simplement toute distinction faite par la conscience non encore purifiée, entre sujet et objet. La multiplicité que l'on perçoit peut être comparée aux vagues qui existent à la surface du vaste Océan. Or, la conscience qui ne voit que ces vagues ignore la vérité de l'Océan un. Ce n'est qu'en descendant dans les profondeurs de l'Océan, là où le calme est absolu, que l'on devient conscient de cette unité – que l'on réalise à quel point la multiplicité des vagues est relative. Ainsi l'homme, en « descendant » au plus profond de lui-même, dissipe-t-il l'illusion de la multiplicité qui semble caractériser notre

6. *Cf. Le Bouddhisme,* textes traduits et présentés sous la direction de Lilian Silburn, Paris, Fayard, 1977, p. 184.

monde du *saṃsāra*, pour se retrouver, au cœur de la conscience pure, là où toute notion de dualité perd son sens. On voit que l'idéalisme d'Asaṅga se présentait sous un jour plus positif que le relativisme de Nāgārjuna. Et pourtant tous les deux visent à la dissipation de la pensée dualisante illusoire qui cache à l'homme sa véritable nature.

La tradition zen

Pour conclure cette présentation trop brève de la tendance « sapientielle » il serait bon, car cette tradition y est directement liée, de parler du *zen*. Dans cette école, c'est l'expérience intuitive et directe de la vérité ultime qui constitue l'Éveil ou le *satori*, et les écritures saintes ne jouent qu'un rôle secondaire puisque la vérité ne peut être communiquée par la parole. Il faut donc simplement s'asseoir dans la position dite de *zazen*, ou « méditation assise ». Notons pourtant qu'utiliser le mot « méditation » peut être quelque peu trompeur dans le sens où il n'y a pas, et où il ne peut pas y avoir, d'objet de méditation. En effet, dans un système de pensée non dualiste il serait contradictoire de parler d'un sujet qui médite sur un objet. Mais en s'asseyant et en écartant toute pensée dualisante, l'on peut faire l'expérience profonde de sa propre bouddhéité.

Dans la tradition *zen* prévaut donc le silence, mais il existe aussi des méthodes de choc que peuvent utiliser certains maîtres afin de libérer leurs disciples d'une pensée discursive qui les bloque dans le monde de l'illusion. Il y a aussi des *kōan*[7], c'est-à-dire une sorte d'énigme dont la solution échappe totalement à l'intellect de l'homme, comme la question : « Qui étais-tu avant ta naissance ? » C'est en se concentrant sur ces *kōan* que la manière ordinaire de penser est cassée et qu'on peut faire l'expérience directe de la vérité suprême. Trouver des livres sur le *zen* ne posera aucun problème au lecteur. C'est pourquoi dans ce « premier regard sur le bouddhisme », nous ne ferons qu'indiquer où cette tra-

7. Pour une étude sur le *kōan*, *cf.* Toshihiko Izutsu, *Le Kōan zen*, Paris, Fayard, 1978.

dition se situe dans le développement de la tradition mahayanique.

LE BOUDDHISME DE LA FOI

Avant de parler explicitement du bouddhisme de la foi il sera utile, voire indispensable, de mieux saisir ce qu'est l'idéal du bodhisattva car il est étroitement lié au développement de ce bouddhisme-là. Dès lors, en l'analysant, on pourra voir comment cette tendance nouvelle qui, vue de l'extérieur, peut sembler en rupture complète avec la tradition bouddhique, y est en fait profondément enracinée.

L'idéal du bodhisattva

On ne peut pas sous-estimer l'importance qu'a toujours eue l'idéal du bodhisattva au sein de la tradition mahayanique. C'est lui qui a unifié les diverses écoles de ce nouveau mouvement, de la même manière que celui de *l'arhat* avait unifié les écoles du Hīnayāna. Nous avons déjà vu à plusieurs reprises comment Sumedha (celui qui allait devenir le Bouddha historique, Śākyamuni) s'était lancé sur la voie du bodhisattva après avoir entendu la prophétie du Bouddha Dīpaṃkara qui, il y a plusieurs périodes cosmiques, avait reconnu en lui son successeur. Ce qui n'a pas encore été dit à propos de cette histoire, et qui est absolument nécessaire pour arriver à une compréhension et de la profondeur de l'idéal du bodhisattva et du sens du bouddhisme de la foi, c'est que Sumedha a dû prononcer quatre vœux au moment où il a pris la décision de devenir un Bouddha. Ces vœux sont les suivants :

Celui de sauver tous les êtres vivants aussi nombreux soient-ils.

Celui d'arracher toutes les passions mauvaises aussi innombrables soient-elles.

Celui de connaître tous les enseignements du Bouddha aussi inépuisables soient-ils.

Celui d'atteindre l'Éveil suprême.

Ce sont ces mêmes vœux que doit prononcer chaque

homme qui entre solennellement dans la voie du bodhisattva. Le contenu même de ces vœux nous indique que les accomplir n'est pas tâche facile.

Selon le Hīnayāna, ces vœux n'avaient été prononcés que par les quelques bouddhas du passé et par Śākyamuni dans l'une de ses vies antérieures, et la voie du bodhisattva était considérée comme inaccessible à l'homme du commun. Selon la doctrine du Mahāyāna, en revanche, et nous l'avons déjà vu dans les derniers chapitres, tout homme participe à la « nature de bouddha » et peut donc, en théorie, choisir cette voie. Mais il fallait pouvoir offrir aux gens des moyens accessibles qui permettent à leur « nature de bouddha » de se réaliser, sinon le fait de participer à cette nature ne voulait rien dire : l'homme continuerait à être enfoncé dans l'ignorance sans aucun espoir d'y échapper.

Pour les plus doués, ces moyens ont été élaborés sous forme de pratiques et de méditations destinées à approfondir chez le pratiquant les vertus nécessaires à sa progression tout au long de la voie. Ces vertus, ou *pāramitā,* sont les suivantes : la générosité, la moralité, la patience, l'énergie, l'extase et la sagesse[8]. Ce programme qui, il faut le noter, fait partie intégrante des systèmes élaborés par les écoles de la tendance « sapientielle », consiste en à peu près cinquante-deux étapes, les nombres variant selon les diverses écoles. Mais cela ne changeait pas vraiment les choses pour l'homme du commun. Le salut semblait aussi éloigné de lui qu'il l'était dans le bouddhisme primitif.

Les bases du bouddhisme de la foi

C'est devant ce problème que la dimension la plus religieuse du Mahāyāna s'est manifestée. Et pour comprendre cela, il faut revenir au premier vœu du bodhisattva : celui de sauver tous les êtres vivants aussi nombreux soient-ils. Qu'est-ce que ce vœu pouvait bien signifier dans le contexte global du Mahāyāna ? Le simple fait d'enseigner la Loi bouddhique ne pouvait pas suffire à l'accomplissement de ce

8. Sur ces vertus, *cf.* Étienne Lamotte (trad.), *Traité de la Grande Vertu de Sagesse,* t. IV, p. 1960 *sq.*

vœu. La réponse se trouve dans une réflexion sur la solidarité de tous les êtres vivants, laquelle est implicite dans la doctrine de non-dualité qui caractérise toutes les écoles du Mahāyāna. À cause de cette solidarité, les mérites de ceux qui sont les plus forts, et donc les plus capables de suivre la voie du bodhisattva, peuvent être transférés aux autres afin de les aider dans leur cheminement vers l'Éveil. Les pécheurs les plus misérables peuvent ainsi se tourner vers l'un ou l'autre bodhisattva avec foi et dans l'espérance de recevoir son aide. Cela marque le commencement du bouddhisme de la foi et aussi le développement de tout un panthéon bouddhique, peuplé de milliers de bodhisattvas. Et c'est autour des bodhisattvas les plus populaires que se sont organisés peu à peu des cultes qui allaient bien marquer l'avenir du bouddhisme en Extrême-Orient.

Le paradoxe du bodhisattva comme « sauveur »

À ce point de notre analyse, le lecteur pourrait se demander comment un bodhisattva, donc un être consacré au perfectionnement d'une sagesse qui doit aller au-delà d'une pensée dualisante, peut se sentir tellement concerné par le destin d'autres êtres vivants perdus dans leur ignorance. Selon certains principes de logique, il peut sembler qu'une fois acquise la sagesse qui dissipe l'illusion de toute distinction entre sujet et objet, tout souci authentique pour l'autre devrait disparaître. Mais cette contradiction apparente ne peut-elle pas plutôt être considérée comme un paradoxe qui met en relief la grandeur de l'idéal du bodhisattva ? Sur ce problème, Conze s'exprime de la manière suivante :

« Le bodhisattva est un être composé de deux forces contradictoires : la sagesse et la compassion. Dans sa sagesse, il ne voit pas de personnes ; dans sa compassion, il est résolu à les sauver. Son aptitude à combiner ces comportements contradictoires est la source de sa grandeur, de sa capacité à se sauver lui et les autres[9]. »

---

9. Edward Conze, p. 149.

Au niveau de la théorie, les maîtres mahayanistes ont depuis toujours essayé d'expliquer ce paradoxe en parlant du double aspect de la vérité. Il y a d'un côté la vérité vulgaire ou conventionnelle, la vérité quotidienne que nous vivons tous. C'est l'illusion, due à l'ignorance, qu'il y a une distinction entre les choses et les personnes, etc. C'est un aspect de la vérité car cette illusion a une part de réalité. Le bodhisattva doit donc s'adresser à des hommes. Mais derrière cette vérité vulgaire, il y a la vérité suprême de l'unicité de toute réalité. Et c'est pour dissiper l'illusion qui cache la vérité suprême que les bodhisattvas prêchent et agissent dans ce monde.

L'idéal du bodhisattva nous échappera toujours, mais cela importe peu. Dans le christianisme aussi il existe nombre de paradoxes insondables. Ce qui est important à ce point de notre analyse, c'est de noter l'impact que cet idéal a eu sur les masses qui avaient besoin d'un personnage qui puisse, si l'on peut se permettre d'utiliser une image, marcher sur la corde raide qui relie la vérité suprême à laquelle tout homme aspire, au monde phénoménal dans lequel tout homme vit. Pour le bodhisattva la grande tentation est de se laisser tomber vers la vérité suprême, c'est-à-dire de devenir un bouddha tout de suite. Mais faire cela l'écarterait des êtres enfoncés dans leur ignorance. Se laisser tomber dans l'autre direction, c'est-à-dire dans le monde phénoménal, risquerait de lui faire perdre contact avec la vérité et donc de le rendre incapable d'y amener l'homme. (Cette seconde possibilité n'existe pas pour les bodhisattvas très avancés, car à un certain point de leur cheminement ils sont tellement pris par la vérité qu'ils ne peuvent plus « régresser ».)

La meilleure façon de terminer cette présentation de l'idéal du bodhisattva et d'en montrer la profondeur spirituelle, est peut-être de citer un passage de *La Marche à la Lumière (Bodhicaryāvatāra),* œuvre magistrale de Śāntideva (VIIe siècle). Dans le troisième chapitre où est exprimée l'intention qu'a tout bodhisattva de sauver tous les êtres vivants, on trouve ceci :

« Ayant accompli tous ces rites, par la vertu du mérite que

j'ai acquis, puissé-je être pour tous les êtres celui qui calme la douleur !

Puissé-je être pour les malades le remède, le médecin, l'infirmier, jusqu'à la disparition de la maladie !

Puissé-je calmer par des pluies de nourriture et de breuvages le supplice de la faim et de la soif, et pendant les périodes de famine des *antara-kalpas*[10], devenir moi-même breuvage et nourriture !

Puissé-je être pour les pauvres un trésor inépuisable, être prêt à leur rendre tous les services qu'ils désirent !

Toutes mes incarnations à venir, tous mes biens, tout mon mérite passé, présent, futur, je l'abandonne avec indifférence, pour que le but de tous les êtres soit atteint.

Le *nirvāṇa,* c'est l'abandon de tout ; et mon âme aspire au *nirvāṇa.* Puisque je dois tout abandonner, mieux vaut le donner aux autres.

Je livre ce corps au bon plaisir de tous les êtres. Que sans cesse ils le frappent, l'outragent le couvrent de poussière ! Qu'ils fassent de mon corps un jouet, un objet de dérision et d'amusement ! Je leur ai donné mon corps, que m'importe ? Qu'ils lui fassent faire tous les actes qui peuvent leur être agréables ! Mais que je ne sois pour personne l'occasion d'aucun dommage ! Si leur cœur est irrité et malveillant à mon sujet, que cela même serve à réaliser les fins de tous ! Que ceux qui me calomnient, me nuisent, me raillent, ainsi que tous les autres, obtiennent la *Bodhi*[11] ! »

---

10. La note suivante est celle que présente Finot dans sa traduction. Elle se trouve à la page 148 : « D'après la cosmologie bouddhique, les mondes sont soumis à un processus alternatif de désintégration et d'intégration. La période qui s'écoule entre le début de la dissolution d'un monde et sa complète restauration est un *mahakalpa* ("grand cycle") ; il est formé de quatre *asankhyeya-kalpa* ("cycle incommensurable") qui correspondent aux quatre phases de dissolution, chaos, organisation, cosmos. Chaque *asankhyeya* contient vingt *antara-kalpa* ; un *antara-kalpa* est la période pendant laquelle la durée de la vie humaine croît depuis dix ans jusqu'à la durée d'un *asankhyeya* et inversement. La fin de chaque *antara-kalpa* est marquée par sept jours de guerre, sept mois d'épidémie et sept ans de famine. »

11. Louis Finot (trad.), *La Marche à la Lumière,* de Śāntideva, Paris, Les Deux Océans, 1987 (réimpression de l'édition Bossard, Paris, 1920), pp. 35-36.

La période de la décadence de la Loi

Après ce qui vient d'être dit sur l'idéal du bodhisattva, il sera aisé de comprendre pourquoi les gens écrasés par les vicissitudes de la vie se sont abandonnés totalement à la compassion de ces êtres si déterminés à les sauver. À partir du VIe siècle, ce mouvement commença à prendre une ampleur extrêmement importante à cause de la conscience toujours croissante dans la société, de l'approche de ce qui s'appelle la période de la décadence de la Loi. Selon une théorie très répandue dans certains cercles mahayaniques, le temps après la mort du Bouddha est divisé en trois périodes. La première était celle de la Loi correcte durant laquelle la doctrine bouddhique, la pratique et l'Éveil existaient tous les trois. Être né pendant cette période était un grand privilège car l'Éveil était alors à la portée de ceux qui se lançaient à sa poursuite. Toujours selon la même théorie, pendant la deuxième période, celle de la Loi contrefaite, la doctrine et la pratique existaient, mais il n'y avait plus d'Éveil. Pendant la troisième période, la situation allait être pis encore car la doctrine seule demeurerait – toute possibilité d'une pratique authentique et de l'expérience d'Éveil serait écartée. Ce serait la période de la décadence de la Loi. Les bouddhistes qui acceptaient cette analyse se trouvaient dans une situation très difficile puisque, une fois cette période arrivée, la voie qui devait normalement les mener à l'Éveil leur serait littéralement coupée. Que faire ? Se tourner avec foi vers l'un ou l'autre des bodhisattvas ou bouddhas qui avaient fait le vœu de sauver tout être vivant et de partager ses mérites avec ceux qui n'avaient aucune possibilité d'amasser des mérites par eux-mêmes.

L'amidisme

Le Bouddha le plus vénéré en Chine et au Japon a été (et est toujours au Japon) Amitābha (ou Amitāyus) – le Bouddha de la Lumière (ou de la Longévité) incommensurable. Puisque la transcription japonaise de ces deux noms devient Amida, cette tradition a souvent pris le nom d'amidisme. Cet Amida, quand il était un bodhisattva, a prononcé un vœu selon lequel tout être vivant qui ferait appel à lui renaîtrait dans la terre pure sur laquelle il régnerait une fois devenu Bouddha. Là, il verrait Amida face à face et comprendrait la vérité sans aucune difficulté puisque dans cette terre pure aucun obstacle à l'Éveil n'existerait. Il a ajouté qu'il renoncerait à la bouddhéité si ses vœux n'étaient pas accomplis. Ainsi la boucle était bouclée. Le fait même qu'Amida soit un Bouddha devenait la garantie absolue que sa promesse de sauver tout être vivant qui se tournait vers lui avec foi serait tenue. Et puisque les *sūtras* dans lesquels tout cela était raconté sont attribués au Bouddha Śākyamuni, leur véracité ne pouvait en aucune manière être mise en question. Aujourd'hui au Japon, l'amidisme constitue un des courants les plus actifs du bouddhisme.

Le bouddhisme de la foi n'a pas toujours été apprécié en Occident car les chercheurs l'ont souvent considéré comme une déviation de la tradition plus primitive censée être la seule authentiquement bouddhique. Ce mépris vient du fait que les liens entre les doctrines de la vacuité, et donc de la solidarité foncière de tout être vivant et de toute la réalité, n'ont pas été bien compris. Il faut maintenant que ce courant du bouddhisme, encore très vivant aussi bien dans les écoles qui l'incarnent au Japon aujourd'hui, qu'au sein d'autres traditions qui lui laissent une place non négligeable (à côté de pratiques estimées pourtant plus importantes), soit mieux présenté en Occident. Ainsi pourrons-nous arriver à une vision plus équilibrée de ce qu'est véritablement le bouddhisme.

LA TENDANCE TANTRIQUE

La tendance tantrique du bouddhisme (aujourd'hui incarnée principalement dans le bouddhisme tibétain et dans l'école *Shingon* au Japon) a pris une ampleur très importante vers le VIIe siècle, mais elle remonte aux premiers siècles de notre ère, lorsque le tantrisme hindou commença à exercer une forte influence sur le milieu religieux indien. Le terme « tantrique » vient du nom *(tantra)* des livres qui contiennent les doctrines de base et surtout les rites et pratiques mysticomagiques qui caractérisent cette nouvelle forme de bouddhisme. Ces rites et ces pratiques devaient amener l'homme à réaliser sa « nature de bouddha ». Le bouddhisme tantrique est aussi appelé Vajrayāna (« Véhicule de la Foudre » ou « Véhicule du Diamant ») et il est considéré par beaucoup, surtout par ceux qui y adhèrent, comme un Véhicule indépendant qui dépasse même le Grand Véhicule en profondeur. D'autres préfèrent le considérer comme une nouvelle forme du Mahāyāna à cause de l'affinité entre ses doctrines et celles des grandes écoles citées plus haut. Le Diamant ou *vajra* du Vajrayāna est effectivement le symbole de la réalité suprême – c'est-à-dire la vacuité – ce qui indique à quel point cette tendance est indissociable de la tendance « sapientielle ».

Ce bouddhisme tantrique est le résultat de l'effort fait pendant plusieurs siècles par une partie de la communauté bouddhique pour répondre aux aspirations du peuple qui vivait dans un milieu où le sentiment religieux était très lié à la magie. Dans le processus d'adaptation qui accompagnait cet effort, certaines concessions ont été faites aux besoins populaires de magie, de formules secrètes, et même de bénéfices plutôt matériels. On trouve aussi dans cette tradition un symbolisme de l'union sexuelle et l'introduction de divinités féminines. Tout cela a amené certains à porter un jugement aussi sévère que hâtif sur le tantrisme qu'ils voient comme une déviation qui ne fait qu'obscurcir la doctrine fondamentale du bouddhisme. On peut pourtant jeter un regard beaucoup plus positif sur cette tendance tantrique et c'est ce que nous préférons faire ici.

Une voie qui implique tout l'homme

Dans le courant ésotérique du Véhicule du Diamant, l'accent est mis sur le fait que c'est l'homme dans sa totalité, corps, parole et esprit, qui est impliqué dans la quête de l'Éveil et que cet Éveil, dont l'expérience peut être faite dans cette vie même, doit être la profonde prise de conscience que l'homme ne fait qu'un avec la vérité ultime, la vacuité, symbolisée par le diamant inaltérable. Cette forme de bouddhisme invite l'homme à une pratique assidue de rites mystiques très complexes où sont utilisés des paroles ou des formules *(mantra)* et des gestes (par exemple les *mudrās*, ou gestes des mains) très précis, chargés d'une puissance extraordinaire et capables d'amener des changements radicaux dans le psychisme humain (et donc dans le monde phénoménal qui y est lié). On utilise aussi des représentations symboliques du cosmos *(maṇḍala)* sur lesquelles le pratiquant médite afin d'avancer vers la pleine réalisation de sa bouddhéité. Le pratiquant qui se lance dans ces profondeurs intérieures n'est pas abandonné à lui-même car il s'agit d'un voyage long et hasardeux, et c'est pourquoi le guide spirituel est si important dans cette tradition.

Le symbolisme sexuel dans le tantrisme

Il a été mentionné plus haut que le symbolisme sexuel, souvent utilisé dans le tantrisme, constitue parfois un obstacle pour ceux qui rencontrent cette tradition. Peut-être un mot sur le sens de ce symbolisme permettrait-il au lecteur de mieux saisir comment cela a pu être intégré au bouddhisme qui avait toujours été très strict sur tout ce qui touchait aux rapports entre les sexes.

Le Vajrayāna, dans ce symbolisme, ne fait qu'adapter les principes essentiels du Mahāyāna qui sont ceux de la vacuité et de la voie du Milieu. Et ce faisant, il ne dénigre nullement le monde phénoménal qui est au fond indissociable de la vacuité. Le caractère phénoménal du monde est considéré comme un principe mâle, tandis que la sagesse suprême qui reconnaît la vacuité de toute chose, et donc l'unité fondamentale de tout, est personnifiée par une déesse. La béatitude finale est l'union des deux, l'union de l'aspect phénoménal avec la vérité suprême de la vacuité. Le symbole en est évidemment l'acte sexuel. Il est vrai qu'un tel symbolisme peut aboutir à des abus et c'est pourquoi, encore une fois, la direction d'un maître équilibré et expérimenté est absolument essentielle dans cette tradition.

Avant de terminer ces quelques réflexions, il vaudrait peut-être la peine de revenir à ce qui a été dit sur le paradoxe de l'idéal du bodhisattva. Nous avons parlé de la tension dont fait l'expérience le bodhisattva qui est voué à exercer une grande compassion envers les êtres de ce monde phénoménal tout en étant conscient, grâce à sa sagesse qui lui permet de pénétrer la vérité profonde, que ces êtres ne sont que des illusions. Le tantrisme, en utilisant un symbolisme sexuel, exprime cette même tension en montrant que ni une compassion exercée dans un monde phénoménal et coupée de la sagesse, ni une sagesse exclusivement fixée sur la vacuité, ne peuvent amener l'homme à la pleine réalisation de sa nature profonde. Et nous voyons alors à quel point le tantrisme reste fidèle aux intuitions les plus importantes du Mahāyāna.

L'ACTUALITÉ DE CETTE ÉTUDE

Avec cette présentation des trois tendances essentielles du Mahāyāna, nous arrivons à la fin de ce « premier regard sur le bouddhisme ». Le lecteur a maintenant vu le grand arbre du bouddhisme dans sa quasi-totalité, depuis ses racines plongées dans le sol indien jusqu'à ses plus belles fleurs développées dans les divers pays d'Extrême-Orient grâce aux greffes faites par les différents grands maîtres. Arrêter ici ce « premier regard sur le bouddhisme » permettrait au lecteur de garder un bon souvenir de cette riche et belle tradition. Cela en soi serait bon, mais il ne faut absolument pas penser à cet « arbre » comme on pourrait penser à un arbre magnifique venu d'ailleurs qu'on pourrait voir et admirer par exemple dans un jardin botanique mais qui ne pousserait jamais à côté de chez soi. Faire cela, ce serait couper le bouddhisme et cette étude, de l'actualité, ou plutôt se couper de l'actualité. Car en fait le bouddhisme, sous presque toutes les formes que nous avons étudiées, est présent ici en France depuis déjà quelques décennies et il attire de plus en plus de Français qui ont fait le choix, dans leur quête spirituelle, de cheminer sur les traces du Bouddha. C'est pourquoi la conclusion de ce livre traitera de la présence bouddhiste en France.

CONCLUSION

LA PRÉSENCE BOUDDHISTE EN FRANCE[1]

Le 22 août 1987 à Toulon-sur-Arroux, en Bourgogne, le Vénérable Kalou Rimpoché, en présence des représentants de nombreuses religions, présidait l'inauguration d'un des plus grands temples bouddhistes d'Occident, le Temple des Mille Bouddhas. Cette inauguration a été un véritable événement, et elle a eu la couverture médiatique qu'elle méritait. Or, durant ces dernières années, dans le milieu bouddhiste, beaucoup d'autres choses se sont passées ; elles sont certainement moins spectaculaires et donc moins connues du grand public mais n'en sont pas moins significatives. Dans l'introduction de ce livre, mention a déjà été faite de la reconnaissance par le gouvernement, en 1988, du monastère de *Karmé Dharma Chakra* (en Dordogne) et de l'attribution d'un siège d'administrateur au culte bouddhiste au conseil d'administration de la Caisse mutuelle d'assurance-maladie des cultes (CAMAC). Mention a été faite également de l'existence de l'Union bouddhiste de France qui a été fondée le 28 juin 1986 afin « d'obtenir pour les bouddhistes de toutes obédiences une réelle représentativité auprès des pouvoirs publics et d'œuvrer à présenter le bouddhisme comme l'un des grands courants spirituels de l'humanité

1. Cette conclusion, pour l'essentiel, a déjà été publiée en tant qu'article : « La présence bouddhiste en France », dans la revue *Études*, février 1989. Je voudrais remercier les éditeurs d'*Études* de m'avoir permis de reproduire ici des passages importants de cet article.

dans le respect de la diversité de ses traditions[2] ». À cette liste, il faut ajouter la première Rencontre internationale francophone de traducteurs qui a eu lieu entre le 29 et le 31 juillet 1988 à *Karma Ling* (en Savoie), et qui était destinée à faciliter la tâche de ceux qui s'occupent d'une manière ou d'une autre de la traduction en langue française des ouvrages bouddhiques tibétains. Tous ces événements, si humbles soient-ils, de même que l'inauguration plus retentissante du Temple des Mille Bouddhas, sont des signes que, très probablement, la présence bouddhiste en France aujourd'hui va entraîner peu à peu une véritable et radicale modification de la carte religieuse du pays.

Et pourtant, malgré son importance, cette présence reste pour la plupart des Français sans visage bien défini, peut-être à cause de la multiplicité des traditions qui la constituent mais que le lecteur, achevant cet ouvrage, pourra maintenant mieux situer et saisir. En effet dans notre pays se retrouvent, arrivées des divers pays d'Extrême-Orient où elles se sont développées à travers les siècles, les formes les plus variées de « l'arbre du bouddhisme ». Pour avoir une image globale de ce qu'est cette présence, il suffira de regarder la carte (page ci-contre) sur laquelle sont indiqués les lieux où les diverses traditions se sont installées et où l'enseignement du Bouddha est donc maintenant vécu et transmis. Les lettres représentent la présence très concrète (pagode ou temple, monastère, institut, centre, lieu de pratique régulière, etc.) de ces traditions dans chaque département de l'Hexagone. (Les majuscules représentent les implantations les plus importantes mais au sein d'une tradition donnée – il ne faudra donc pas en conclure qu'un « C » majuscule représente forcément une présence plus importante qu'un « t » ou un « z » minuscule.)

---

2. *Les Cahiers du bouddhisme,* n° 30, p. 45. C'est dans cette revue que l'on trouve les premières *Chroniques de l'UBF.* Ces *Chroniques* paraissent depuis le début de l'année 1988 dans la revue *Dharma* (éditée à *Karma Ling*) qui remplace *Les Cahiers du bouddhisme.*

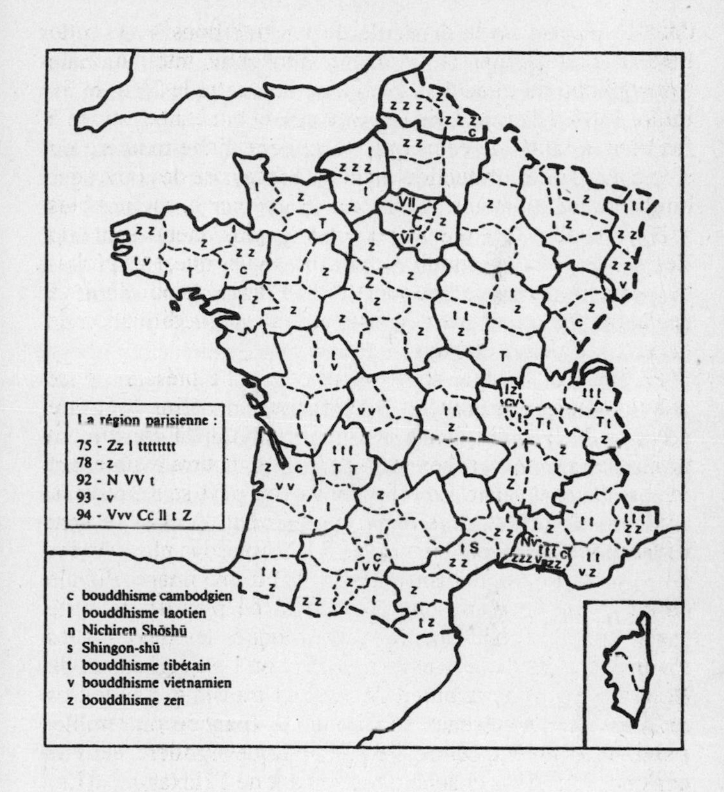

Le zen

Les deux premiers « Z » (majuscules) représentent le siège à Paris de l'Association Zen internationale (où se trouve le temple *Parizan Bukkoku Zenji*) et le temple zendonien *Tai Sei Bukkyō Dai Ichi* (la Gendronnière). Ce sont les lieux principaux où se rassemblent ceux qui pratiquent le *zen* tel qu'il a été transmis par Maître Deshimaru Taisen. Ce dernier est arrivé en France en juillet 1967 et il y a travaillé jusqu'à sa mort (le 30 avril 1982). Il voulait offrir aux Français (et aux Européens en général) un accès à l'expérience *zen*. Le troisième « Z » indique le site du centre *zen* du Taillé, en

Ardèche[3]. Les « z » minuscules représentent les divers *dōjōs* ou salles de pratique (une quarantaine) attachés à l'Association Zen internationale et les groupes (une trentaine), moins importants, liés à la même association[4].

Le *zen*, fidèle aux grands principes du Mahāyāna, met l'accent, comme nous l'avons vu plus haut, sur la pratique du *zazen* (« méditation assise »), ou encore sur l'utilisation des *kōans* destinés à arracher l'homme à sa manière dualisante de penser. Il s'agit donc de faire l'expérience directe de la vérité ultime, sans l'intervention de la parole ni même du symbole. Et ce qui attire peut-être particulièrement les Occidentaux, c'est sans doute le sérieux avec lequel le *zen* intègre le corps aussi bien que l'esprit à la quête intérieure. Il faut bien noter par ailleurs que l'influence de la tradition *zen* dépasse largement le rayonnement, déjà considérable, des centres indiqués sur la carte. Ceux qui s'adonnent à la pratique du *zazen* ou à des pratiques analogues, sans jamais pour autant s'associer à un centre *zen* reconnu comme tel, sont aussi très nombreux[5].

---

3. Le centre *zen* du Taillé se situe dans la tradition *Rinzai*, école *zen* introduite au Japon par Eisai (1141-1215). Cette école, sans pour autant négliger la pratique du *zazen*, met l'accent sur l'utilisation des *kōan* et d'autres méthodes destinées à stimuler fortement le pratiquant pour l'amener à une expérience subite de *satori*. L'Association Zen internationale, elle, se situe plutôt dans la tradition *Sōtō* introduite au Japon par Dōgen (1200-1253). L'accent y est mis sur la pratique du *zazen* à laquelle le Bouddha s'adonna au moment de son Éveil.

4. Des informations sur ces divers centres paraissent régulièrement dans *ZEN*, le journal de l'Association Zen internationale.

5. Il serait bon de mentionner l'influence du travail de Karlfried Graf Dürckheim. En France plusieurs de ses élèves ont créé des groupes qui, avec beaucoup de discrétion, pratiquent la méditation dans « l'esprit du *zen* ». On découvre également l'influence *zen* dans des arts tels que *l'ikebana* (l'arrangement des fleurs), la cérémonie du thé, etc. – et dans la pratique des arts martiaux. En ce qui concerne l'attitude des chrétiens vis-à-vis du *zen*, *cf.* « Quand les chrétiens pratiquent le *zen* : chances et risques », de Pierre François de Béthune, *Études* (septembre 1987), pp. 235-247.

Le Nichiren Shōshū (Sōkagakkai)

Les « N » sur la carte représentent les deux centres les plus importants du *Nichiren Shōshū* (secte orthodoxe de Nichiren[6]), qu'on appelle aussi *Sōkagakkai* (Société pour la création de valeurs). Cette secte se situe dans la tradition mahayanique et elle remonte à l'époque du moine japonais Nichiren (1222-1282) qui, se fondant exclusivement sur le *Sūtra du Lotus,* voulait transmettre l'enseignement du Bouddha dans toute sa pureté[7]. Le *Sōkagakkai,* qui depuis la Seconde Guerre mondiale a connu un succès extraordinaire au Japon, est arrivé en France il y a vingt-huit ans. Le siège du *Nichiren Shōshū France* se trouve dans la région parisienne, à Sceaux, tandis que son centre européen se trouve à Trets (Bouches-du-Rhône). Selon les responsables de ce mouvement, il existe en France entre quatre et cinq cents groupes de fidèles (composés en général de douze à quinze personnes chacun – ce qui donne un total d'environ 6 000 fidèles) qui se rassemblent régulièrement pour se ressourcer à travers l'étude, des pratiques méditatives et la récitation répétitive du titre du *Sūtra du Lotus* dans la formule *Namu Myōhōrenge-kyō* (« Adoration au *Sūtra du Lotus* de la Loi merveilleuse ! »). Ces groupes, présents dans la quasi-totalité des départements français, sont particulièrement nombreux autour des grandes villes. (Étant donné leur nombre et leur mobilité, il n'était pas possible de les intégrer à notre carte.) Cette tradition, qui accorde une grande valeur au monde phénoménal, connaît un vif succès auprès de ceux qui veulent s'engager dans une transformation de toute la société. L'esprit très missionnaire de ses adhérents a souvent attiré l'attention des médias qui n'ont pas toujours fait l'effort de le situer dans le contexte de l'histoire religieuse du Japon. Si l'on oublie que Nichiren lui-même, puis tous ses disciples,

---

6. La traduction de *Nichiren Shōshū* par « secte orthodoxe de Nichiren » est fondée sur la traduction anglaise du même terme telle qu'elle apparaît dans A *Dictionary of Buddhist Terms and Concepts,* publié par le Nichiren Shōshū International Center.

7. Quelques-unes des œuvres de Nichiren sont traduites en français. *Cf. La Doctrine de Nichiren* de G. Renondeau, Paris, PUF, 1953.

ont vécu ou vivent dans le sentiment qu'il y a urgence à prêcher les valeurs qu'ils pensent trouver dans le *Sūtra du Lotus,* le zèle de ceux qui appartiennent au *Nichiren Shōshū* peut en effet provoquer des malentendus.

Le Shingon-shū (L'école de la vraie parole)

Pour en terminer avec les traditions bouddhistes arrivées du Japon, notons le « S » qui représente le temple de l'école *Shingon* ouvert en 1981 à Saint-Félix-de-l'Héras, dans l'Hérault[8]. Cette école s'inscrit dans le courant tantrique du Véhicule du Diamant qui, de l'Inde, s'est répandu en Chine puis, au IXe siècle, au Japon où le grand maître Kūkai a assuré sa transmission et en a fait une des grandes écoles du Japon médiéval. L'importance de cette école en France vient, pour le moment, plus du fait qu'elle incarne une tradition millénaire que du nombre, très faible, de fidèles qui lui appartiennent.

Le bouddhisme tibétain

Le bouddhisme tibétain, qui s'inscrit lui aussi dans le courant ésotérique du Véhicule du Diamant, est en ce moment en plein essor en France. Beaucoup font là l'expérience d'une véritable vie intérieure qu'ils peuvent approfondir en suivant une voie exigeante mais bien balisée et très personnalisée (d'où un certain secret de l'enseignement), sous la direction de maîtres (les *lamas*) très expérimentés. Ces hommes, dont l'influence en France date du début des années 70, viennent d'une tradition où pendant des siècles on a orienté toute son énergie vers l'étude et la maîtrise rigoureuse de la vie intérieure. Il n'est donc peut-être pas si surprenant que beaucoup de gens, qui pour une raison ou pour

---

8. Cette tradition est présentée dans le livre *Shingon : bouddhisme japonais traditionnel* publié par l'association Shingon de France, Saint-Félix-de-l'Héras. Pour une étude doctrinale plus poussée le lecteur peut se référer aux œuvres de Tajima Ryujun : *Les Deux Grands Mandalas et la doctrine de l'ésotérisme Shingon,* Bulletin de la Maison franco-japonaise, nouvelle série, t. VI, Paris-Tokyo, 1959, et *Étude sur le Mahavairocana-sūtra,* Librairie d'Amérique et d'Orient, Adrien Maisonneuve, 1936.

une autre ne se sentent pas attirés par la spiritualité chrétienne, ou qui n'ont pas pu percevoir sa profondeur, se tournent vers eux pour remplir un vide laissé par notre société qui, elle, se consume, d'une certaine manière, dans sa quête pour la maîtrise du monde extérieur à l'homme. Il faut noter aussi que les rites tibétains, très élaborés et chargés d'un symbolisme extrêmement riche, attirent nombre de ceux qui dans notre société technicisée ont encore soif de rites dans leur vie mais ne savent plus où aller pour étancher cette soif.

En regardant la carte, le lecteur verra que le bouddhisme tibétain est bien installé en France. Il existe plus d'une soixantaine de centres d'où rayonne le message du Bouddha tel qu'il a été transmis par les maîtres qui se rattachent à l'une ou l'autre des quatre grandes écoles tibétaines présentes dans le pays[9]. Les plus grands de ces centres (ceux par exemple où il y a la possibilité de faire la retraite de trois ans, trois mois et trois jours) sont indiqués par un « T » majuscule. Parmi les plus grandes installations notons *Dhagpo Kagyu Ling,* en Dordogne, qui est destiné à devenir un centre d'études bouddhiques et dont la communauté monastique est maintenant reconnue par le gouvernement ; *Kagyu Ling,* en Bourgogne, où se trouve le temple des Mille Bouddhas ; *Karma Ling,* en Savoie, qui a vocation à devenir lui aussi un grand centre d'études ; l'institut *Vajra Yogini* dans la région Midi-Pyrénées, où vit une communauté monastique très importante ; et l'institut *Kagyu Vajradhara Ling* en Basse-Normandie. Les « t » minuscules représentent le plus souvent des « satellites » des grands centres que les *lamas* visitent régulièrement pour aider les pratiquants qui s'y rassemblent à avancer sur la voie[10].

---

9. Les quatre écoles du bouddhisme tibétain installées en France sont le *nyingmapa* ou « les anciens », le *kagyupa* ou « lignée orale », le *sakyapa* dont le nom vient de celui du monastère de « terre grise » *(Sakya),* et *gélougpa* ou « les vertueux ». Les ouvrages sur le bouddhisme tibétain sont assez abondants. Pour ceux qui voudraient aller plus loin sans se lancer dans des livres trop techniques, *cf.* l'ouvrage de Jean Denis, *Les clefs de l'Himalaya,* Cerf, 1986.

10. Deux revues qui permettront à ceux qui s'intéressent au bouddhisme tibétain de rester au courant de ce qui se passe au sein de cette tradition

Le bouddhisme des pays du Sud-Est asiatique

La présence en France du bouddhisme vietnamien (v), du bouddhisme cambodgien (c) et du bouddhisme laotien (l) peut constituer une seule rubrique car ils sont tous intimement liés à la présence en masse des réfugiés qui sont arrivés en France après les tristes événements de ces dernières décennies en Asie du Sud-Est. La raison d'être des diverses associations bouddhiques vietnamiennes, cambodgiennes et laotiennes a été le service spirituel (et parfois matériel) de ces peuples déracinés brutalement et arrachés à toute leur histoire religieuse et culturelle.

Les pagodes, centres, etc., de ces trois traditions (dont la première est en principe une expression du bouddhisme du Mahāyāna et les deux dernières de celui du *Theravāda*) sont, comme dans le cas des centres tibétains mentionnés plus haut, indiqués par des majuscules, et les centres qui en dépendent, moralement ou juridiquement, par des minuscules. À quel point pourront-ils à l'avenir s'ouvrir davantage sur la société française et ainsi jouer un rôle plus important dans le monde religieux français ? La question reste ouverte[11].

Le sens de la présence bouddhiste en France

Les informations ci-dessus, aussi bien que l'ensemble des réflexions présentées tout au long de ce « premier regard sur le bouddhisme », permettront au lecteur d'avoir une idée de ce qu'est la présence globale du bouddhisme en France aujourd'hui[12]. Pourtant elles ne révèlent pas le sens qu'une

---

sont : *Dharma*, publié par *Karma Ling*, et *Tendrel* qui est un trimestriel d'information publié par *Dhagpo Kagyu Ling*.

11. Ceux qui s'intéressent au rôle que joue le bouddhisme dans la vie des immigrés peuvent lire le n° 198 (mars-avril 1988) de *Migration et Pastorale* – « Bouddhistes : exil et traditions ». Ils trouveront là nombre d'informations sur les pagodes qui sont au service des communautés vietnamiennes, cambodgiennes et laotiennes.

12. Les informations présentées dans cette conclusion ne prétendent pas être exhaustives. Elles représentent les premiers résultats d'un projet plus vaste dans lequel le Département de la recherche de l'Institut catholique de

telle présence peut avoir pour le monde religieux. C'est pourquoi nous allons remonter une dernière fois dans le temps pour réfléchir à ce qui s'est passé dans les divers pays où le bouddhisme s'est implanté.

Dans cette réflexion, il serait utile de prendre comme point de départ la distinction qu'on fait souvent entre le bouddhisme *dans* un pays donné, et le bouddhisme *du* pays en question. Dans le premier cas il s'agit de la présence dans un pays d'un bouddhisme venu de l'étranger. Les problèmes auxquels doivent faire face les « porteurs » de cette nouvelle tradition d'un côté, et ceux qui l'accueillent ou s'y convertissent de l'autre, sont considérables. On peut les résumer en quelques points déjà évoqués dans l'introduction :

– l'établissement de centres capables d'assurer la continuité de la doctrine et de la pratique bouddhiques introduites dans le pays ;

– la traduction des textes fondamentaux (il s'agit d'un travail énorme qui dans certains cas a pris plusieurs siècles, voire un millénaire) ;

– l'adaptation au milieu religieux, culturel, etc., des pays d'accueil (et l'adaptation des traditions autochtones à cette nouvelle présence, souvent ressentie comme une menace) ;

– la formation de maîtres nés dans les pays d'accueil.

Quand on parle du bouddhisme en Chine, du bouddhisme au Japon, du bouddhisme au Tibet, etc., il s'agit d'un bouddhisme qui, par la force des circonstances, était obligé de se préoccuper de ces problèmes pour assurer sa propre survie. Après un certain temps, impossible à déterminer avec précision, ces problèmes étant plus au moins résolus, le bouddhisme s'intègre pleinement au paysage religio-culturel du pays d'accueil. C'est cette situation que reflètent les termes de « bouddhisme chinois », « bouddhisme japonais », « bouddhisme tibétain », etc.

Paris est engagé et qui vise à la création d'un dossier plus complet sur la présence bouddhiste en France.

Du bouddhisme en France à un bouddhisme français

Cette distinction nous permet de mieux apprécier le sens profond de ce qui se passe en France aujourd'hui. Elle montre aussi pourquoi les quelques exemples, donnés plus haut, d'« événements » qui ont eu lieu récemment dans le milieu bouddhiste, peuvent être interprétés comme les signes d'un début de modification importante de la carte religieuse française. Car nous sommes effectivement témoins de la transformation, lente selon les standards du XXe siècle mais extrêmement rapide comparée à ce qui s'est passé ailleurs dans le passé, du bouddhisme en France en un bouddhisme français.

Les statistiques présentées dans l'introduction, bien qu'elles soient difficilement vérifiables, constituent déjà un indice de l'ampleur de la présence bouddhiste. Mais ce qui est encore plus significatif que ces statistiques, c'est que le bouddhisme s'est installé en France avec des implantations extrêmement importantes (*cf.* les majuscules sur la carte) qui assurent son avenir à long terme. Cet avenir est d'autre part également assuré par la reconnaissance officielle de l'État qui a nommé des administrateurs du culte bouddhique à la CAMAC, et reconnu légalement une communauté monastique bouddhiste. Il est aussi significatif que les administrateurs nommés par le gouvernement aient été présentés par l'Union bouddhiste de France. Ce fait montre que l'UBF est peu à peu en train de devenir « le représentant du bouddhisme vis-à-vis des autorités compétentes, au même titre que la Conférence épiscopale, le Consistoire israélite, la Fédération protestante de France et l'Institut musulman de la mosquée de Paris[13] ». Le bouddhisme en France semble donc avoir résolu le premier problème mentionné plus haut. Il nous reste à voir où il en est avec les autres qui sont beaucoup plus difficiles.

La Rencontre internationale francophone de traducteurs à *Karma Ling* témoigne du sérieux avec lequel les bouddhistes se sont mis à la traduction de la littérature bouddhique en français. En fait, toutes les traditions s'y sont lancées malgré

13. Ce sont les termes utilisés dans « Les Chroniques de l'Union bouddhiste de France », dans *Dharma* n° 1, 1988.

les difficultés de cette discipline qui exige un haut niveau de connaissances en toutes sortes de domaines. Ce travail, d'une importance capitale pour l'avenir du bouddhisme en France, ne nécessitera certainement pas autant de temps qu'il en a fallu en Chine, par exemple, ou au Tibet. Car ceux qui s'en occupent aujourd'hui ont l'avantage de posséder des outils de travail (dictionnaire, traductions déjà faites dans d'autres langues occidentales, etc., et informatique, bien sûr !) qui facilitent la tâche et la rendent plus efficace. Et au fur et à mesure que les textes deviennent accessibles aux fidèles, ces derniers peuvent les assimiler, et ils pourront peu à peu les adapter et les rendre accessibles au grand public.

La formation de maîtres spirituels français est également essentielle pour que le bouddhisme s'adapte à son nouvel environnement. Or c'est une chose bien engagée. Les grands centres *zen* par exemple sont déjà sous la responsabilité de Français. Et de nombreux *lamas,* français également, ont été formés au cours de ces dernières années grâce aux retraites de trois ans que plusieurs centres tibétains offrent à ceux qui sont assez mûrs pour y participer. Le *lama* responsable de l'un des plus grands centres d'Europe notamment *(Karma Ling)* est français.

Le bouddhisme en France s'approche donc peu à peu du point mentionné plus haut où il s'intégrera pleinement au paysage religieux et culturel du pays. Face à cette présence, on ne peut qu'adopter l'attitude d'ouverture exprimée très clairement dans la *Déclaration sur les relations de l'Église avec les religions non chrétiennes (Nostra Aetate),* et très concrètement, dans la rencontre d'Assise. Comme cela a été mentionné dans l'introduction, nous sommes tous appelés à « promouvoir l'unité et la charité entre les hommes, et même entre les peuples », et à examiner « ce que les hommes ont en commun et qui les pousse à vivre ensemble leur destinée ». Mais entrer sur cette voie exige, en plus d'une bonne connaissance du bouddhisme, une vie spirituelle solide.

En terminant, je voudrais citer un autre passage de *Nostra Aetate* qui devrait nous faire beaucoup réfléchir aux raisons pour lesquelles le bouddhisme a trouvé sa place dans le monde religieux français :

« Les hommes attendent des diverses religions la réponse aux énigmes cachées de la condition humaine qui, hier comme aujourd'hui, troublent profondément le cœur humain : Qu'est-ce que l'homme ? Quel est le sens et le but de la vie ? Qu'est-ce que le bien et qu'est-ce que le péché ? Quels sont l'origine et le but de la souffrance ? Quelle est la voie pour parvenir au vrai bonheur ? Qu'est-ce que la mort, le jugement et la rétribution après la mort ? Qu'est-ce enfin que le mystère dernier et ineffable qui entoure notre existence, d'où nous tirons notre origine et vers lequel nous tendons[14] ? »

Est-ce que la présence du bouddhisme en France n'indique pas que beaucoup de Français, qui ont eu dans la plupart des cas une « éducation chrétienne » pensent trouver, dans cette tradition millénaire, des réponses cohérentes à ces questions absolument fondamentales ? Est-ce que cette présence ne nous oblige pas à revenir aux sources de notre propre foi afin de l'approfondir et de la vivre dans le monde d'aujourd'hui d'une manière plus parlante ? Et si, ce faisant, nous pouvons réussir à approcher un peu plus la Vérité, est-ce que le bouddhisme n'aura pas rendu un grand service au christianisme ? Et ne pourrions-nous pas rendre le même service aux bouddhistes en leur demandant à eux aussi de purifier constamment leur recherche de la Vérité ? Il me semble que le véritable sens de la présence bouddhiste en France se trouve dans la possibilité d'un tel service mutuel[15]. Par ailleurs, une rencontre authentique entre ces deux grandes traditions rendrait service aussi à toute l'humanité en mettant en valeur la dimension spirituelle de l'homme, et c'est peut-être la condition de sa survie.

---

14. *Nostra Aetate*, 1 (*Concile œcuménique Vatican II, Constitutions-Décrets-Déclarations*, Centurion, p. 694). Sur la rencontre d'Assise, « Paix aux hommes de bonne volonté », Centurion, 1986.

15. Il existe des contacts assez réguliers entre les plus grands centres bouddhiques et les monastères chrétiens de leur région. Pour réfléchir aux enjeux d'un dialogue entre bouddhistes et chrétiens, *cf.* « Mystère chrétien et mystique bouddhiste » de Dom Pierre Massein, osb, dans *La Vie spirituelle*, n° 678, janvier-février 1988.

BIBLIOGRAPHIE SOMMAIRE

Cette bibliographie est volontairement limitée à dix ouvrages qui aideront le lecteur à fixer et à approfondir la connaissance du bouddhisme qu'il aura acquise en lisant celui-ci. Il y trouvera des références à des travaux plus spécialisés.

André BAREAU, *En suivant le Bouddha*, Philippe Lebaud, 1985. « Le bouddhisme indien », dans *Les Religions de l'Inde*, III, pp. 7-246, Payot, 1966 (réimprimé en 1985).

Henri BECHERT et Richard GOMBRICH, *Le Monde du bouddhisme*, Bordas, 1984.

René DE BERVAL, *Présence du bouddhisme* (sous la direction de René de Berval), Gallimard, 1987.

Edward CONZE, *Le Bouddhisme dans son essence et son développement*, Payot (Petite Bibliothèque, n° 187) première édition, 1951.

Étienne LAMOTTE, *Histoire du bouddhisme indien, des origines à l'ère Saka*, Louvain-la-Neuve, 1976.

Joseph MASSON, *Le Bouddhisme*, Desclée de Brouwer, 1975.

Walpola RAHULA, *L'Enseignement du Bouddha d'après les textes les plus anciens*, Le Seuil (Sagesse 13), 1961.

Lilian SILBURN, *Le Bouddhisme* (textes traduits et présentés sous la direction de Lilian Silburn), Fayard, 1977.

Mohan WIJAYARATNA, *Sermons du Bouddha*, Cerf, 1988.

Table

Chapitre II : L'ENSEIGNEMENT DU BOUDDHA (I)

Chapitre III : L'ENSEIGNEMENT DU BOUDDHA (II)

Chapitre IV : La communauté bouddhique

Chapitre V : La communauté en crise

Chapitre VI : LA MATURATION ET L'EXPANSION DU BOUDDHISME

Achevé d'imprimer en novembre 2007 en Espagne par
LIBERDÚPLEX
Sant Llorenç d'Hortons (08791)
Nº d'éditeur : 93986
Dépôt légal 1re publication : janvier 1998
Édition 05 - novembre 2007
LIBRAIRIE GENÉRALE FRANÇAISE – 31, rue de Fleurus – 75278 Paris cedex 06

31/4366/6